只有寻找和遇见

两个“疯子”一辆车的亚欧自驾

黎瑾 纪韩/著

QUEST

2 Lunatics' Trans-Eurasia Road Trip

中国地图出版社

图书在版编目（CIP）数据

只有寻找和遇见 = Quest: 2 Lunatics' Trans-Eurasia Road Trip/ 黎瑾，纪韩著．—北京：中国地图出版社，2018.9
ISBN 978-7-5204-0704-5

I．①只… II．①黎… ②纪… III．①游记－作品集－中国－当代 IV．① I267.4

中国版本图书馆 CIP 数据核字（2018）第 179561 号

策　　划　于至堂
责任编辑　于至堂
出版审订　赵　强

只有寻找和遇见
Quest: 2 Lunatics' Trans-Eurasia Road Trip

出版发行	中国地图出版社		
社　　址	北京市白纸坊西街 3 号	经　　销	新华书店
邮政编码	100054	印　　张	20
网　　址	www.sinomaps.com	版　　次	2018 年 9 月第 1 版
印刷装订	天津画中画印刷有限公司	印　　次	2021 年 1 月天津第 2 次印刷
成品规格	170mm × 240mm	定　　价	58.00 元

书　　号　ISBN 978-7-5204-0704-5
审 图 号　GS（2018）3397 号

厄尔布尔士山脉，伊朗

FESTIVAL
STAVANGER

巨人之路，北爱尔兰

『我们是我们的山』 纳戈尔诺-卡拉巴赫

目 录 contents

自序

清晨睁开眼睛的时候，我牢牢地记得我在哪里，记忆并没有因为疲惫而模糊，反而更加强烈。在车里窝了一夜的身体稍微有点僵硬，我扭头朝右侧的后视镜看去，日出正在我们的身后发生，镜子里的天空一片艳丽的橙红，而我面前的天空却还是清淡的蓝紫色。此刻距离中国和俄罗斯的国境线大约 200 公里，我们必须把日出抛在身后，朝着远方而去。

睡袋盖在我们俩人身上，国内还是暖意融融的 9 月，在出境的第一天我们就开始使用羽绒睡袋，这倒有点出乎我的意料。因此我更清晰地意识到，自己正在北方，并且还得继续向北、再向西。这是我们在开车出境后看见的第一个日出，但疲惫使我们甚至懒得下车，只是把睡袋推到后座，然后发动车子，从人烟稀少的荒原里的小加油站驶出，继续前行。

从中国满洲里出境到俄罗斯的过程并没有想象中的兴奋。可能我的新鲜感更多地用在了前一天穿梭于东北三省的路途中，9 月的大兴安岭已经有了点彩林的模样，红黄色的叶子零星地夹在绿意森林中。而出入境的过程相比则显得枯燥、烦琐，一句俄语不会的我们在唯一一个会说英语的俄罗斯海关人员的帮助下，填好了表格、排队过了安检。等待的过程比真正的检查更加漫长。若说在不耐烦之间我有什么担心的，那便是怕那几瓶花椒、干辣椒、八角、桂皮会被扣下。

在等待的过程中，我们遇见了在俄罗斯的第一场日落，由紫变黑的天空让我愈发焦急。是夜我们没能赶到最近的城市赤塔（Chita），在出境的第一天就不得不睡在车上。

第一场日出后，我们行驶在西伯利亚的原野中，道路沿着地势高低起伏，两旁的树林与草地在清晨的阳光下闪闪发光。在一个山坡高处，我们看见了横跨西伯利亚的铁路和疾驰而过的火车。这一切比单纯地通过边境线更有力地说明，我们真的身在穿越亚欧的道路上了。

上一对像我们这么出行的夫妇，大概是莫琳和托尼·惠勒（Maureen and Tony Wheeler）。我是说，尽管穿越亚欧早就不是什么太难的事情，随便打开一个汽车论坛，总能看见几个热门的帖子，经验丰富的自驾者不再满足于中国的土地，而开始把越野车、房车开到俄罗斯、法国、英国等地。但是据我所知，开着一辆小车自驾亚欧并从此投身于旅行的夫妇，只有莫琳和托尼·惠勒。那场旅途结束后，《孤独星球》（*Lonely Planet*）诞生了——这对我来说很重要，某种程度上，有一些给 *Lonely Planet* 编辑和撰稿的工作可做是我能够放心地辞职来进行这次旅行的底气。

惠勒夫妇的旅行发生在 20 世纪 70 年代。那是个音乐、电影、时尚致敬过无数次的年代，嬉皮士喊出了“爱与和平（Love and Peace）”的口号，年轻人试图在忙碌琐碎的日常之外寻找生活的真相，他们感受到某种冲动且不可抗拒。有些人隐居，有些人歌唱，有些人头插鲜花漫步在草地，有些人来到东方沉浸于神秘的仪式……人们渴望成为诗人和漫游者，亚欧的道路上奔驰着一辆辆挤满了年轻人的车，将突破日复一日的庸常的人带向未知的世界——远方有什么，将由他们自己来遇见。

这才真的让我们感到兴奋。与惠勒夫妇开着相同品牌的小车，奔驰在陌生的亚欧公路上，无意中成为我们对那个年代疯狂的浪漫主义的致敬。我们在旅途中寻找一些嬉皮士留下的痕迹，比如在丹麦的首都哥本哈根有一处叫作克里斯钦自由城（丹麦语：Fristaden Christiania）的地方，这是个宣称自治的小区域，实行无政府主义的公社。

1971 年，一群年轻人撞开了哥本哈根一处废弃的军事基地的大门，宣告克里斯钦自由城的成立。于是，一些艺术家、女权主义者、嬉皮士、无政府主义者蜂拥而至。在过去的几十年间，以自由为名的克里斯钦接纳着所有的人，城内没有私有财产、没有权力等级、没有政府，只有即兴创作的涂鸦与绘画、回收材料制作的装饰品与衣物、滨水而建的新奇房屋……一切都是乌托邦的模样。丹麦政府越是想要清除这里，理想主义的狂欢就越加盛大。但狂欢之后，黑帮与犯罪急速涌现。如今，这里有规模巨大的大麻交易市场，沿街铺开被绿色伪装网笼罩严实的小摊，随处可见手持大麻的人；这里 60% 的居民只受过小学教育，包括大量的年轻失业者、流浪汉、避难者等。

如今除了大麻交易，很难说黑帮还控制着这里的其他什么。这里大麻的香甜气息

弥漫，自由若真的存在，身影也会淹没在烟雾吞吐中。与其说这让我感到些许失望，不如说这让我们更多地感到疑惑：现在的人们来此是为了自由与理想，还是只因为这里更容易生存？这些人又是如何运行着这座“自由城”？迄今为止，从没有一个人或团体以克里斯钦领导者或是代表的形象出现过，集体在此取代了所有的个人，这到底是民主的极致还是极权的顶峰？

显然，相比消亡的浪漫主义和身影从来模糊的理想主义，消费主义更热爱这样的场景。这座初看满是瘾君子与黑帮的矛盾之城，登上了丹麦旅游局官网的推荐页，“自由”“无政府”的舆论形象让两者各自获利。大量猎奇观光客的涌入给当地政府带来了巨大收益，来自全世界的游客在城内吃喝玩乐“飞叶子”，体验想象中嬉皮士的生活；而城里的居民则与黑帮一起将各种价格昂贵的商品销售给他们。我在这里，仿佛看见了理想的死去。

这让我们久久不能释怀。此后在旅途中，每当白昼静默、夜晚沉寂，我们总是讨论到这个话题，并就此争执不下。这也让我意识到旅行的毫无意义，无论是当初嬉皮士的漫游，还是更多欧美的年轻人朝着想象中的东方而去，都不过是怀着一种想要走出现有生活的冲动，以及对另一种生活方式的向往，人们试图寻找理想、遇见真相，但旅行并不因此就被赋予任何寻找与遇见之外的意义。

而这样对冒险的渴望、对远方不可遏止的向往，则可以追溯到更遥远的时期。自从走出非洲，人类从不肯安于现状，总是寻找梦想中最好的，遇见现实中更好的或是更差的，文明总是在人类不断的出走中创造与毁灭，这样的过程最让我着迷。每当我们站在古老文明的遗迹前，望着古文明留下的残垣断壁，在内心顿感无比平静的同时，也感到暗潮在前所未有地激烈涌动。那是一种向更古老出走的致敬。

若以亚欧而论，行走在古人开辟的、遍布亚欧大陆甚至延伸至非洲的丝绸之路上，或许是人类命运中最令人心醉神迷的旅行主题。旅途过半，我们开始背离日落、朝着日出的东方而行时，有许多段道路与古老的丝路不谋而合。在意大利时我们尚未察觉，只是醉心于亚得里亚海蔚蓝的波涛。直到站在伊斯坦布尔的高塔上，注视着陈旧的清真寺与博斯普鲁斯海峡上穿梭的船只，我们才真的意识到这座古老与现代化并存的城市正是古代丝绸之路的一个缩写：从古至今繁荣未衰的贸易与从来熙熙攘攘的人群。

两千年来，始于西安、终于罗马的古丝绸之路连接了东方与西方的文明。那时候敏锐的商人嗅到一点机会，便会穿过阿富汗山谷，沿着通往里海的道路前行，或是途经印度来到安纳托利亚，然后再经由色雷斯地区到达欧洲。这些商人开辟了许多条连通亚欧的道路，丝绸、香料、人与驼马穿梭其上，随着道路的远行，一开始追寻的可能是赚取钱财的机会，而后文化、宗教、远行和探险的愿望都踏上了丝路。蒙古人横扫亚欧大陆时期，马可·波罗声称自己沿着丝路由西向东进入了中国，他记下了遥远东方的黄金宫殿，吸引了一批又一批欧洲人朝着海洋的尽头远航。

如今，沿着从意大利往东去往中国的道路，即便并未刻意去寻找，也并没有打算来一次全新的马可·波罗之旅，我们也依然遇见了许多丝路的痕迹。在土耳其中部，我们路过开塞利（Kayseri）、内夫谢希尔（Nevsehir）、科尼亚（Konya），这些城市之间的古老商道曾经颇受重用，有络绎不绝的探险家与商人来回穿梭。在卡帕多西亚的小城格雷梅（Göreme），许多穿越亚欧的旅行者与我们擦肩而过，其中一些人特意为丝路而来，从东往西、从西安到罗马，试图用现代人的方式迅速而便捷地完成一次古代驼队艰辛而漫长的旅途。

更多的丝路出现在我们的意料之外。这是穿越亚欧的一个有趣之处，即便许多国家已经成为旅行团扎堆的地点，这片我们从出生就居住的广袤大陆实在有太多可供探索的，但是，你永远不可能真的很熟悉它。

在土耳其几乎毫无名气的小城阿马斯拉（Amasra），我们看见一块竖立在黑海岸边的牌子，那上面标记着这座城市曾作为黑海丝路的一部分。阿马斯拉的古城只余下破旧的城门和一些还未倒下的城墙，我们沿着绿树红花装点的黑海岸边散步，想象并不阴沉的波涛里还藏着几个世纪前的浪潮声。

在更往东靠近亚美尼亚边境的阿尼（Ani），这座曾经的亚美尼亚古都因为丝路而繁荣，又因为丝路改道而衰亡。几百年后，倾塌的建筑漂浮在草原之上，过于明亮的夏日阳光下，若不是一块指示着丝绸之路的牌子，我们根本没有意识到它曾经是无数商人与探险者在风沙雨雪中渴望的梦想之地。

越是往东，我们离中国越近，遇见的丝路遗迹就越多。遗憾的是，我们在中东的丝路之旅只能止步于伊朗的波斯花园、丝路驿站，以及好几家以“silkroad”命名的客栈，《一千零一夜》中的巴格达与大马士革都不是车辆能安全进入的地方。可庆幸的是，当我们惋惜于全球化在消解中东的异域风情时，大不里士（Tabriz）巴扎里的波斯商人与中国义乌常来常往的生意，或许意味着古丝绸之路全新的延续。

直到从哈萨克斯坦进入新疆，我们的自驾亚欧之旅进入尾声，我们与丝路的缘分才真的进入高潮。从阿拉木图到霍尔果斯、再到乌鲁木齐，我们沿着丝路继续东行，路过黄沙覆盖的古城遗址，在博物馆里震惊于璀璨的丝路遗宝。与此同时，我们的车里装着来自意大利的面条、来自土耳其的油灯和地毯、来自格鲁吉亚的葡萄酒、来自波斯的印布，我们也穿越没有人烟的中亚草原，在戈壁滩上的风沙中勉力前行，于夏日的午后陷在没有方向没有信号的魔鬼城……这一切都让我们仿佛成为古丝路上的两个探险者，身上怀揣有东西方的珍宝，内心装着对未知的渴望。

这让我们更加确信，旅程只有两件事：寻找与遇见。我们像无数个道路上的先行者一样，怀着某些目的出行，又意外地遇见一些目标之外的事物。古丝路上的探险者寻找贸易与财富，20 世纪 70 年代的嬉皮士寻找爱与和平，有些人遇见陌生的国度，有些人遇见生活的真相，又或者什么都没有遇见。而我们的兴趣广泛但纯粹——我们注视山川湖海、也投身于厨房与爱，我们更关心这一路上遇到的不断流离失所的人类文明的命运。

在穿越亚欧 25 个国家和地区的自驾之旅中，我们可能在寻找一个隐秘的宗教、一个消失的民族、一种地区性的手工艺、一个流行全球的卡通形象、一条荒野中的山路……我们有时候找到了，有时候却在发现某些蛛丝马迹之后再无所得，有时候甚至毫无所获。我们也遇见过一些特别的人、一种不流行的音乐、一些诡异的食物、一群突然来临的动物，甚至一张一见钟情的毯子。那通常是某些尴尬的时刻，比如蹭免费的 Wi-Fi、没带钱、胡乱闯进了已经打烊的小店，然后在尴尬中获得了些有趣的意外。

在贝加尔湖没有看见布里亚特人原始信仰中的萨满；在挪威掐准时间去见了一个制作烟斗的手艺人；在土耳其和伊朗探寻每一种地毯的起源与特色；在许多跳蚤市场翻找拥有过无数个主人的二手货；在教堂和清真寺内外遇见虔信者与异教徒；在外高加索的古城里揭开一场血淋淋的悲剧；在每个国家都试图购买一张本地音乐的唱片、吃一道不管是否美味的本地菜肴……我们意识到一些人的故事，其实是在讲述许多民族正在传统与现代之间挣扎，一些物品的来源在描绘许多艺术正在流行与改变之间踟蹰，一些典礼的场景意味着许多信仰正在传承与消失之间摇摆，一些饮食的味道并不是最关键的点，制作它、热爱它的文化才更值得品尝。

所以，就像我们寻找嬉皮士的痕迹与遇见许多丝路遗迹一样，我们关心路上遇见的每一个人的故事，每个地区与民族流传已久的工艺，古老的信仰和正在消失的仪式，以及不同地区的人爱憎分明多年的饮食，并试图厘清其中的缘由——它们为何在漫长的历史、变化的时代中，始终于人类的命运中占据一席之地，它们又怎样地再现了人类在不断的迁徙中某些或微小或重大的命运转折点？

在日夜辗转、浪迹天涯的生活中，寻找与遇见互为因果，我们寻找 A 却可能遇见了 B，遇见 C 从而找到了 D……

这是旅程中最让我们觉得有趣的部分。我们试图揭开某个陌生的宗教、民族、人群等的一角面纱，可能成功、也可能失败，就像人类的命运也并不总是幸运一样。

如今我们不需要跟随驼队越过沙漠和雪山，开着车就能绕亚欧转一圈；我们也不再随意把理想主义挂在嘴边，但某些渴望并不会因为沉默而消亡。

从古至今，旅行始终是一种生活方式的选择，当人们不再满足于日常琐碎，开始对未知与冒险充满渴望，就会选择活在路上。如同古丝路上的探险者、二十世纪梦想着爱与和平的欧美青年，过去的人类行走在过去的探险之路上，而我们有机会走在古老的和全新的道路上，去探索，去碰运气，去窥探每一个人、每一件物品、每一场典礼、每一道饮食后面隐藏的故事和寓意，它们都是人类命运的一个切面，甚至更小，只是一点余光散影。

我们想在这 5.8 万公里、336 天的旅程中，只讲好与此相关的两个故事就足够：寻找与遇见。

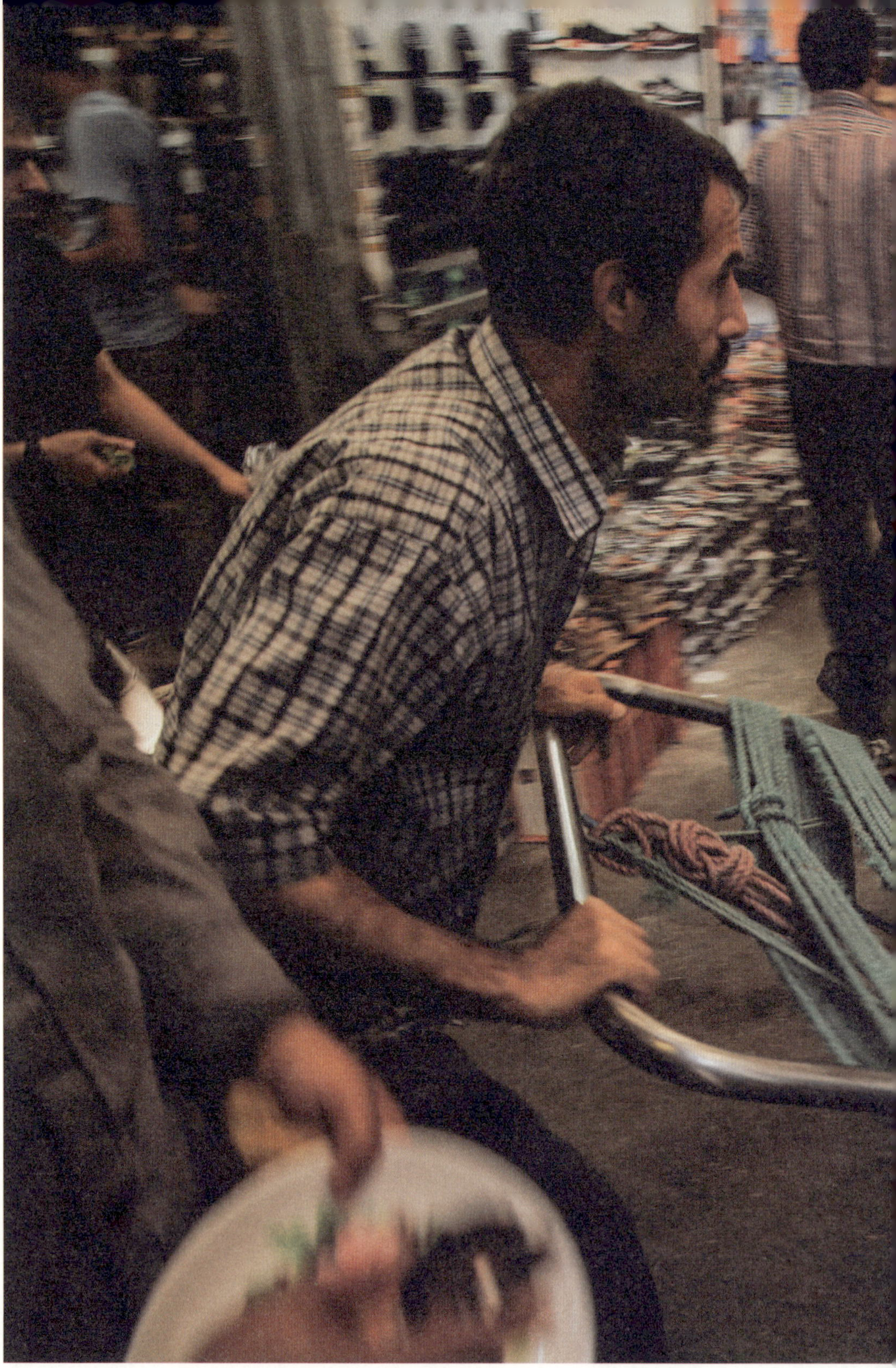

巴扎，德黑兰，伊朗

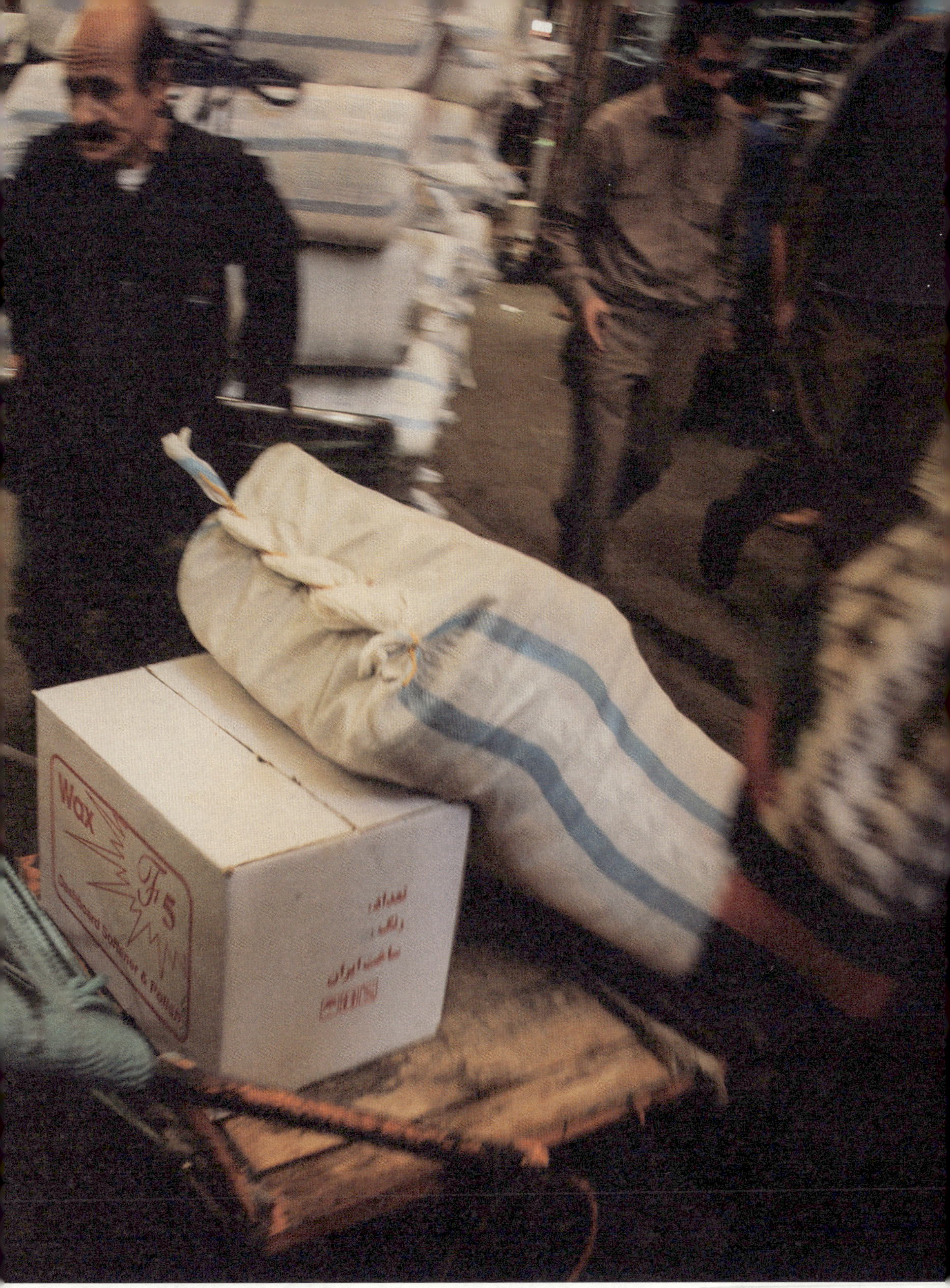
Wax

布道岩，挪威

人 People

One

01 一对俄罗斯夫妻、四只猫、两条狗

被公鸡打鸣声吵醒的时候，我发现有一只猫正蜷缩在我身边假寐，旁边堆着行李与散乱的衣物，背包的侧面，另一只猫在熟睡。我试图抬起身体，压在被子角的那只猫烦躁地用自出生就没剪过的爪子抓了一下我的脚趾。

阳光已经透过窗帘照进来，灰尘在光线中缤纷飞扬，房间里散乱的儿童玩具、陈旧的家居用品、积满尘埃的书柜、东倒西歪的缝纫器材乱七八糟地堆放着。地板上铺着满是破洞、脏兮兮的地毯，而我们正躺在地毯上一床临时铺就的褥子上——上方是架起来的宽大木板床，此时公鸡打鸣声正一阵比一阵更雄壮有力地从那儿传来。

然而睡在上面的人对这闹钟无动于衷，似乎晕过去了般毫无动静。我费劲站起来往门口走去，但房间并没有门，只用一张横躺的旋转椅挡着。模糊中，我放脚踩过去，触到一团毛茸茸的温热东西，一低头，与两条大狗水汪汪的眼神刚好相遇。好不容易跨过这两个大家伙走进卫生间，刚准备在马桶上坐下，突然间一团绒球从壁橱里窜出来，与我面面相觑。

果然是真的。我在那一瞬间清醒了过来。在前一个寒冷的夜晚，徘徊在俄罗斯叶卡捷琳堡（Yekaterinburg）某居民区的我们，被一对俄国夫妻、四只猫、两条狗“捡”回了家。

我们开始自驾亚欧之旅才18天，秋日西伯利亚的金色树林还显得那么绚烂美丽，日落时孤独的公路仿佛没有尽头般延伸向远方。这片土地的广袤远超我们的想象，每一天的驾车时长都超出预期。

那天大概半夜12点不到，我们按照导航的指引来到了叶卡捷琳堡市中心预订的

旅店，然而呈现在面前的却是毫无标志的居民楼，电话也打不通。半小时寻找、联系无果后，我开始查看附近还有什么旅馆可以住，纪先生则决定去四周找找看。

10分钟后，他领回来一个金发碧眼的高大俄国人。“我遇见他在遛狗，超大的两条狗”，纪先生两眼放光，“于是我拿地址问了他，他说来帮忙看看。”

查看了预订单，确认我们没找错地方后，俄国人维塔利（Vitaliy）也打了旅店的电话，依旧没通。“看来你们今晚是住不进去了”，他摇摇头用略带俄语口音的英语说，“但也许你们可以住我家，就在旁边的那栋楼里，让我跟妻子谈谈。”

一个电话后，他表示他的妻子要来见见我们。在等待的几分钟里，我们围着小车“飞毯”讨论了一下从中国开车来到这里的过程，并提及了穿越亚欧大陆的计划。然后他那褐色短发、穿HelloKittyT恤衫、指间夹着香烟的妻子简（Jane）穿过夜色与寒风登场了。夫妻俩叽里咕噜一番交流，简绽出一个大大的微笑，对我们说了第一句话：“想喝点茶吗（Would you like some tea）？”

他们就住在附近的一栋老公寓楼里，7层楼的水泥长方体楼房，分成几个单元，没有电梯。上楼的时候，维塔利不好意思地提醒我们，房子很小，有四只猫、两条狗（唯独没有提到还有一个已经入睡的儿子），而且因为准备搬家所以很乱，请我们不要介意。我们笑着表示没关系，而且我们热爱猫和狗，尤其是猫。

然而，走进他们家的那一刻，我俩还是震惊了：四只猫先是好奇地看着我们，然后一只只惊悚地逃窜到户外的狭窄小窗台上，两条虽然才9个月却已经跟人一样大的狗热气哄哄地拼命往我们身上凑，简拼命地抱住它们，以防我们被扑倒。

房间陈旧不堪，家具斑驳得好像是上一代人的遗留物，似乎从不打扫，各处都铺满了东西：发黄的书籍、积满灰的相册、随处乱扔堆成小山的鞋子，还有好像几十年都未曾清理的各种生活用品，连落脚走几步都是一个颇为踌躇的选择过程。卫生间内有一座散乱的毛巾、床单和衣物组成的小山，没有洗手池，脏兮兮的浴缸上有个水龙头。厨房兼作客厅，家具家电拥挤而杂乱，斑驳的墙面上写满了字，还贴着大卫·鲍伊（David Bowie）等不同年代明星的照片。最吸引我们的是密密麻麻的冰箱贴，每一个都似乎来自不同的地方——也确实如此，维塔利说这是他们四处旅行带回的纪念品。

我们在有破洞的沙发上坐下，喝简泡的红茶，并一一认识了家庭成员：两条大狗叫作巴里斯坦（Baristan）和兰杰（Ranger，来自美剧《权力的游戏》），两只大猫叫作邦妮（Bonnie）和克莱德（Clyde，来自电影《雌雄大盗》），两只小猫是姐弟，分别叫作布里耶纳（Brienne）和提里昂（Tyrion，来源还是《权力的游戏》）。简做了撒满芝士的肉酱意大利面给我们做消夜，对于饿着肚子开了一整天车的我们，确实是十分意外的美味。

“那么你们愿意今晚住在我们家吗？”维塔利问，“我和简都很欢迎，只是别嫌弃房间太小太乱。”吃饱喝足已然觉得是占尽了便宜的我们，有些不好意思地犹豫了几秒。

维塔利突然变得很严肃：“我能问你们一个问题吗？”我们对望一眼，有些忐忑，立刻点点头。

“一个人能有多少机会突然认识两个准备花半年时间旅行 27 个国家的人？”（最终我们只去了 25 个，但花了一年时间。）

我们一愣，他又眨眨眼笑了：“对于我们，可能这辈子就这一次了。我们还没有勇气去做的事情，你们正在做。而今晚，你们与我们相遇、走进我们的家，那么我们一定要帮助你们，并听听你们的故事。”

那么当然，我们决定住下。

夜已经深了，巴里斯坦和兰杰在餐桌下趴着打呵欠，提里昂散步回来在我旁边蜷成一团睡下了，只剩我们四个人还在滔滔不绝地聊天。

维塔利是摩托车和自驾爱好者，时常骑车带着妻子到处溜达，前一年还去捷克—德国—比利时深度自驾游了一番。而简是一位“皮具大师”，手工制作各种皮制品，还缝制一些道具服和做特效化妆。两人兴奋地给我们展示了简给狂欢节参与者化的僵尸妆，以及为摩托车手制作的骑行服——烈焰红发的女骑手穿着绑带皮衣和满是铆钉的皮裤、带着恶魔般的黑色小翅膀，炫酷得不得了。

我们还谈到了西伯利亚某些糟糕的路况，以及未来的打算。我们拿出计划中的线路图给他们看，维塔利和简就他们去过的国家给出了许多旅行建议，包括一些很小众的小镇与博物馆，甚至动物园。“我最喜欢大熊猫了”，简说，“我最想去的地方就是成都。”

我差点就跳起来了。事实上，我立马站起来惊呼了一声。当我还是个学生并且一个人在欧洲旅行的时候，除了两个结伴环游世界的加拿大老太太，我遇见的人里面没有谁听说过成都。而现在，居然有人最大的心愿是去我的家乡看大熊猫。

听说我来自成都，简兴奋了起来：“我们想去成都看许多大熊猫，抱抱它们，抚摸它们。”简的眼中泛出光彩，像个即将见到偶像的兴奋少女。

简儿时曾住在格鲁吉亚，后来回到叶卡捷琳堡与父母团聚。客厅里高高的置物架上蒙着油烟的照片属于简的祖父，一位依然健在的“二战”老兵。几年前简还是一名全职的程序员，因为工作出差去过海南，而维塔利还未去过中国，但俩人却是淘宝网的拥趸，因国际不能直邮，还常找第三方代购缝纫机、菜刀、衣料等，对于中国人热衷欧美日代购表示完全不能理解。

这套房子属于简的父母，夫妇俩在靠近郊区的地方买了块地，正在盖一栋新房，目前只是暂住在此，恰好遇见深夜在周边无助徘徊的我们，也许这就是缘分。

一直聊到凌晨 4 点，我们才被动物们的倦意传染。因为害羞而喜欢躲在卫生间的邦妮围观了我们的洗漱过程，而跟着我们在地铺躺下的，则是另外三只猫。巴里斯坦和兰杰体形太大被拒绝进入卧室，在吃了简给的苹果之后，满意地在卧室外打起了呼噜。日光初亮，我们则沉沉睡去。

第二天的闹钟响到第三次，所有人才爬起来，除了 7 点就起床去上学的儿子丹尼尔（Daniil）。等我们洗漱完毕，维塔利已经帮忙联系好了旅馆、预约了入住时间，匆匆赶去上班了。简准备好了丰盛的早餐——煎成太极形状的鸡蛋、各种口味的面包、俄罗斯本地产的蜂蜜与果酱，配的自然还是红茶。

她的英语没有丈夫好，此刻没有了人工翻译机，只能费尽心思想词跟我们推荐城市观光的路线和景点，临送我们出门还不放心，又跟出来直到主街上，在纸条上写下地址和联系方式，叮嘱说：万一找不到路了，一定要联系她。

不得不说，比起我们夜晚的经历，叶卡捷琳堡并不是太有趣的城市，这里弥漫着一种所有大城市生活特有的乏味气息。这座城市因最后的沙皇在此遇害而闻名，但沙皇一家被害的滴血教堂也显得有些生硬枯燥。文化区的小博物馆稍有些趣味，古老的木质房屋有漂亮质朴的外观，虽然大多没有英语解说，但我们还是在列舍特尼科夫故居文学纪念馆遇到了一位讲英语的工作人员，从他那儿了解到许多沙俄时期邮差的故事。

在游览过程中，维塔利发了几封邮件来询问我们的情况，最后他干脆决定提前下班。我们回到他俩家里时，简正在给朋友的小女儿缝制一条粉色公主裙，留着长发的儿子丹尼尔想让妈妈检查他的家庭作业，维塔利关切地问有没有什么车辆问题需要他帮忙，因为他推测飞毯在某些糟糕的道路上受了不少罪。

然后，我们又开始一边喝红茶、吃东西，一边给猫挠痒痒、给狗摸摸头，一边聊天。我把车里的一个风镜熊猫玩偶送给了简，看她像个小女孩一样拍手雀跃，这只熊猫后来被他俩命名为“熊猫先生（Mr Panda）”，与他们前一年从比利时带回的风镜小熊组成了一对。

夫妻俩也早就准备了礼物给我们——一枚给车钥匙用的皮质钥匙圈、一只用来装

简和维塔利，叶卡捷琳堡，俄罗斯

各国货币的皮钱夹、一本用来记录亚欧见闻的皮面笔记本，全部是简手工制作的。

夜里维塔利带着我们去找旅店办好了入住手续，随后又带我们去车库看望了他心爱的雅马哈摩托车。他在夜色中骑上车，引擎声刺破寒风冷雨。“骑摩托旅行是一种生活，而驾驶汽车旅行只是一种交通方式，将你从一个地方带到另一个地方（Travelling by motorcycle is a kind of life, but travelling by car is just transportation that take you from one place to another）”，在机器的咆哮声中，他的话语依然清晰有力。然后，我们互相拥抱，道别。

第二天我们启程离开叶卡捷琳堡的时候，维塔利已经去上班，简带着巴里斯坦和兰杰来送我们。两条大狗在草地上围着她奔跑，简与我们道别，认真而用力地说：“以后一定要再来，住在我们的新房子里，新年后我们就将搬进去了，房子会更大、舒适得多。如果车出了任何问题，只要还在俄罗斯，我们一定想办法帮忙；如果以后遇见任何问题，无论是在俄罗斯、捷克、德国还是比利时，都可以找我们。愿你们一路顺利，我们会一直关注你们的旅程。”

之后，无论在喀山、莫斯科还是圣彼得堡，我们都收到维塔利、简、丹尼尔、巴里斯坦、兰杰、邦妮、克莱德、布里耶纳、提里昂和熊猫先生发来的邮件，写满了旅行建议与祝福。他们甚至试图通过不太准确的 Google 翻译去阅读我们一路上写的故事，努力理解“小画”一样的中文字的含义，跟随着我们进行 5.8 万公里、25 个国家和地区的旅程的每一步。

Two

02 寻找萨米人

直升机在头顶盘旋，发出巨大的声响、掀起狂躁的风雪。年轻女人的脸庞在风雪中冻得通红，露出的褐色头发上沾满冰凌雪花，她焦急地看看我们又看看远处的山林。一辆摩托车冲破大雪从狂风中疾驰而来，大片大片的雪花从骑手周身洒落。“驯鹿群就要来了，你们快退回去。”

1

“萨米人（Sami）也称‘拉普人’，是北欧地区的原住民，欧洲最大的原住民族群之一，也是欧洲目前仅存的游牧民族。……从前称他们为拉普人，但萨米人认为这称呼带有轻视的意味。”

——维基百科

我们自驾到芬兰的时候已经一个多月过去了，10月底的北极圈内外都有了冬天的痕迹。我蜷缩在副驾里看书，书里写到北欧的拉普兰地区（Lapland）还生活着欧洲最后的游牧民族，他们远离城市的繁华、远离现代社会的喧嚣，在山野里过着一种与驯鹿为伍的生活。

对于传统民族固守着传统的生活方式，我有一种矛盾的心情。没有人应该被剥夺现代化带来的舒适与便利，但也没人希望根植于古老生活的文化传统因此而消逝。于是，我们决定去找他们。车载着我们从南到北、从北到南，再从南到北、从北到南，两度穿越北极圈，在芬兰与瑞典的拉普兰地区来回往复。最终，在瑞典荒野公路1/3处的高山风雪中，遇见了他们。

风雪中的鹿群，荒野公路，瑞典

2

天已经黑了，我们才到伊纳里湖边，浓雾萦绕在黢黑的湖水之上，四周的树林也黑漆漆一片，若不是车灯明亮，我们竟连湖与树都分不清。沿湖而行，斯依达（Siida）博物馆奇特的建筑外观在路灯下朦胧可见。我看一眼手机上的时间——星期日晚上 9 点多，猛地才反应过来，第二天是周一，博物馆闭馆。

在萨米人的语言里，Siida 指萨米人的社区（a Sami local community），一起饲养和放牧驯鹿以及为了每个成员的经济利益协同劳作的地方。北纬 69 度左右的伊纳里是萨米人的聚居地之一，除了游客们趋之若鹜的北极光，最为闻名的便是以斯依达为名的这座萨米文化博物馆了。然而，此刻浓雾漫天，星月全无，极光是不可能见了，而在长途旅行中我们早就混淆了时日，博物馆也只能是无缘了。

潦草地在车里睡了一夜，天刚蒙蒙亮我们便决定离开芬兰往瑞典而去。雾还未散去，远山依稀苍凉，湖水中升腾起日出的光亮，朦胧的红、橙、紫色随水波渐变，林中寂静无声。出发几分钟便又在荒野林中穿梭，突然前方似有身影在晨雾中若隐若现，一群鹿就在隐约可见的公路停车区望着我们，再轻灵地跳跃着回到树林，如精灵般消失在雾里。放牧这群鹿的萨米人或许就在四周的山林中，带着他们几千年的秘密，藏在白雾茫茫中。

3

自史前时代，萨米人就生活在从斯堪的纳维亚半岛南部到俄罗斯白海的广袤地区，如今在挪威北部、瑞典和芬兰的拉普兰地区、俄罗斯的北部岛屿，都有这个古老族群的聚居地。南部的萨米人大多以务农为生，靠海的萨米人则从事捕鱼打猎。而居住在寒冷困苦的北极地区的萨米人是典型的游牧民族，住圆锥形帐篷，以几个家庭为单位，带着鹿群迁徙，放牧、狩猎、采集，至今仍有大量萨米人过着这样的游牧生活。

瑞典中部的厄斯特松德（Ostersund）有间极其出色的泰米尔（Jamtli）博物馆，用从春到冬四季的植被荣枯，日出至日落的光影变化，鸟鸣与驯鹿奔跑的蹄声，以及驯鹿、狐狸、鸟禽标本，构筑了古代萨米人年复一年迁徙不定却又极其规律的生活轨迹——在温暖季节里采集蓝莓，在冰冷季节里带着驯鹿群避开暴风雪地区，驯鹿始终是他们最重要的资源。

尽管萨米人从很早以前就开始猎捕驯鹿，并留养少许当作驮载和诱骗动物之用，但大规模的放牧是从 16 世纪才开始的。捕猎、圈养、放牧、宰杀，萨米人对驯鹿的感情十分深厚，对驯鹿的利用也竭尽其能。博物馆收藏了大量萨米人的生活用品，以驯鹿制品占绝大多数，从驯鹿皮毛缝制的衣帽鞋靴到驯鹿阴囊制成的钱袋子，甚至还有一座驯鹿皮毛覆盖的圆锥尖顶大帐篷。

小隔间里循环播放着纪录片，讲述了在冰冷的北极地区，萨米人是如何平静地杀死一头驯鹿：将尖刀从鹿的后颈插入，等待它们迅速地、几乎毫无挣扎地死亡，再精细地将鹿拆分，毫无保留地充分利用驯鹿的每一个部分，从肉到皮、从角到骨，无一不成为他们的生存资源。

4

从伊纳里回到芬兰南部，我们在跨过托尔尼奥河后进入瑞典，转而向北，一路月色光辉如梦似幻，再度回到北极圈内抵达约克莫克（Jokkmokk），瑞典北部的萨米文化中心。

约克莫克意为“河流弯曲的地方”，最有名的是延续了400多年的冬季市集，每年2月举行，在零下三四十摄氏度的低温里，来自各地的大量萨米人聚集于此，手工艺品琳琅满目。然而当时不过11月，我们只能去阿吉特（Ajtte）博物馆一窥神秘的萨米鼓。

在萨米人的萨满教信仰里，万物皆有灵，山川、冰雪、河流、太阳、星月、石头、极光、驯鹿、熊、逝去的祖先……无一不具备灵性，无一不可成为神圣之物。萨米人的巫师（noaidi）使用鼓与灵交流，鹿皮鼓面上精细地绘制着图案，日月星辰、人与动物、迁徙与定居，无所不有。巫师左手持鼓，右手敲击鼓面，从徐至疾，节奏或猛烈如暴风骤雨，或诡异如雾中夜行，在鼓声中自由灵魂脱离躯壳，进入灵性世界，由此获得诸多问题的答案或是关于未来的预言——从下个季节即将迁徙往何处，到这一次狩猎能否有丰富收获。

作为瑞典最好的萨米文化博物馆，这里收藏了不少精美的萨米鼓，只见鹿皮已经发黑，但绘制的图案依然清晰可见。十七八世纪基督教的传入，导致大量萨米人的巫师被视为异端邪说，被火烧死，用来与神灵交流的萨米鼓也被大量摧毁。曾经信仰万物有灵的萨米人，逐渐被基督教化，教堂取代了巫师的鹿皮帐篷，唱诗布道的声音取代了巫师的尤伊克歌曲（Yoik，萨米人传统音乐，用低沉的喉音哼唱）。幸存的萨米鼓如今被放在博物馆的玻璃展柜里，沉默安静，再无巫师将其敲击，再无自由灵魂自鼓声中腾起，人类世界与灵性世界似乎再无联系。

5

500公里长的荒野公路（The Wilderness Road）在瑞典的拉普兰南部山区画了一

个圈，穿过人烟稀少的雪山深处与清澈湖泊，最远处几乎与挪威国界线相接。长期以来萨米人并没有国家的概念，直到他们放牧迁徙的土地分别归属于不同的国家。这些国家剥夺了他们的土地所有权，并向他们征税，游牧也常因国家间的纠纷而被迫中断。如今，许多人早已放弃成为牧民、猎手，离开了大山、森林与鹿群，转为定居的乡镇生活，另一些人则留在祖先的领地，依然坚持在荒野中过着已延续千年的游牧生活。

告别主路上的小镇，往西北而去，公路逐渐随着山势上升，路边除了几栋无人居住的房子与宿营地，便是冬季阴云下波光沉郁的湖泊与棕灰色森林。路程接近1/3时，已可见远处雪山巍峨，皑皑雪顶在灰白天空延伸，树林越发光秃秃，开始飘雪，再往前行，便是大雪纷纷。

天空中突然传来轰隆隆的巨响，风大得可怕，将羽毛似的雪花密集地砸向我们的车。我们抬头仰望，一架直升机正低空盘旋，掀起巨大的气流。山林中传来奔腾的蹄声，漫天风雪中，大群驯鹿正朝着我们奔袭而来。鹿群中疾驰着两辆山地摩托，骑手从脸到脚都被墨色衣服裹得严实，戴着风镜与头盔。摩托车在鹿群中穿梭，引领有巨大树枝形状鹿角的头鹿带着鹿群向公路冲过来。

一辆摩托车穿过风雪来到我们车前，骑手比画了个别动的手势，我们只能愣愣地停车，眼看着成百上千只驯鹿从车前穿过，向公路另一边跑去。这些长角的生灵，灵巧地跳跃着，笨拙地推挤着，席卷着风与雪而去，仿佛风雪便是由它们而生。

鹿跑得很快，但我们好像等了很久似的，全然愣在车里。待鹿群过去，直升机与摩托车也随之向远方而去，消失在风雪之中。远山与森林沉默如初，只有风雪愈发大了起来，我们再度启程前行。不多远便看见有围栏拦住半边上山的道路，正疑惑间，身后突然闪出一辆车，忽地绕到我们前方停下。一个年轻女人从车中走下，雪花很快漫卷在她周身，一片白茫茫中可见其红色脸颊、黄皮肤、深褐色头发与眼眸——萨米人。

女人礼貌地对我们说："你们不能再往前走了。冬季的雪山里是驯鹿的牧场，围栏是告诉行人不要进去，只拦住半边是因为另外一半要供放牧者与驯鹿出入。"一辆摩托车也来到了她旁边，骑手拉下风镜与面罩，露出饱经风霜的坚毅面孔——游牧的萨米人。"驯鹿群就要来了，你们快退回去，不然会被鹿群淹没。"

我们回头遥望，公路上、两旁的山林里，满是驯鹿奔跑的身影，直升机又回到我们头顶盘旋，将风雪带得更大。世界白茫茫一片，只有蹄声似鼓、风声呼啸。还真幸运，如今的萨米人，如今的游牧生活，终于见到了。

Three

03 维京人的后裔

一艘木船最远能航行到哪里？一千年前的维京人认为世界上没有他们不可抵达之处，一千年后的维京人后裔认为祖先们能到达任何地方。

前一天夜里刚下了雨，空气和草地都还湿漉漉的，因为近海，还带着点咸涩的气息。作为丹麦的旧都城，罗斯基勒（Roskilde）的大教堂里埋葬着 38 位过去的国王，但如今这个城市更负盛名的是每年盛夏吸引着上百万人躁动不安的罗斯基勒音乐节，以及对于我们这样在冬季抵达的旅行者而言，最值得一看的维京船博物馆（The Viking Ship Museum）。

罗斯基勒是丹麦的第一个首都，也是维京时代繁荣的贸易城市。1962 年，在罗斯基勒以北 20 公里处，人们挖掘出了 5 艘 11 世纪的维京船。这些船被故意沉入罗斯基勒峡湾，以形成航道上的屏障，阻止敌人从海上入侵丹麦当时的宗教与政治中心。3 艘破旧的船被装满石头，率先沉入直通罗斯基勒的航道狭窄处；20 年后，又有两艘船被沉入水中，以加强防御。

如今这 5 艘船的遗骸被陈列在博物馆中，但在进入展厅之前，室外草地上的船与人先吸引了我们的注意力。

几艘维京船在草地上排开，有些还罩着防尘挡雨的绿色塑料布，纯木造船身，头尾高高翘起，跟我们之前在瑞典的维京船博物馆里看到的毫无二致。但完好的船身说明了它们是现代的复制品——根据古代维京人的方法，重造维京船，也是这间博物馆的一个项目与参观亮点。

停在博物馆正前方的几艘维京船全然敞开着，比遮挡起来的几艘更显陈旧，有水浸泡冲刷过的明显痕迹。一群人正在船内船外忙活着，他们都有高大的身材、粗壮的四肢，其中最年轻的那位有金色短发，浓密的棕红色长胡子很自然地分成两股，仿佛拿起锤子就能变身为海盗。

其他人的年纪更大，有沟壑纵横的皮肤，头发已经是泛着银光的雪白色，穿着工装衣裤，有些在草地上铺开湿润的木板，有些拿着电钻在船外，有些拿着榔头在船内敲打。他们都一脸严肃，时不时地讨论，用笔在纸上写写画画——显然，他们在维护这几艘船，尤其是那艘红黄相间、有点褪色的长船。中午到来的时候，他们停下了手中的工作，聚集在旁边的长条木桌边，从便携保温箱中拿出啤酒和食物，开始共享午餐。

与室外维护良好的复制品相比，博物馆大厅内的船显得格外古老、破败，大多数只剩下一些棕黑色的烂木板。5 艘船中有两艘战船、两艘货船、一艘渔船。战船轻便狭长，在风浪中较为灵活；货船则高大宽阔一些，船体也较重，以便在波涛汹涌中稳定地载重航行。所有的船都有弯曲的船首，通常是用一块完整的橡木精雕细刻而成。其中保存最好的是编号为 3 的小型货船，14 米长的橡木船身大部分都还在，它曾载着商品航行在丹麦沿岸与波罗的海。

但最引人注目的是破烂得多的 2 号战船，船舱和船头只剩下约 1/4，若不是钢架搭建超出了船身结构，很难认出这些木板竟然是一艘船。这艘船足有 30 米长，宽度却不过 3.8 米，1042 年左右建造于都柏林，后来航行至罗斯基勒。

维京人是出色的探险家、武士、商人和海盗，他们驾驶着两头弯曲翘起的木船，航迹遍布欧洲至北极的广大区域。在传说中，丹麦的维京人既是勇敢无畏的英雄，又是烧杀劫掠的强盗。他们的船只轻快地穿过海浪，站在露天甲板上的高大战士令人望而生畏。在将黄金带回罗斯基勒所在的西兰岛的同时，他们也在各地建立殖民地，海上贸易繁荣一时。

维京人曾征服英格兰的东北部，在约克（York）建立都城，如今的约克还有博物馆讲述着这座古城作为"约维克（Jorvik）"时期的故事。公元 800 年左右，维京人登上爱尔兰岛，并且沿着海岸线建立了多个定居点，这些地方逐渐发展为城镇，而维京人则作为商人、雇佣兵、造船匠生活在其中。

一千年后，维京船博物馆开启了对这 5 艘古老维京船的复制项目。人们试图采用同样的原料、同样的工艺来造 5 艘同样的船。项目从 1998 年一直持续到 2010 年，5 艘同样的维京船被建造出来，它们就停泊在博物馆外的草坪上，夏季时还会在罗斯基勒的峡湾航行。

保养维京船，罗斯基勒，丹麦

展厅的大屏幕上不断播放着一段纪录片，我们就坐在仿造成维京货船船身的座位上观看。风浪声大作，屏幕里的船有红黄相间的风帆，在狂风巨浪中上上下下，船内的人穿着橙色的衣服。海水拍打着他们，让他们的全身都变得湿淋淋的，为了收起船帆，有几个人不得不整个身子趴在伸向大海的桅杆上。

镜头一转，这群航海者的脸露出来，天生的白皮肤泛出潮红色，金色和银白的头发从帽子下露出来，他们皱起的眉头、眼窝周遭的沟壑看起来如此熟悉——我们认出了其中几张面孔，就是正在馆外维护船只的那些人。

我们从窗户往外看去，维护船只的工作正在收尾，几个老大爷和老太太正在齐心协力地用绿布把整艘长船的甲板罩起来。我们走出大厅再度来到这艘船前面，一个白头发、白胡子的老人用带着些许口音的英语确认了我们的猜测：这正是纪录片中的那艘船，也是古老的 2 号战船的复制品，而他们就是这艘长船如今的航行者。

老人向我们讲述了纪录片中的航行。复制 2 号战船的计划有一个怀旧的名字——The Sea Stallion from Glendalough，意为“来自格伦达洛的海上良驹”。海上良驹自然指的是船本身；而格伦达洛是爱尔兰威克洛郡的一座冰川谷，那么这个计划的含义再清楚不过了：航船去爱尔兰。

那是一场真正的远行，准备工作早已开始。2000 年到 2004 年，这些遥远时代的丹麦维京人的后裔，与他们的祖先一样，用相同的木与铁复制了船，新船轻巧又坚韧，跟旧船一样可以载 60 个人，船身和帆都采用红黄相间的条纹。2007 年夏季，检验新时代的维京人与维京船的时刻到来了，这些人驾驶着船从罗斯基勒港口出发，经过北海，绕过苏格兰北部，沿着苏格兰西海岸，于当年 8 月 14 日抵达了都柏林。

与一千多年前不同，这次他们受到了爱尔兰人的欢迎，长船在都柏林展出直至第二年夏季。2008 年，他们往南经爱尔兰海，沿着英格兰岛南部，再穿过英吉利海峡，往北回到了罗斯基勒。

老人告诉我们，与祖先一样，他们航行在相同的水上，采用几乎相同的航海方式，以天空的群星确定航向，让风与海流带着船只前进。维京船的甲板是露天的，强烈的阳光会灼伤皮肤，海上的风浪与暴雨也无法遮挡。即便是夏季，他们也时常感到又冷又湿，尤其是天气突变的夜晚，随时都有被浪潮卷下海的危险。但最终他们活着抵达了航程的终点，和他们拥有非凡的勇气与毅力的祖先一样，在经历了极度的艰辛困苦之后，他们证明了维京船的坚固与维京人的勇敢。

航海者以老年人居多，也有一些年轻人，“毕竟我们不上班，更加空闲。”老人笑呵呵地说。他和同伴收拾好维护船只的工具，带领我们向不远处的船坞走去。这里有间巨大的木屋作为他们的活动室和仓库，里面装满了与船相关的各种东西，缆绳、木材、铁钉以及各式各样造船的工具。他们就在这外面的场地里复刻了这艘维京船，再从这旁边的海港出发，沿着古老的航路，去了祖先去过的地方。

木屋前放着几块展板，照片与文字描述了他们远航至爱尔兰的故事。木屋周边都是造船的场地，这也是维京船博物馆的一部分，工作人员在此展示建造维京船的材料与工具，参观者可以亲自动手试试操纵这些样式特别的斧子、锤子、锯子，而孩子们热衷的是使用木材建造一艘玩具小船。

新时代的维京船也在这里被造出来，它们被涂上鲜艳的色彩，但依然保留着从船头到船尾流畅的曲线、高昂的船头、狭长的船身。夏季时人们可以乘船在罗斯基勒港口巡航，由维京人的后裔驾船并讲述千年以前的远航征途。

老人说他曾看过一本叫作《1421》的书，他对其中的中国航海者印象深刻。这本书由前英国皇家海军潜水艇指挥官加文·孟席斯（Gavin Menzies）撰写，副标题叫作“中国发现世界(the year China discovered the world)”，讲述了郑和航海的故事。作者在书中提出郑和的船队比欧洲人更早完成环球航行，在西方的大航海时代到来之前就发现了美洲和澳洲。虽然这样的观点经不起推敲、也拿不出确凿的证据，但郑和的故事依然给这位老人留下了深刻的印象。

他赞叹这位古代航海家的智慧与魄力，也惋惜郑和之后中国再无出色的航海者。在与我们谈论到航海、旅行和中国时，一个建议自然而然地跳了出来：何不航行一艘维京船，试着来到中国呢？老人对着这个想法大笑了起来。在他身后，是那些须发皆白但身板依然坚实硬挺的老大爷和老太太，和延伸到远方的浩渺大海。

一艘木船最远能航行到哪里？答案或许是，你想去并且愿意付出努力而去的所有地方。海洋有多广阔，航程便有多远，人的梦想是不会终止的。

Four

04 未曾谋面的伊万

“你们确定这个人真的存在吗？他就像上帝本身。”

后来我们在意大利跟民宿房东讲起伊万的故事的时候，对方由衷地感慨道。那一瞬间，就连我都有点恍惚。在人们普遍有宗教信仰的地方，也许这样的感慨或者说猜测不无道理。但我们在漫长的旅程中，更了解与尊重人心，所以我们始终相信，这个熟悉的陌生人真的存在，他不是来自我们的想象，也不是神鬼的安排，他只是非常热心，而且善良。

* * *

伊万（Yvan），法国人，生于春季，在英国牛津大学读书，女朋友是同校的伊莲娜（Eleina），爱好自行车。我们住进过他家，在英法两国都得到他帮助，知道他的行踪与近况，但我们从没见过他。

2015 年 12 月的牛津天阴多雨，我们的亚欧自驾之旅已经进行了 3 个多月，英国签证即将到期，申根签证则早已过期。我们在 Airbnb 上预订了一个房间，整栋房子在网页上只有寥寥几张手机图片和一句话介绍——“一个友好温暖的住所”，没有任何人点评，也没有房东简介。出租的那间房从图片上看非常朴素，价格是整个牛津最便宜的，于是我毫不犹豫就订了，那时我根本不知道我们是这栋房子的第一批客人。

Airbnb 上显示的房东叫作伊万，头像是张年轻人的证件照，虽然在微笑，但显得也太正经了些。当时还有一周就要过圣诞节了，伊万很快就发来消息说，他已经出去旅行了，他的室友乔（Joel）会接待我的。当我们抵达的时候，接待我们的除了乔，还有一只叫作克里奥（Cleo）的黑猫。

这栋房子是几个牛津大学生合住的，趁着假期出租空房间给旅行者。我们的房间在底层，紧邻客厅，宽敞、整洁、简单，伊万准备了牛津的旅行资料和入住须知放在书桌上。大窗户正对着一个小院子，我们的车就停在那里，旁边还有一辆德国牌照的车，属于伊莲娜——来自德国的俄罗斯裔女孩，伊万的另一个室友和女朋友。当时他俩一起去德国了，留下单身的乔一个人带着一只单身猫独守空房，直到我们到来。

房子的后院里停着好多辆自行车，乔告诉我们这些都是伊万的爱好，这个年轻人热衷骑行，还顺带做起了改装自行车和出售的小生意。在 Airbnb 上出租房子也是他带着室友们一起进行的小生意尝试，谁也没想到这个民宿居然很快就迎来了住客——一个简朴、并不在老城区的房子，居然真的被我们租下了。

乔来自美国，墨西哥裔，热爱家庭生活，打算以后生 6 个孩子，彼时刚从牛津研究生毕业，白天窝在房子里改简历、发工作申请，傍晚去附近的比萨店打工，夜里则和我们一起看美剧、看电影、瞎聊天。入住的第一天夜里，我们给乔讲了从上海自驾到牛津的过程和当时的烦恼——我们打算 1 月飞回国再办一个英国签证和申根签证，在回国的 2 个多月里，我们的座驾“飞毯”需要找一个安全、廉价的停放之处。

乔立刻用一副理所当然的语气让我们把车留在房前的小院子里，理由很充足：牛津治安很好，伊莲娜的车长期停在那儿从没出过事，他们几个还能帮忙照料我们的车。这时离我们走进这栋房子还不到 5 小时，总共聊天时间还没超过半小时。

第二天我发消息询问伊万的意见，他也一副理所当然的语气回复了我：“当然可以，期待 3 月与你们相见。”

我们在这栋房子里一共住了 5 个晚上，跟乔从人生理想聊到国际大事、从家长里短聊到创业方向。然后，我们飞回国办签证了，“飞毯”则在这个临时之家住了 2 个半月。

乔在 2016 年 1 月底回美国了，很遗憾我们没能再在英国见到他。3 月很快就来临了，我们也准备回英国继续旅程。在那之前，我在 Airbnb 上再度联系到伊万，他语气轻快地回复到：“你们飞抵英国的那天是我的生日，我和一帮朋友打算先去看一场脱口秀，然后再去酒吧嗨一夜，欢迎你们也赶来加入。因为有朋友来聚会，所以那天房子会住满了人，如果你们不介意的话，就在客厅挤一晚吧，或者也可以去我朋友家住。”

我们满心以为这次能见到伊万了，还准备了给他的礼物——纪先生的外公亲笔画了一幅山水，以感谢他对我们的帮助。为了不给他带来太多麻烦，以及赶时间乘船去爱尔兰过圣帕特里克节，我们订了附近另一个城市的酒店。

然而在伦敦下飞机、搭地铁去维多利亚车站、坐上去牛津的巴士、再换乘公交车到伊万家，整个漫长的旅途之后，我们还是晚了。他和朋友们已经去聚会了，给我们开门的是一位来自中国的访问学者，就住在我们当初住的那间房里。这位老师也是在 Airbnb 上找到这间房子的，他称赞伊万是个热情、好心肠又聪明的年轻人。

车钥匙被伊万留在房子里。我们检查了车，车内的东西完好无损，车况良好，显然伊万他们曾经数次驾驶“飞毯”，以防止它因长期停放而出问题。等至深夜，各种方式都无法联系到伊万，我们只能留下礼物，与这位老师和黑猫道别，开车离开了。

第二天伊万发消息来表示很喜欢那幅山水画，前一天夜里他忘记带手机了，所以错过了与我们见面的机会。但他告诉我们，他最近会去西班牙和法国，如果行程交错的话，我们可能在某个地方见面。

就这样，我们大概每周都会给对方发一条消息，互相汇报最近的行程：现在哪个城市、下一站和下下站在哪儿。我们曾经同一天都在巴黎——我们准备离开、伊万则刚到达，然而手机不能随时上网，再次错过。

4 月底，我们的车在法国尼斯被砸，车内的大量行李被偷走。我正沮丧着，突然收到了伊万发来的、惯例的汇报行程消息，于是我在回复时提到了这件令人难过的事。伊万飞速地回复说，他家以前的邻居就在尼斯当警察，他立刻就帮我们问问能不能帮上忙。

然而这位警察告诉伊万这种事他也无能为力。警察这方面不给力，伊万觉得很抱歉，又给了我们一个地址，那是他的兄弟在尼斯附近的海滨小城昂蒂布（Antibes）开的三明治店。他告诉我们，有任何问题都可以去找他兄弟，哪怕只是想找人聊聊天散散心。然而那几天我们忙于处理报案、修车，最终没有去成。

我们继续互相汇报行程，伊万常在英国和南欧国家出入，而我们则一路向东朝着回家的方向。按照伊万的话说，命中注定我们一定会在某处相见的，所以一定要随时保持联系。我们还讨论过一起去墨西哥找乔玩耍，但是近期内谁都没有时间精力。在希腊的时候，伊万发来了对我们婚礼的祝贺；在土耳其的时候，我们则收到了伊万求婚成功的消息。

那是一条很长的消息，字里行间满是激动与欢乐。伊万和伊莲娜一起在法国一个人迹罕至的地方旅行，他们在空旷的海滩露营，花一整晚时间在漆黑夜色中登上一座荒芜的高山，在登顶与太阳升起的时刻，伊万求婚了，伊莲娜则回答了“我愿意”。

“是你们启发了我，”伊万在描述求婚过程的消息里说。我突然感动得快哭出来，又非常骄傲：如果我们这场漫长的旅行有什么意义的话，大概其中最美好之处便在这里。

当我们终于开车回到国内，我在邮件里看见了伊万发来的婚礼照片——在牛津的草地上的小婚礼，他们和朋友穿衣打扮成了“爱丽丝漫游仙境”的风格，让整个婚礼弥漫着一种梦幻的趣味。

婚后伊万和伊莲娜住在法国南部的一座小城，伊万延续了他在牛津大学的专业，创业做了一家新能源的小公司，目前运行得很顺利。闲暇的时候，他和伊莲娜常常去游泳、钓鱼，带着他们刚出世不久的儿子奥利佛（Oliver）一起。他常常发邮件给我们，惯常地描述他们的生活和未来的旅程，中国也排在他们的计划中。

“如今那幅山水画就挂在我们的客厅里，我们常向来拜访的朋友讲述这幅画的来历和你们的旅程，你们的勇气让我惊叹与佩服，我们期待着阅读你们的书。”

如今距我们第一次与伊万联系已经过去了两年，我们依然没见过面。但我们好像都感受到了某种命中注定，我们都觉得对方给自己帮了很大的忙——在我们出事的时候伊万想尽办法帮我们，在他想要求婚旅行的时候从我们的经历中汲取了些微勇气，而且我们都相信，终有一天一定会相见。

Five

05 莎士比亚书店里的作家

在巴黎要找到一个作家并不比喝到一杯好咖啡更难。我知道该往何处去，当我年纪尚轻、还对巴黎抱着不切实际的浪漫主义幻想的时候，我就听说过莎士比亚书店（Shakespeare & Company）的名字。甚至在文艺片里，我喜欢的男女主角重逢的一幕也发生在这里。

虽然并无关系，但巴黎（Paris）与帕里斯（Paris）同名。帕里斯就是希腊神话中那个拒绝了天后赫拉和智慧女神雅典娜的赠礼，选择了爱与美之神阿佛洛狄忒的诱惑，诱拐了美女海伦，从而引发了特洛伊战争的王子。那场荷马史诗记述的漫长战争中，人类最杰出的英雄轮番登场，仿佛群星云集，在特洛伊的海滩上各自迎来莫测的命运。这倒有一点像当年的巴黎，仿若世界文艺之都，最杰出的文人从各地来此，又在历史的波云谲诡中流散各地，而他们当初聚集会面的场所则多半是在莎士比亚书店。

如今的莎士比亚书店就开在巴黎圣母院旁边。那是我们抵达巴黎的第二天，纪先生老实地去圣母院门口排队，我却仗着早几年趁淡季无人时就去过了，先跑去了旁边心心念念许久了的莎士比亚书店。然而圣母院门口毕竟游人如织，春季艳阳下找不到半分雨果写的那宏伟又悲怆的气息，既没有敲钟的驼背人，也没有跳舞的吉卜赛女郎。排了半小时毫无进展，纪先生便也跑来书店，居然也排了半小时队才进来。好在店门口摆着一大堆旧书打折卖，一边排队一边翻翻几十年前的书，倒也有趣。

我极喜欢一个电影系列《日出之前》《日落之前》《午夜之前》，电影每隔 9 年出一部，剧中人物的生活也过去 9 年。第二部《日落之前》开篇，一见钟情却意外无法联系以至于分离9年的男女主人公在巴黎重逢，来自美国的男主角已经成了颇有名气的青年作家，他将当年的爱情写成书，在莎士比亚书店签售，法国的女主角果然闻讯而至，两人隔着人群四目相对，整间书店都是见证。

我想我这次也看见了一个青年作家。这个年轻男子就坐在书店二楼图书馆阅读室靠窗的凳子上，阳光洒进来，照得室内温暖又惬意，陈旧的书香味更明晰了几分，他捧着银白的笔记本电脑正在写点什么，于拥挤的人群中非常安静。

在骄傲得不肯讲英语的法国，莎士比亚书店从诞生起便是个异类——这是一家英文书店。至今，当我在书店闲逛，都能听见店员在向顾客吐槽："我们是家在法国的英文书店，所以很抱歉，这里没有什么西班牙语的书。"

其实这倒没什么太奇怪，最初在巴黎左岸开这书店的是个美国人，叫作西尔维娅·毕奇（Sylvia Beach）。书店创办于1919年，一家英文书店开张的消息很快流传开来，在法国的美国作家们纷纷跑来，吸引得别国作家也前来瞧瞧、会会朋友。书店的客人包括阿拉贡、纪德、艾略特、菲茨杰拉德、斯坦因、海明威等，大概"迷惘的一代"都是这家书店的常客。梁文道评价说这不是个卖书的地方，而是"现代主义的震央，二十世纪西方文学的产房"。

这些后来名震全球的文人当初还都是些年轻人，一大半时间打发在左岸的那几家咖啡馆，另一大半时间则打发在这既是书店又是图书馆的好去处。他们在此借书、买书、读书，抽烟、写作、聊天，还有非英语写作的作家跑来，就专为看看在这流连的几个出色的英语作家。书店主人毕奇的任务还包括帮他们收发电报和信件，不少因为贫穷或者就爱四处流窜的文人把书店作为长期通信地址。

但书店最出格、或者说最出色的手笔还是毫无出版经验的毕奇，以书店的名义出版了乔伊斯的《尤利西斯》。当时这部小说在美国连载时已被法院判有猥亵罪遭禁，但当乔伊斯来到巴黎、走进莎士比亚书店后，他便得到了毕奇的大力帮助，使得这本文学史上的巨著得以突破重围、出版面世。《尤利西斯》也让莎士比亚书店名垂青史。

在我登上二楼、走进阅读室看见那个年轻男子时，他埋首于字句的样子让我想到曾经的那些作家，但他孤身一人，仿佛已经坐在窗边写了很久。我没有与他搭话，实际上我踌躇了几秒，但我凭借自己作为一个不合格的写作者的喜好猜测，他并不希望有人打断他。如今莎士比亚书店已经是文艺青年的朝圣地，又无门票或者咖啡钱之负累，来拍照、来盖章的人比其他地方竟是更多些。即便人们大多言语声细小，但木地板一踩总是吱吱叫，我也不想更加破坏他的安静。

在海明威的印象里，莎士比亚书店是个"温暖、愉快的地方，冬天有个大火炉，

莎士比亚书店，巴黎，法国

ARE AND COMPANY
ANTIQUARIAN BOOKS
WHILE THY BOOKE DOTH LIVE AND WE HAVE WITS TO READ AND PRAISE TO GIVE THOU ART ALIVE STILL
PARIS WALL NEWSPAPER
JANUARY 1st 2004
SOME PEOPLE CALL ME THE DON QUIXOTE OF THE LATIN QUARTER BECAUSE MY HEAD IS SO FAR UP IN THE CLOUDS THAT I CAN IMAGINE ALL OF US ARE ANGELS IN PARADISE, AND INSTEAD OF BEING A BONAFIDE BOOKSELLER I AM MORE LIKE A FRUSTRATED NOVELIST.
THIS STORE HAS ROOMS LIKE CHAPTERS IN A NOVEL AND THE FACT IS TOLSTOI AND DOSTOYEVSKY ARE
Open
Ouvert

满桌满墙的书籍，橱窗里是新书，墙上挂满各个时代伟大作家的照片”。然而，如今这家书店虽然朝圣者众多，它却并不是毕奇的那家书店了。“二战”时巴黎沦陷，毕奇因为拒绝卖书给一个德国军官而遭囚禁 6 个月。1944 年，海明威开着吉普车来找到了毕奇，解决了屋顶放冷枪的德国狙击手，“解放”了书店，然后又开着吉普车去“解放”丽兹饭店的酒窖。但战争结束后，毕奇再无心力重开书店了。

1951 年，另一个美国人乔治·惠特曼（George Whitman）在巴黎圣母院附近开了家英文书店，店名取自他爱上的第一个女子，叫作“Le Mistral”。1961 年，惠特曼与毕奇相识，在毕奇的帮助下，他把书店还原成了当初的陈设和装饰，还得到了当初书店的藏书，以及海明威、乔伊斯等人的照片。1964 年，毕奇去世，惠特曼把书店改名为莎士比亚书店。

总之，如今我们身处的书店确实如同海明威印象中的样子：一楼不大的空间里满满都是书，从地板一直延伸到天花板，按小说、非虚构、设计等主题分类、以作家名首字母 A 到 Z 排序，就连楼梯下面也放满了书籍。暖光灯令人愉悦，人群虽然拥挤但并不吵闹，因为禁止拍照所以大家也只能专心找书、看书，店员穿梭其中为读者推荐、寻找、登记订购某本书。二楼是图书馆，可以借阅，或者就在书架旁的木质长凳、铺着柔软垫子的床铺上阅读，不收钱，只要保持安静就好。甚至还有一架钢琴，若是有足够自信与精湛技艺，任谁也可以去弹奏一曲。

海明威还说“我认识的人中间没有一个比她（毕奇）待我更好”。当年毕奇把他介绍给其他作家，借书给他，帮他找公寓，果然是真的好。惠特曼显然非常欣赏毕奇，他给自己的女儿起名为西尔维娅·毕奇·惠特曼（Sylvia Beach Whitman），也待文人作家非常好。书店二楼的书架旁的那些床位免费提供了许多年，年轻贫穷、籍籍无名的作家可以在此住宿，甚至享用书店提供的早餐，住多久随意，从一夜到一个月都有，简直有些乌托邦。寄居者需坚持写作，留下作品和照片，如若以后成名，书店也是个见证。据说这些床位已经收留超过 4000 人，其中不乏一些后来颇有名气的诗人、作家。

二楼的氛围确实比一楼更安静些，沿着墙的长条座位上坐着好几个人，都捧着书在阅读。年轻写作者大概便是寓居在书店里，如同与毕奇关系紧密的“迷惘的一代”，与惠特曼最为密切的“垮掉的一代”——艾伦·金斯堡、威廉·巴勒斯等都将其作为在巴黎的根据地，在书店里流连、在书店前朗读作品，旧金山“城市之光”书店的店主当时也经常泡在莎士比亚书店。男子的手在键盘上敲打，这个小阅读室几乎是静寂无声的，连我走进来他也没有抬头。

可以想见的是，当下这个继承自毕奇、承载着惠特曼的乌托邦式理想的书店，生存起来并不太容易。后来惠特曼将书店交给更实际的女儿全权管理，自己则居住在书店三楼的公寓里，日日看着窗外圣母院的景色，享受着楼下流淌过巴黎文艺界黄金时代的书香，直到他于 2011 年去世。

如今书店的旁边开了家同名的咖啡馆，常举办签售会、阅读会、电影放映会等活动，来往的作家自然是不少。书店也出现在《午夜巴黎》等几部文艺电影里，名气流传得更广大了，顾客自然也多了起来，据说书店运营仍是有些艰辛之处，但终究能勉力生存下来。在莎士比亚书店买的书扉页会盖上一枚莎士比亚头像的印章，大概顾客以后成了名，曾经的购书读书品位，这书店也可做个见证。

我拿着自己挑好的书看了几页，准备下楼付账、盖章，一群年轻的游客恰在此时走进了这间阅读室，古旧的书籍与竖立至天花板的书架让他们惊异不已，而这些书曾经属于萨特、波伏娃、乔伊斯、纪德……于是这些天真的游客决定自拍留念。几个活泼的男孩女孩凑在一起叽叽喳喳摆开了造型，一阵吵闹后，写作的年轻男子合上了电脑，打开旁边的一扇房门走进一个小隔间，再没出来。

这是我在巴黎遇见的第一个作家，后来我便再没在巴黎寻找作家了。

Six

06 马克和莫妮卡

预订好要住在马克（Mark）和莫妮卡（Monica）家之后，男主人发来信息说，他们家周围除了公路还是公路，建议我们提前吃点饭，否则就只能饿肚子了。

循着马克提前给的指示，我们找到了这户位于意大利港口城市巴里（Bari）的人家。大门打开，还需沿着一条长长的通道开上几百米，等到听见一片狗叫声，便到了门口。

一个光头、有点啤酒肚的大叔从屋子里迎出来，看起来很有精神，他的出现安抚了隔着一道铁门吠个不停的狗群。马克笑嘻嘻地说：“我给你们准备了一点意大利千层面，现在去拿出来，你们该饿了吧？”

他的英语过于标准，让我们有点惊讶，差点忽略见面先问“吃了吗”这种带点中国老年人风格的打招呼方式。我们点点头，明明之前就忠告过，没想到他们还是不放心地给客人准备了晚餐。

进门时，恰逢莫妮卡要出去，匆匆打了个招呼。莫妮卡用意大利人惯有的大嗓门与嘎嘣脆的吐词解释道：“我得去送狗。这是个幸运的家伙，刚放上网站没几天就被认养了，今晚我送它去新家，希望它和新家人相处愉快。”

马克和莫妮卡拥抱了一下，飞速地吻过面颊，莫妮卡便风风火火地走了。铁门后的狗群轻轻地咕噜了一阵，似在跟莫妮卡和它们的同伴告别。

这栋位于郊区的高速公路旁的平房看上去是自己盖的，面积很大，陈设简朴，旁边有个大院子，住着一群狗。待我们安顿好行李，餐桌上已经摆好了热乎乎的千层面。马克有点期待地看我们尝了尝味道——真是好吃，胜过我们在国内吃过的所有意式餐厅。

得到赞扬的大叔马克洋溢出一脸天真的喜悦：“我其实是个爱尔兰人，曾经在伦敦的餐厅工作过，烹饪是我的爱好，我也很擅长做这个。知道我为什么来意大利吗？这里的食物太妙了，尤其是意大利面，每个意大利城市都有几种甚至几十种不同的意面，几乎每家每户都有自己独特的做意面的方法，加起来不知道全国有多少种意面。我喜欢收集这些不同的意面，尝试用不同的方式烹饪，它们实在太棒了！”

“所以你找了个意大利妻子？”

“哈哈，其实我们是在伦敦认识的。那会儿我已经厌倦了大城市疲于奔命、毫无目的的生活，于是我和莫妮卡决定回到意大利。我们开了一辆 Smart，装上全部家当，一路从伦敦来到了巴里。到了意大利之后，我发现这里的意面比我之前接触的品种和做法都多得多，真是奇妙。”

“Smart？那可真是了不起，两个大人和那么多行李塞在里面，沿途一定很引人注目。”

“我们开了一个月，沿途玩着过来，我觉得很好玩，但自那之后，莫妮卡烦透了自驾游，她再也不愿意坐车了，”马克无奈地笑笑，“所以我的环球计划一直没能实现。”

嘿，又是一个想开车环球的人呢。

“真是可惜，不如下次考虑你开车、莫妮卡坐飞机，你们在目的地相会，假装一场艳遇。”

“这主意不错！不过我们现在都有点走不开了。我们有一个专门收养流浪狗的机构，你们也听见了那些狗叫声。我们忙着照顾这些家伙，许多狗在流浪的时候得了病——不只是身体上的，还有心理上的。我收养它们，给它们注射疫苗、绝育，治疗它们的疾病，还得训练它们，让它们恢复健康。要知道，它们本质上都很活泼聪明的。”

“莫妮卡跟你一起干这个？”

“我俩志同道合，都特别喜欢狗。我们一起照料狗，待它们好起来，我们会一一拍照，再将它们的情况详细地写在网站上，全意大利的人都可以来看，选一只心动的认养。认养者只需付 100 欧元，我们就会把健康、做好了免疫的狗送到家，无论他在意大利何处。”

“听上去不容易，光是运输费都好贵吧，还有前期照料、治疗狗的成本。”

“这个价格理论上能让我们的机构顺利运营下去。送出去之后，我们也会持续追踪这些狗狗在新家的情况。但是，有时候狗会被退回来。因为认养者有点想当然，以为会是一只品种狗或者刚出生的小狗，而当他们看见这些经历过流浪生活的杂种狗和大狗时，就觉得很失望。我们只能在网站上多次强调，请认养者仔细考虑好再做决定，否则送出后再被拒绝，对狗的心理伤害很大。”

一只猫悄悄爬上了沙发，在我们身边躺下。马克家除了大群的流浪狗，还养了两只猫，它们神出鬼没，瞧不上那群嗷嗷叫的傻狗。

第二天早上，马克准备了早餐，并且拿出一瓶辣椒酱给我们佐餐。

“除了狗之外，我最大的爱好是辣椒。我自己种植辣椒、制作辣椒酱。对我来说，不同风味、不同辣度的辣椒也非常美妙，它们能大大提升烹饪中的饮食体验。我有一个网站，上面列出了我培育的所有辣椒和培育方法。”

作为一个四川人，我成功挑战了马克的辣椒酱收藏里中等偏上辣度的那瓶——确实很辣，纯粹的辣。

早餐之后，我们就要去港口乘船，准备前往希腊。马克十分遗憾地表示，当天是巴里一个十分盛大的节日，称为“圣尼古拉节”（Saint Nicholas’ Day），巴里市区将举行狂欢庆祝活动，晚上还会摆上夜市烧烤。

大概是为了弥补马克的遗憾，当天国际海员罢工，我们没有走成。罢工结束要等3天之后，我们只能开车又回到马克家。马克正拿着工具在装修房子，刚给走廊开了一道新窗。

“啊？这些意大利人！不过这样你们就能参与圣尼古拉节了，夜市的烧烤真的很好吃。我家今晚已经被人预订了，我来帮你们订个今晚的酒店，明晚你们再回我家住。但车最好一直停在我家，市区停车很贵而且不安全，容易被砸车，毕竟这里是意大利。”

莫妮卡已经从外地回来了，她愉快地表示送出的狗被认养者接受了，然后再次用超快的语速强调，圣尼古拉节十分盛大、夜市烧烤十分好吃。她把两样最值得推荐的食物名字用意大利语念了好几遍，生怕我们忘记了。

马克一边抱怨巴里的酒店和民宿因为过节价格翻倍，一边陪我们从网上找到了一家便宜的青旅。当我们走到外面的高速路边等公交车的时候，他又骑着自行车追出来，递给我们两张车票。

“莫妮卡打发我来看看你们，她担心你们找不到车站和该坐的车，毕竟意大利的好多公交车都是直接在高速公路上就停了，都不进辅道。我翻出了这两张车票，应该还能用，拿着吧。”

圣尼古拉是巴里特别推崇的宗教圣人，据说也是圣诞老人的原型之一。庆祝的方式就是张灯结彩。夜市上只卖两种烧烤：烤内脏和烤大章鱼，难怪莫妮卡一直只强调两种食物的名字，不过味道确实不错，尤其对于长久没吃到内脏的我们而言，巴里人的饮食品位显得非常投契。

节日之后，我们又回到了马克和莫妮卡家。夫妻俩拿出地图，指点我们去周边的小镇观光，并邀请我们参加了晚上和朋友们的家庭聚餐。来访者是一位精干的大叔和一位短发的大妈，他们带来了自制的烤茄子和意大利面，而莫妮卡准备了提拉米苏当饭后甜点。不得不说，意大利人的烹饪水平真是不错，后来我们再也没吃过这么好吃的意式料理了。

餐桌旁，几个意大利人讲起话来又急又快，嗓门大、不停歇，还带着大幅度的手势。我们看得有点瞠目结舌。马克眨眨眼小声说："意大利人讲话啊，就跟吵架一样。我第一次见到莫妮卡家人，他们彼此大喊大叫超级可怕，我还以为她父母对我有什么意见呢。后来我才知道，这只是他们正常的交流方式。"

短发大妈被莫妮卡称为"狗狗美容大师"，她不止是来参加聚会的，也是来为一只狗清理毛发的。实际上，这两个朋友都经常来帮忙照顾流浪狗。

刚被收养的流浪狗通常非常敏感易怒，或者特别虚弱多病无法融入狗群之中。马克和莫妮卡会与这些狗狗同住一段时间，贴身照顾，待它们身体和心理都恢复到正常水平之后，再一步步带领它们融入大院的狗群中，然后发到网上等待认养。被清理毛发的这只长毛小白狗因为年纪太大了，没有人肯认养，就被马克他们自己养起来了。

为了让小白狗乖乖被梳理，莫妮卡用了它最爱的薯片作为奖励。马克家有好几条这样的狗，有的是因为年纪太大，有的是身有残疾，有的是体形太大被很多人恐惧，而不适合或者一直没有认养，马克和莫妮卡就自己养着这些狗。而这些常驻的狗狗，也会成为狗群的头领、军师，帮助照料、管辖其他收养来的流浪狗。

莫妮卡从卧室里抱出了一只裹在床单里的小奶狗，让它学会跟人类亲近。这是家里的最新成员，莫妮卡前几天刚从街边把它捡回来，小狗还没断奶，身体十分虚弱，一直站不起来，这让夫妻俩十分担心。莫妮卡天天抱着它睡觉，不离身地照顾着，这会儿小狗已经能慢慢坐起来了。

两天后，我们要坐船离开了。马克打开了大院的小门，带我们看了看他们收养的流浪狗。这群狗体形不一、神态各异。有几条狗流浪时受到的伤害还留在身体上，看见大门敞开，便对着我们这两个陌生人狂吠不已；有的伤势已经痊愈，但还未能完全融入狗群，在角落警惕地看着我们；还有几条狗则十分活泼，一个劲儿亲热地蹭马克。其中一条身材高大挺拔、毛发浓密的大狗威武地站在狗群最前方，昂首看着面前的人类，它是狗群的头领——一方面警醒着陌生人不要伤害它的同伴，另一方面也戒备着那几条敏感易怒的狗以免伤害到我们。

"我视狗为我的朋友。莫妮卡和我一样爱它们。我们很高兴能够离开沉闷忙碌的大城市，和这些狗一起生活有趣多了。"

临走时，我们交换了辣椒。我们把从国内带了一路、仅剩的红花椒都给了马克，而他则给了我们一种墨西哥辣椒。如果顺利的话，在狗群看守的大院里，马上就要长出花椒树了。

Trulli 建筑与孩子　阿尔贝罗贝洛　意大利

Seven

07 阿里和他的旅馆

阿里（Ali）的旅馆像一个大型的后现代艺术装置。在这里，现实与过去交织在一起。

房间里的钟总是停在某点某分某秒，每间房都不一样，时针、分针、秒针全不走动，每间房都形成了一个单独的、停滞的时空。我们 3 次来到伊斯坦布尔，一共待了 12 天，都住在阿里的旅馆。

在伊斯坦布尔著名的蓝色清真寺与马尔马拉海之间，有一片蜘蛛网般的街巷。蛛网北部是景点密布的热闹游客区，蛛网南部有奔驰的汽车穿梭在海滨大道。而蛛网本身由破旧的房子与狭窄的巷子组成，其中一条短小的巷子里，坐落着阿里的旅馆。巷道两旁面对面排列着几栋老房子，一头只容一车进出，另一头是更窄的弯道，若不注意看便以为是死路。

旅馆的隔壁在拆房子。我们第一次到的时候，房子就已经空荡荡的，离开时已经被砸得只剩半栋；第二次到的时候，房子已经成为一片废墟，人们在清理废墟里的垃圾；第三次到的时候，废墟只留下零星的遗骸，孩子在房子消失后的地基大坑里游戏。

第一次，我们住在三楼，于是我们在 8 点 41 分生活了 2 天，走出去的时候是清晨，回来的时候是傍晚，但钟的时间没有分毫改变。后两次，我们住在二楼，于是我们生活在 10 点 22 分，加起来住了 10 天，包括斋月开始的头 3 天。在这片街巷之外，晨昏变化一切如常，但一旦走进旅馆的房间，我们的生命之钟就好像被拨了一下，以达到与墙面上的钟同步。晨钟晚祷，周边几座宣礼塔的声音唤了一遍又一遍，阿里在一楼的小办公室一如既往地玩游戏，房间里钟的指针静止不动。当别的房间门开合，我们会猜，这些客人又住在几点几分几秒？

这让我们感到奇异，仿佛不小心闯进了某个关于生命、时间与空间的隐喻之地，还在里面无知地、愚蠢地睡着大觉。

“蜘蛛网”里的每个人都认识阿里和他的旅馆。在我们刚进入土耳其的那个傍晚，开车绕了几圈都没有发现旅馆所在的巷子入口，只好把车停在一栋更老更破的房子外面，步行在这迷宫里寻找。一个孩子发现了我们，尽管不会说英语，但他一眼就认出这两个不识路的外国人是阿里的新客人，积极、负责地把我们带到了阿里的旅馆前面，从装点着绿植的铁栅栏窗里叫出了这个满脸笑容的土耳其中年人。

阿里的旅馆在订房网站上的评分是 8.8 分，但所有人都评价说，阿里本人足以得到 10 分。这是个快活的中年男人，语速轻快活泼，为人热情友善。他指挥我们把车停在街区尽头拐角处的一块废弃的土地上，从这旁边的小门穿过，就是初建于 6 世纪的拜占庭建筑圣索菲亚大教堂（Little Hagia Sophia）。

对于把车停在从旅馆看不见的地方，我们感到有些担心，但阿里拍拍我们的肩膀让我们放心：所有人都知道这是他的客人停车的地方，除了中国车，这里还停着斯洛伐克的车。阿里的客人来自世界各地，“蜘蛛网”里的人也习惯了从全世界来到这座亚欧桥梁之城的旅行者。我们看了看跟随我们过来的几个孩童，以及从“停车场”往旅馆走的路上每一个打开窗对我们微笑挥手的当地人——包括一个裹着头巾的老奶奶和一个满脸横肉的大叔，心很快就安顿了下来。

放下行李后我们跑到一楼去交房费，阿里已经准备好了茶。我们向他打听哪里有好吃的，阿里愣了愣，双手向四周一挥：“这周边全是吃的，无论你朝哪个方向走，都有无数美味的餐馆。”

阿里是对的。我们最喜欢的伊斯坦布尔餐馆就在与之平行的巷道里，老板是个沉默寡言的大爷，食物在老城中心显得便宜得惊人；餐馆对面有一家雷鬼风格的咖啡厅兼酒吧，鲍勃·马利（Bob Marley）的头像装饰着墙面与菜单，夜里我们和来自欧洲的女主人养的大狗一起坐在街边乘凉，抽一壶苹果味水烟。

早晨我们出门，刚走过隔壁那栋在拆的房子，就听见阿里在叫我们的名字。他站在三楼的窗前朝我们挥手，祝我们度过愉快的一天。

旅馆的房价是 50 里拉（约人民币 110 元），这个价格你再也找不到离老城区最美的风景、最热闹的巴扎、最好的餐馆更近的住处。但很多旅行者甚至不敢走到蓝色清真寺后面这片迷宫般的街巷里来。“蜘蛛网”外是正在飞速发展的伊斯坦布尔，叮当响的电车、熙攘的游客、琳琅满目的商店、刻意布置的“传统”餐厅；“蜘蛛网”内虽然开起了民宿旅馆、家庭餐馆、小咖啡店，但所依傍的破房屋、陈旧的设施与低廉的价格，使得贫穷与混乱依然是大多数人对这里的第一印象。

除了阿里的旅馆那样与废墟为邻的老砖房，这里还剩几栋奥斯曼式的破旧木房子，你以为的危房里通常还住着几个人。狭窄的巷道、老旧的房子、皮肤黝黑的孩子、衣衫朴素的成年人——虽然时代发展，但这里的生活似乎还停留在过去，即便在变化，也缓慢得肉眼不可见，跟阿里旅馆里的每一个钟一样。

这片老旧的"蜘蛛网"是阿里与家人生活的地方，他熟悉这里的人，他的孩子与这些孩子一起玩耍。我们每天从旅馆走出时，对面那户人家的两个男孩子总是赤脚站在窗户的铁栅栏上害羞地看着我们，却在我们微笑着看回去的时候，不好意思地扭过头。我们找不到阿里进不了旅馆大门的时候，路过的人会帮我们去找他，给他打电话，在楼外面大声叫他的名字。

阿里每隔一天会打扫一次房间，他推测出客人的起床时间后，会准时来敲门。双人间总是多一张小床——他重视家庭，所以为可能被带来的孩子留下那张床。但阿里没有管过那些全都没电了的钟和因为变形而合不上门的柜子，他不在乎房间停滞在哪个奇怪的时间，只要床单是干净整洁的、垃圾及时清理了、卫生间总有足够的纸巾，他就感到心满意足，可以安心地在办公室玩游戏了。

在他的一天里，上午来旅馆问候客人，打扫之后，他会回到自己家睡午觉，如果当天有客人来临，其余时间他会坐在办公室一边玩游戏一边等候。有时候，街巷的孩子会为他带来找不到路的客人；有时候他坐在室外和邻居一起乘凉聊天时，也会捡到迷路的客人。但阿里不会主动向客人推荐去处，最负盛名的蓝色清真寺、圣索菲亚大教堂都在 10 分钟步行距离内，沿着老城任意一条"蛛丝"都能走到那里，即便走反了，也能在马尔马拉海边看一场日落。

他的办公室外是一间小小的早餐室，如果客人需要且愿意付钱，阿里会很乐意准备简单的欧式早餐。但在餐馆众多的伊斯坦布尔老城，阿里从不主动推销这项服务。实际上，我们感到他并不真的希望有客人提出要求，他更喜欢说"好吃的到处都是，去找找看吧"。不过他乐意请客人喝茶，茶来自对面的他自己家，由他或者他十来岁的儿子端过来——装在郁金香杯里的红茶是每个合格的土耳其人应有的待客之道。

我们回到旅馆时，他总是从办公室欢快地走出来，叫出我们的名字，询问我们在伊斯坦布尔是否愉快。只有一次他没有主动出来，但那天我们要给他交房费，便敲门走进了他的办公室。阿里正忙着跟电脑屏幕那头的人在游戏里合作。他发现我们之后，兴高采烈地说："你们来帮我玩一会儿吧，我去把这笔房费记下来。"

他一只眼盯着屏幕，一只眼恳求着我们。可是我们真的不会玩这个游戏，阿里第一次露出了着急的表情，于是我们等到几分钟后他把这局结束，才把钱给他。这让他感到抱歉，但我们却觉得看一个土耳其中年“网瘾”玩游戏其实很有趣。甚至在禁止饮食、娱乐的斋月，当宣礼塔的吟唱提醒着守斋的人们，阿里也坐在办公室玩游戏，并在一局结束的间歇愉快地跟我们聊天，与我们一起喝茶。

那段时间，我们变成了跟他最熟的客人。阿里开朗、直接，他偶尔会向我们抱怨别的客人拖欠房费的事，也抱怨他们的大嗓门。客人遗忘在房间里的东西，阿里总是细心地收起来，通过电话、邮件跟他们联系，试图归还。如果长时间联络不上，他就把这些东西摆在早餐室里，和异国的客人送他的礼物一起，作为装饰。于是来自日本的风铃、中国的剪纸与土耳其粗制滥造的旅游纪念品都摆在镜子旁。有一天，阿里找出了早前的客人留下的一些恶魔之眼手链，他把其中两条送给我们。在他看来，中国人总是更加安静、爱干净，就连名字都简洁好记，所以他宣布自己最喜欢中国人了。

直到最终离开伊斯坦布尔那天，房间里的钟都没有走动一丝一毫。我们从合不上的柜子里取出衣服，收拾好行李，走出这个时间凝滞的空间。隔壁的废墟已经被围了起来，看样子要盖新房了。孩子们与我们挥手道别，第一天遇见的戴头巾的老奶奶再次出现在窗口，冲我们微笑了一下。阿里送我们到“停车场”，但一辆车挡住了狭窄的出路。

这一次，我们粗略地见识了“蜘蛛网”的运作方式。阿里告诉我们这辆车不属于这里的居民，也不属于他的旅馆客人，应该是附近别的旅馆的客人的车。他看了车的挡风玻璃，那里只有一张租车公司的名片。他打电话过去说明了情况，确认这辆车是租来的，并且问到了租车者的名字。这是个陌生的名字，阿里开始打电话，寻找这个租车者。在这个过程中，每一个从街角路过的人都热情地跟阿里打招呼，在简短的问候中提供了一些关于租车者的情报。

跟四五个路人和特意过来的街坊聊过之后，阿里确认了租车者所住的旅馆，并电话联系上了对方。等待租车者来挪车的 10 多分钟里，我们与阿里进行了最后的、告别的闲聊。他告诉我们他并不是伊斯坦布尔本地人，他的父亲住在土耳其东北部靠近亚美尼亚的地方、高耸的亚拉腊山下，但他热爱这座城市，他也热爱自己与妻子、孩子生活的这片老街区。

当我们开车离开这些狭窄的街道时，阿里在后面朝我们挥手，周边我们光顾过的便利店的人、每天一边踢球一边偷瞄我们的孩子，也都朝我们挥手。这是阿里与我们最后一次见面，他继续停留在时间静止的旅馆与街区，而我们穿过伊斯坦布尔繁荣拥挤的街道，朝着他的老家驶去。

Eight

08 遇见库尔德人

1

站在路中间的几个人赫然穿着破旧的迷彩背心，手中挥舞的铁灰色金属枪身与褐色木质枪托显得十分扎眼。

那是 AK-47。

2

在全球化泛滥的如今，即便是以异域风情著称的土耳其也难以抵御世界性的浪潮。伊斯坦布尔初建于 6 世纪的拜占庭建筑对面开着中餐馆，独立大街上的年轻男女在 Zara 和 H&M 店里挑选最新款的服饰。要想远离同质化的全球一体氛围，只有不断地往东，进入到更偏僻的地区。

土耳其东南部曾经是我们的首选。这片库尔德人聚居的区域有迥异的文化与少得多的游客，与叙利亚相接的地理位置和库尔德工人党（Kurdistan Workers' Party，PKK）的政治诉求使得局势十分不明朗，新闻里常常出现小规模的冲突与不明人数的死亡。最终，即便巴扎里热情的鞋匠建议我们去他美丽的家乡加济安泰普（Gaziantep）看一看，我们还是选择放弃游览这片区域，笔直地往东朝伊朗而去。

但我们仍然决定要登上内姆鲁特山（Mount Nemrut），山顶遍布的巨大雕塑牢牢地吸引着我们，这将成为我们在土耳其最靠近冲突中的东南部的目的地。

在加油站睡醒的时候太阳已经升起，在山顶与 2000 多年前的雕塑人头一起迎接亘古不变的日出成为幻想。趁着清晨的光，我们往山上驶去，盘山路狭窄多弯，四目望去只有我们一辆车，低矮稀疏的草丛和黄灰色的岩石让整座山显得更加荒凉。

越接近山顶，道路越发颠簸，沙土与大石头取代了铺路的小石子，我们放慢速度，开始怀疑车可能上不去。正犹豫间，突然发现前面那个发卡弯处有人在看着我们，他的旁边停放着一辆老旧的红色拖拉机。

我们缓慢靠近他，把车停在了拖拉机旁边，打算休息一下。那人也只是看着我们，没什么表情也不说话。在封闭空间里憋了一整晚的我们决定下车透口气，探出半个身子，才发现这里的风大得惊人，头发立刻糊了我一脸，车门几乎要关不上。

拖拉机旁的人高大瘦削，佝偻着腰，有棕色的皮肤、高耸的眉骨、宽而高的鼻子和黑色头发，满脸尘土之色，眼角的皱纹很深，鬓角已经斑白。强烈的容貌特征表明，这是一个库尔德人。他看了看我们，又看了看我们的车，走过来对我们说了几句话。我们摇摇头，表示听不懂，他又简短地重复几个词，比画了起来，先指着车，再指了指转弯之后高处崎岖不平的道路。这下我们明白了，他在告诉我们：这辆车上不去。

我们同意这个观点。事实上，我们打算就把车停在这里了，人走上去，离山顶不过只剩三四公里的距离。但在法国尼斯发生的砸车事件让我们心有余悸，土耳其的治安也让我们担心——这条路上只有这个库尔德人，我们不可能背着所有的行李爬山，那么我们离开车之后，他会做什么吗？

但面前的库尔德人并不知道我们在想什么，他只是又说了句话，指了一下他的拖拉机，比了一个向上的动作。这是在说他可以用拖拉机载我们上山顶吗？我们都觉得这个主意不错，点点头。

拖拉机后面拉着一个大水罐，库尔德人指着水罐，比了一个向上、向下、再向上、再向下的动作。我们也比画着跟他确认：他正要拉着这个水罐上山，可以把我们带上去，他把水罐放下之后会下山，再拉另一个水罐上山，然后把参观完的我们也带下山。

我们表示同意，虽然还是有点担心上山之后车留在这里的安全性，但似乎没有更好的方法了。我们谈妥了搭拖拉机的价格——他比了个 5，我们比了个 3，然后都点点头，就登上这辆大拖拉机，拖着水罐子吭哧吭哧地往山顶去了。

最后这段道路十分颠簸，尽是巨大的石块和打滑的沙土。在山顶的一个建筑工地旁，库尔德人把我们放下来了，再往前是拖拉机也无法前进的陡坡。他把水罐卸下来给工地，这让我们意识到他其实也是这里的工人。我们把路费给他之后，就在寒风中朝着眼前巨大的雕像走去。

在 1881 年之前，没有人知道荒芜的内姆鲁特山顶有这样宏伟的遗迹。公元前 1 世纪，这周边如今混居着土耳其人和库尔德人的地方属于罗马人建立的国家，一个国王命人在山顶的岩石中凿出了两个平台，然后他把自己和神的巨大雕像放了上去，大概是为了彰显自己足以与神比肩。平台之间堆砌了一座 50 米高的假山，国王死后的陵墓可能就在成吨的岩石之下。

我们从工地走上去正对着一个高高的平台，原本的雕像已经坍塌，造就了身体还坐在阶梯高处的椅子上、头部却掉落在地上的滑稽样子。两米多高的脑袋排列在地面上，有的下颌已经碎成岩石块，看起来就像是在吃土。自负的国王与神坐在一起，从他们散落一地的脑袋，我们能认出太阳神阿波罗、命运女神堤喀、天神宙斯、琐罗亚斯德教（古代波斯帝国国教，在中国称“祆教”“拜火教”）的阿胡拉·马兹达，以及国王自己。

沿着步道走几分钟，绕到另一侧的平台。两边有类似的设计，但这边几乎已经没有椅子和身体，只有零落满地的巨大头部。依然是那些神和国王，面无表情地应对着山顶几乎永不停歇的风。当国王把自己和这些不同宗教信仰的神平起平坐时，他绝没有想到他的王国在之后的 2000 多年间变成了一片民族冲突不断的地方，而这些神像所代表的宗教早已式微。

参观结束之后，我们在工地等了一会儿，拖拉机还没有上来。工地的人呼喊着叫我们过去喝茶，风实在太大，6 月的夏日里我们感到又冷又累。十几分钟后，我们对库尔德人会上来接我们产生了动摇，甚至有点后悔提前把路费给了他。我们决定走下去。

四周的山峦在风蚀中形成了一道道破碎的痕迹，在我的想象中与库尔德人满脸的皱纹重合在一起。转了两个发卡弯之后，我们听见了拖拉机的“突突”声，库尔德人拉着水罐上来了。他朝着上方的我们挥手，缓慢、稳定地开过几道弯来到我们身旁。他比画着问我们为何不在山顶等他，然后嘱咐我们别动，他把水罐送上去之后马上就下来接我们。

中午的太阳高高地照耀在山间，我们在岩石下避风，阳光下的温度比清晨更高一些了。过了一阵子，拖拉机下来了，库尔德人载着我们下到了车旁。这个沉默寡言的人第一次对我们露出了笑容，他看着车门上贴的国家名字用粗糙的手跟纪先生握了握，然后在我们的镜头前竖起了大拇指。

这是我们第一次遇见库尔德人，一场由猜疑到友好的遇见。

3

库尔德人（Kurds）是西亚最古老的民族之一，他们曾先后被阿拉伯人和蒙古人征服，又长期生活在奥斯曼帝国的统治之下，但从来没有建立过独立的国家。历史上最著名的库尔德人非萨拉丁（Saladin）莫属，这位在与十字军的战争中赢得了耶路撒冷的苏丹，为人慷慨好义、善待不同宗教的信徒。欧洲人认为萨拉丁身上带有一种古老的骑士精神。

如今的库尔德人近半生活在土耳其东南部，还有大量分布在与之相邻的伊朗、伊拉克和叙利亚。库尔德工人党是土耳其最大的分裂势力，以建立独立的库尔德人国家为目标，并不惜以暴力的方式来实现，这让他们被多国政府列为恐怖组织。在过去的几十年间这里经常发生冲突，近些年来库尔德人除了谋求独立，还在与极端组织伊斯兰国（ISIS）对抗。

在土耳其东部以外的地方要遇见一个库尔德人并不容易。长久地在宗教和语言文化领域的反抗，到现在独立的诉求，导致这个民族大多生活在少有游客的地方。20世纪很长一段时间，出于建立纯粹的土耳其人的国家的愿望，土耳其政府都不承认库尔德人是一个民族，并禁止库尔德语的使用和传播。

但实际上土耳其人从来都不是一个单一的民族，“土耳其人等于突厥人”的概念几乎是当初为了独立而创造出来的。这让我们感到疑惑：一个古老的民族长时间不被承认，一个多民族的国家在追求民族纯粹性，那么，国家和民族到底是什么？

4

两天之后，我们再一次遇见了库尔德人。

那是土耳其签证有效的最后一天，我们行驶在土耳其和伊朗的边境，从凡城（Van）往东北，准备经由多乌巴亚泽特（Dogubayazit）附近的海关进入伊朗。道路沿着凡湖东岸延伸，阴沉的天空下，路两旁尽是荒芜的工厂和废弃的城镇。快要接近一个叫作恰尔德兰（Çaldıran）的小城镇时，情况突然变得诡异起来，路边开始零散地出现部署的军警和暂未投入使用的路障。

车开到恰尔德兰的路口，果然被一辆装甲运兵车拦下。几个持步枪和冲锋枪的警察示意我们停车，比了个等一下的手势。装甲车里钻出来个人，配一把手枪，看起来像是指挥官，他用蹩脚的英文问了我们 3 个问题：你们是谁，从哪里来，到哪里去。

这三个人生终极问题让我们愣了一下，但很快我们就反应过来，现在可不是在哲学课上。我们赶紧解释了自己的旅程，指挥官却表示道路已封，此处不能通行，我们必须回凡城等着。至于原因，他没说——也许是他的英语不够用，也许原因是个秘密。

我们赶紧掏出护照，指着签证有效期说今天一定得走，否则就算非法滞留了。指挥官却心很大地表示没关系，土耳其热情欢迎我们多留几天……

双方鸡同鸭讲了一阵子，终于，大概是受够了我们没完没了地磨蹭耽误他们检查别的车辆，指挥官比了个往前走的手势，边挥手边喊着“Go Go Go”。

继续驱车前行。路况良好，此刻已经远离湖岸，四周是平坦的农田与起伏的山丘。二十来分钟后，我们望见远处的路边停着一辆白色的越野车，车边有七八个人，有几个人站在路当中。由于隔得远，无法看清确实的面貌和着装，但我的心头涌起一阵厌烦，以为又是一群拦路检查的警察。车速很快，超过每小时110公里，还没来得及抱怨，车已经来到了这伙人面前。

[1]站在路当中的几个人赫然穿着迷彩背心，手中挥舞的铁灰色金属枪身和褐色的木质枪托十分扎眼。那是AK-47。

这绝非土耳其政府的军事力量，而且他们的容貌特征与内姆鲁特山的拖拉机驾驶员毫无二致。我暗自一惊，意识到这正是库尔德工人党的游击队。

但形势已容不得我们陷入惊讶或慌乱。4个持有AK-47的人将枪横举在胸前，并未有射击的意思。一个看起来像是首领的人挥手让我们停下。由于他们就站在路当中，我们无从判断是直接冲撞过去更有优势，还是后面有更多的路障，在这里激怒对方反而得不偿失。鉴于首领的表情还算放松，我决定停车，择机而动。

车刚停下，原先在路边的人马上冲了上来，尝试打开副驾的车门。有人用蹩脚的英语不断地喊：“夹喷，夹喷（Japan，在土耳其我们经常被误认为日本人）。”车门当然牢牢地锁着。有人开始不耐烦地敲窗，并十分粗鲁地喊着什么。唯一令人心安的是，并没有人用手中的枪尝试砸碎玻璃。

我紧紧地盯着几个持枪的家伙，枪都被背到了身后，似乎暂时没有使用的意思。首领持枪者带着一点微笑，朝着驾驶室走来。相比其他人，他显得面善且更加精干。而且，当他走到驾驶室这侧时，就等于让开了车左前的道路，或许这是个机会。

紧张的气氛使空气几乎凝固。我们的冷静甚至超过自己的预料，我下意识地按下了行车记录仪的文件保护按钮，尽可能地留下影像资料。

---

1 仿体字为纪先生视角，后同。

首领把枪移动到胸前，笑容被收敛了起来。“Dogubayazit，No，Van。”他连续喊了两遍，语气生硬且严肃，然后比了一个掉头的手势。

我立刻打开左转向灯表示掉头，首领让开了左转的道路。其他的持枪者虽然还在喊叫并敲打玻璃，但是我知道，危险已经解除了。库尔德人清楚自己要什么，他们现在并不想找两个东亚旅行者麻烦。

我们以超快的速度开回了刚才有装甲车停靠的地方。警察以为我们是被前方其他的军警拦了回来，因为就在我们的车开过去之后，他们立刻就接到了封锁公路的命令，抓捕武装分子的行动已经开始，所有过往车辆被要求返回凡城。

我们试图向警察说明情况，“一伙持枪武装，拦下我们，并要求返程”，那明显不是他们所说的军警。但警察有限的英文能力让他们一脸迷惑，搞不清楚状况，我耐着性子再解释了一遍之后，指挥官模样的人才想起来问：“他们穿着什么制服？”

“没有制服，他们拿着 AK-47”。

“那是恐怖分子。”然后他朝着手里的对讲机开始喊话，对讲机那边一片骚动。

无论如何，恰尔德兰到多乌巴亚泽特的路已经封锁了。虽然离边境只有不到 100 公里，我们仍然不得不返程。军警也不知道何时能够恢复正常，一个穿着便装的人帮我们重新规划了绕行 300 多公里至边境的路线。

我们在最近的加油站加满油，尽量不停车，避免延长驾车时间节外生枝。我坐在副驾上开始搜索最新的信息，并试图通过 Google 翻译理解这些土耳其语新闻的含义。

果然，在 2016 年 6 月 19 日当天，“库尔德武装在土耳其东南部边境和伊朗部队发生正面冲突”。

更早一些，5 月 24 日，在恰尔德兰至多乌巴亚泽特的公路上，“库尔德工人党引爆汽车炸弹导致 2 名土耳其士兵死亡”。6 月 15 日，“再次发生卡车拦截和焚烧事件”。6 月 17 日，“土耳其政府发布命令封锁该部分公路”。6 月 19 日下午，禁令正式启动，“除周边常住居民外，其余卡车、巴士、私家车限制通行，解除时间另行通知”。

绕行的道路上也设置了大量的检查站，路两旁频繁地出现路障、运兵车和装甲车，大型客车和厢式货车全部被拦下检查，我们又被拦了两次。当晚抵达伊朗边境时，由于边境对大型车辆封锁，集装箱卡车的队伍已经排了超过 11 公里长。

那天夜里，直到走进伊朗巴扎尔甘（Bazargan）破旧的小旅馆里，我们才感到喘了一口气——世界和平的渴望从来没有如此强烈。

内姆鲁特山，土耳其

日落，巨石阵，英国

“典范”先生见我有些犹豫，便继续说：“不必担心，那里是正规医院。这里医药费用很低，只要几美元，但医术绝对有保障。如果你走得动，等我整理完今天的账目，和我一起过去，就在我回家的路上。”

我无法拒绝，加上又难受得紧，能吊上一针也许会舒服许多。事实上，“典范”先生的家和医院完全在两个方向，他假装顺路以怕我拒绝。然而别的话却不假，德黑兰的医疗条件颇为完善，洁净程度和运营管理甚至超过了北上广的某些甲等医院，并且费用低廉。当然，我只是看感冒而不是心脏搭桥，无法评判他们的医术，但无论如何都是满意的体验。

接下来的两天，“典范”先生像带儿子一样每日带我去医院打针，并让我去他家里喝点清淡的汤，“它们有助于康复”。

他打电话给我的时候，已经从“典范”先生家里回到酒店，他像讲“一千零一夜”一样把德黑兰的“医院观光游”描述给我听，然后忍不住抱怨所谓“清淡的汤”又浓稠又咸酸。我便感到有点放心了。

随后，纪先生准备前往亚兹德（Yazd），临行前“典范”先生帮他调整了行程顺序以节约时间，还介绍了亚兹德的传统酒店。这是他们的第一次见面与告别。

一年半之后，我们开车来到了伊朗。虽然车被拒绝入境，但我们俩还是搭乘汽车和火车顺利抵达了德黑兰。在这座灰扑扑、略显无聊的城市，我们只有一个目的，那就是去看望“典范”先生。那天清晨我们从火车站走出来，径直去往他的酒店。

在从地铁站走到小酒店的10分钟路程中，我开始猜测一个热情好客的波斯人的“典范”究竟是什么样的一个人。我看过纪先生给他拍的照片——一个瘦削、高挑的中年男子，头发朝后梳理得一丝不苟，露出光洁的额头，金色框眼镜挂在高耸的鼻梁上，表情十分严肃。

我们从闹哄哄的汽车配件店前走过，顺着路口的指示牌拐进一条安静的小巷，酒店就在前面。外观看起来颇有些年头了，推开门走进去，40℃的热浪被隔绝在外，室内安静，风扇在拼命地呼呼转。

“典范”先生刚给另外几个背包客办理好入住登记，其他员工带领他们上楼去了。我们走上前去，向这位站得笔直的波斯人问好。纪先生带着压抑的兴奋轻声问道：“你还记得我吗？一年半前我在这里生病了，你带我去了医院。”

站在柜台后的“典范”先生看了看他，因白内障而失明的右眼让他显得更加严肃，然后他紧绷的双唇向上弯曲，露出了一个热情的笑容：“当然，不过你那时候还是短发。”

德黑兰，伊朗

خشکبار ناصر

在漫长旅途中扎起了马尾的纪先生大笑了起来。两人握了握手，“典范”先生看向我，问道：“所以，你这次不是一个人了？”纪先生简短地介绍了一下，并和我一起再次向他表示了感谢。

“典范”先生稍稍弯腰，对我说道：“每年都有三到四个旅行者病倒在我这里，没过几天就又生龙活虎了。今年我也接待了两三个病人，既然住在我的酒店里，我当然得照顾好这些年轻人。但这次他带了你一起来，请你好好照顾他，别再让他生病了。”

他带着那种严肃的微笑注视着我，像一个把儿子交到我手上的父亲。我用力地点点头。

这是家有些老旧的酒店，设施不新但齐全，厕所是公用的，房间里配备了电视、冰箱和带淋浴的浴室，床铺打扫得一尘不染，走廊空调的风从门缝呼呼地灌进来。

我们第二天就要离开，打算等斋月结束再回到德黑兰。退房的时候已经过了早餐时段，但“典范”先生还是让员工给我们拿来了红茶、鸡蛋和饼，嘱咐我们尽量多吃一点。

“现在是斋月，走出酒店你们就不能吃东西，也找不到营业的餐馆了。待会儿吃完再带一些饼上路吧，免得饿着。”他不放心地嘱咐道，又在地图上给我们标出要去的亚美尼亚大使馆方位。

十几天后，斋月终于结束了。回到德黑兰后，“典范”先生却没有让我们住在他的酒店。他递给纪先生一张名片：“这是我朋友开的酒店，不过生意一直不太好，大家似乎都更愿意来我这里。但是他家的房间有独立卫浴，你带着妻子住在那会儿比在我这儿更方便。”

他说得没错，那家新酒店的房间设施确实更方便一些，位置就在地铁站对面，价格也更加便宜。但住在那里时，我们反而明白了为何背包客喜欢“典范”先生的酒店——他提供的不只是一个房间，还有他的热情。

伊朗的游客正在日益增多，在德黑兰市中心更靠近景点的地段有设施更好的酒店，但“典范”先生的存在决定了这家老酒店的地位不可撼动。我想大概是因为他的亲切友善，能给初到这个有着迥异文化氛围的陌生国度的旅行者，增添些许良好的信心。

他的柜台玻璃板下总是压着最新的地图和地铁路线，还有一些他推荐的伊朗景点；他熟悉德黑兰的每一片土地，也能为在伊朗全境的旅行提供中肯的建议；他尽量帮旅行者解决各种问题，从游玩路线到交通信息，从车票预订到把病人带回家吃饭喝汤……他的朋友开的是一个标准的酒店，而他开的是一个真正的、堪称“典范”的背包客中心。

如果1000个波斯人能给旅行者带来1001种伊朗印象，那么我愿意自己遇见的第一种是“典范”先生的正直与热情。

几天之后，我们打算离开伊朗。临行前我们来与他告别，“典范”先生走出柜台握着纪先生的手对我说：“这次你把他照顾得很好。希望以后还能在伊朗见到你们。”

Ten

10 与伊朗人聊天

在伊朗，每一个旅行者都会被不断地问到 3 个问题：你从哪儿来？你叫什么名字？你喜欢伊朗吗？

前两个问题你可以如实作答，而第三个问题我们建议你回答：喜欢。即便你当时还不喜欢，但基本上旅行到末尾，你还是会有那么一点喜欢这个国家——因为伊朗人。

伊朗人——或者用他们骄傲的方式说，波斯人（Persian）是一个热情好客的民族。实际上，会有点儿过分热情，让你吃不消，尤其是对于我们这种有那么一点社交障碍的旅行者而言。

出于宗教的原因，他们不应跟我有任何肢体接触，但他们会把手放在胸前向我致意，然后毫不避讳地提出各种各样的问题，比如我和纪先生是否夫妻、有没有孩子、今年几岁、有没有兄弟姐妹……他们热衷于了解你的家庭，甚至超过了解你本身。

比如，在伊斯法罕（Isfahan）三十三孔桥（Si-o-se-pol）河水干涸的桥洞下，一个从大不里士（Tabriz）来这儿旅游的英语老师和她的姐姐、姐夫跟我们搭讪。英语老师跟我们聊了他们的短途旅行，并对我们的长途旅行表示佩服。最后他们像几乎所有搭讪的伊朗人一样，要求跟我们自拍留念。

与旅行者搭讪的路人（非常非常多），通常在这点好奇心之外，更大的目的是练习自己的英语。他们不在乎我们来自中国这个非英语国家的事实，只要我们能用英语回答第一个问题，他们就会滔滔不绝。然后在我们努力辨别他们极其不标准的口音和用词时，蹦出第四个问题：你会说英语吗？

一旦你回答了“会”，那么这个聊天将无限时地持续下去，他们不会太关心你是不是在等红灯要过马路，或是去某个景点。如果你提出自己要去某个地方，他们多半会热情地陪你去。如果你没有提出这个需求，那么这场对话会持续到他有事必须离开的时候。

再比如，我们曾在伊斯法罕被清真寺包围的广场中间跟一个男人聊过天。我们只是坐在有树荫的喷泉边洗手和休息，而他和妻子带着孩子在这儿散步。

这个男子听说纪先生是个程序员之后，表示自己是个同行，不过通过他的描述判断，他多半是个小公司的网管。他说自己的月薪只有约 50 美元，并描述了这一低收入给他们日常生活带来的困难，这让我们感到极其震惊。“我骑自行车上班，而我妻子搭乘公交车，这样我就节省了公交车的车票。”

更惊人的是，他打算全家移民澳大利亚。所以他在积极地学习和练习英语，跟我们聊天时，他用英语做基本交流已经没问题了。他告诉我们，家里已经有亲戚去了澳大利亚安顿下来，他接下来也打算办理各种手续过去。但首先他得知道，一个程序员在那边是不是容易找到工作?

可惜的是，我们并不太清楚澳大利亚的情况，只能推测说程序员在全世界任何发达国家应该都不太难找工作。于是他很满意地微笑，望着夕阳下嬉戏的孩子与妻子，向我们描述了他的澳洲梦。

对他而言，宗教与祖国都不能阻拦他获得更好生活的愿望。“伊斯兰教是阿拉伯人的东西，”他很认真地说，“而我们，是波斯人。”

还有一些情况下，直到聊天结束，我们都未能知道对方的任何信息。比如，我们在设拉子（Shiraz）的传统民宿吹着夏日小风的庭院里等着吃饭的时候，几个大学生模样的人走了进来。

民宿的人并没阻拦他们，这几个学生先去跟旁边几桌的欧美旅行者聊天。每隔约 5 分钟到 10 分钟，他们就换一桌。于是 20 多分钟后，在前几桌欧美人陆续吃上了端来的饭菜后，他们来到我们旁边。

我请他们跟我们坐在一起，他们很高兴地表示了感谢。跟之前遇到的大多数伊朗人不同，他们的英语标准和流利很多。于是，对话由他们主导。在询问过了那 4 个问题之后，他们开始问第五个常见的问题：“中国人是不是什么都吃？听说你们吃猫和青蛙？”

我们当然不是什么都吃，这很容易解释，即便是广东人也有不吃的东西。身为半个广东人，纪先生此刻很有发言权，不过他也诚实地回答：“确实有一部分人会吃猫，但只是非常少数，我们和身边的家人朋友都不吃。”

至于青蛙，我只能试图解释我们所吃的牛蛙是专门饲养的。

在了解过中国人奇特的饮食习惯后，学生们露出了一脸难以描述的表情。但是他们依然礼貌地表示欢迎我们来伊朗，祝我们在这儿用餐愉快。之后他们就离开了。看起来，这群学生是经常来这家民宿练习英语，因为这家民宿特别受外国人欢迎。

毕竟，在各大酒店预订网站都不能预订到伊朗酒店的情况下，绝大多数旅行者都只能根据 *Lonely Planet* 指南和前人的经验，住进同一个民宿。要找到这些练习英语的对象和了解新世界的途径，实在太容易了。

同样在设拉子，不只有人与我们谈论猫和青蛙，还有人跟我们谈论诗歌与诗人。那是在“夜莺诗人”哈菲兹（Hafez）的墓旁边，我们坐在庭院的藤蔓下乘凉——不要怪我们总在乘凉，7 月的设拉子有 40℃以上的高温。

夕阳西下，有漂亮的女学生在墓前摊开了哈菲兹的诗，连同墓地一起合影。一个年轻男子走向了我们，依然是惯例地询问，不过他多加了一个问题：“我可以跟你们聊天吗？我想要练习一下英语。”

因为他的诚实与礼貌，我们也表示了乐意。因为在诗人的墓前，我们很自然地谈到了哈菲兹。我们读过哈菲兹的诗句，这让他感到惊喜。这个年轻男子形容哈菲兹是一个浪漫的诗人，写一些美丽的情诗。他说自己喜欢来这个墓地，因为他很崇拜这位诗人。

浪漫与情诗，这在今日的伊朗都是需要隐藏行迹的东西。于是我们双方非常感慨，又深切地对这位伟大又浪漫的诗人表示了赞扬。

我们当然还谈到了设拉子，当他发现纪先生是第二次来设拉子之后，他像每一个听闻此事的伊朗人一样，表现出了由衷的兴奋。我们发现，伊朗人总是希望外来者喜欢他们的国家、期待他们一来再来，并且力图给外来者留下一个美好的印象——一个不同于旅行者出发前知道的那个“邪恶轴心”的伊朗印象。

最后年轻男子表示他要回家了，明天还要上班工作。我们也表示要回民宿吃饭了，于是他陪伴我们走到路口，并且给我们指路，哪怕我们非常清楚该怎么走。他还记下了我们的电话，不过之后并没有打来。

当然，还有伊朗人与我们谈论地毯、宗教、自由、爱情与摇滚。总之，我们发现其实只要旅行时间足够长、遇见的人足够多，你可以跟伊朗人谈论任何话题，而他们总是乐于讨论、并且滔滔不绝——只要他们真的会说英语。

原美国领事馆外墙，德黑兰，伊朗

Eleven

11 加兹温的摇滚歌手

"我的爱人名叫玛拉尔。"西亚瓦施一字一顿地说道。

他让我将这个名字的发音转换为中文写在纸上，和根据他的名字 Siavash 音译而成的中文放在一起。"她是我一生的爱，但她现在已经不在了。"

西亚瓦施掀起袖子，露出双臂外侧繁多的文身——叶子、蘑菇、六芒星、欧元符号、花体字母等。见我们感兴趣的样子，他又掀起裤腿，露出小腿上文的恶魔之眼。这些文身并不精细、也称不上美丽，甚至大多都有些褪色。毕竟，在伊朗保守的宗教与社会氛围中，文身并不是一件被普遍接受的事情，缺乏好的文身技术也很正常。

他又让我用黑笔将"玛拉尔"三个字写在手臂内侧，仿佛新增了一个文身。之后，他模仿着我的笔迹，将爱人的名字用红笔一笔一画、极其认真地写在咖啡馆的墙上。原本就花花绿绿的墙壁就这样多了一个奇怪的东方元素。

西亚瓦施忧伤地望着那 3 个鲜红的字，轻轻哼唱起来。歌词是波斯语，我们听不懂，但旋律里充满了感伤。唱完之后，他安静地发了一会儿愣，再看向我们："这是我为玛拉尔写的歌，我很想她。"

我们不知道该如何回话，只得低头沉默。眼神从手机上瞟过：上午 11 点多，咖啡馆刚开张不久，除了我们和西亚瓦施，没有任何客人。而我们，也是被他硬请过来的。

前一天下午，我们在加兹温（Qazvin）的街头闲逛，正在路口等红灯的时候，对面走过来一个消瘦的男子，约莫 40 岁的年纪，微微卷曲的黑色短发紧贴着头皮，鼻梁上架着一副列侬同款的圆框眼镜，身后背着一把吉他。他走到我们身前，像所有的伊朗人一样，询问了我们3个问题：你们从哪儿来？叫什么名字？喜不喜欢伊朗？

例行问答完毕之后，绿灯亮了，我们本想离开，但男子却没有要结束对话的意思。“我是一个歌手，我弹吉他，”他的英语并不流畅，但足以让我们理解他的意思，“中国朋友，来我的咖啡馆坐坐吧，我们可以一起唱歌、弹琴、画画。”

作为两个社交障碍患者，那时我们已经有点吃不消伊朗人的热情了，推说天色已晚想早点休息了。“那么明天来吧，”男子一点不肯放弃。

“明天我们打算去阿剌模忒（Alamūt），”看他一脸疑惑、似乎从没听说过这个地方的样子，我们解释道，“就是阿萨辛派曾经占据的堡垒，在北方的厄尔布尔士山脉（Elburz Mountains）中，他们在那儿培养了大量的刺客，首领山中老人被一位中国作家写进了小说里，非常有名。”

“那么明早来咖啡馆，然后我跟你们一起去，”男子兴奋地说道，从破旧的帆布包里掏出一张小纸片，飞速地写下一个地址，“把这个给出租车司机看，他会带你们过来，明早10点见！”

我们没法再拒绝了。第二天一早我们就打了个车来到这家名为The Café Barn的小咖啡馆，但男子并不在里面。店里只有一个年轻的店员，他看了看男子留下的纸片：“没错，西亚瓦施是店主的朋友，这屋子里的画都是他画的。我给他打电话催一催。”

我们有些奇怪，以为自己记错了——原来这并不是他自己的咖啡馆。小店不大，狭长的空间只摆着6张小方桌，每张桌子上都绘制着一张不同的画。绘画者看起来是涅槃乐队的乐迷，我们坐的这张桌子上画着这支乐队，旁边的墙面钉着乐队的海报，柜台后面的帘子上也挂着根据乐队海报画的画，与柜台上摆放的伊朗最高领袖霍梅尼（Ruhollah Khomeini）的照片形成了奇异的对比。

别的桌子上画着海绵宝宝、高飞等美国卡通片里的形象，旁边的墙上则是根据西部片的场景绘制的画，一个双人皮沙发旁边甚至放着一张一人高的《教父》海报。不止装潢布置，咖啡馆的菜单也在着力朝西方靠拢，包括价格。我们点了两杯马黛茶，喝了半杯后，男子背着吉他走进了店。

“你们好，中国朋友们！抱歉我来晚了，我叫西亚瓦施，”他见到我们真的来了，愈加激动起来，一边自我介绍，一边将随身的破旧帆布包放在桌上，从里面倒出一堆彩笔，“这家咖啡馆是新开业的，我负责给它做装饰，这些画你们喜欢吗？”

画虽然都是照着海报和剧照绘制的，但确实画得不错，而且强烈的西方尤其是美国元素在伊朗显得尤为特别。对于我们的赞扬，西亚瓦施很高兴，他从包里掏出两本书：“《古兰经》和《圣经》，我都会看。我喜欢看美国电影，我喜欢摇滚乐，我是一个吉他手。”

说话间，他即兴唱起了歌，像每一个波斯诗人一样自然地哼唱出悠扬的旋律，又像每一个摇滚歌手一样在每一句脱口而出的英文歌词里表达了对神、宗教、政府、社会的愤怒。

然后，他提出了一个要求：学几句中文。

他用英文表述想要学习的字句，我们在纸上写下中文和拼音，再一个字一个字地解释其含义和发音。十几分钟后，他学会了自己和过世的爱人的名字，也学会了用中文表述“我是一个吉他手”，以及几句简单的中国话。

几番练习之后，西亚瓦施抱起吉他，高兴地用现学的中文弹唱起来：“我是一个自由的人，我是一个自由的人。我喜欢中国人，我喜欢你们的文化……”

发音居然非常标准，在即兴弹奏的吉他曲中，这段平常无奇的话也拥有了诗歌般的韵律。我们拍手赞叹，西亚瓦施也很开心。他询问我们是否会弹奏吉他，要不要也唱一首歌。可惜我们都不会。但这并没让这位摇滚歌手扫兴，他提出要给我画一张肖像画，作为朋友间的赠礼。

他安排我在一张椅子上坐好，拿出一张稿纸垫在书上，便一言不发地用蓝色圆珠笔画了起来。这是一张简单的速写，并不算精细，也不比欧洲随处可见的街头画家技艺更好。若是以一个女生的标准，我是有点嫌弃这张画的——眼睛大而无神，嘴唇太厚，头巾下的刘海乱七八糟。但不得不承认，他确实抓住了我脸庞上的某些特质。

椅子对面的墙上有一幅未完成的吉他和钢琴的图画，西亚瓦施告诉我们，画完这张墙画是他今天必须完成的工作。我们注意到他穿着印有美国国旗图案的帆布鞋，全身的衣服跟那个帆布包一样，都很旧了；或许他就是以音乐和绘画为生，过得并不富裕。

西亚瓦施仔细地在墙上画了起来，似乎忘记了前一天说要跟我们去阿剌模忒的事。我们一看时间，已经中午1点多了，便提出告辞，打算包个车去游览阿萨辛派的刺客堡垒。

没想到，西亚瓦施又激动起来，他自告奋勇地要帮我们叫一辆车，又提出要跟我们一块去，先把绘画的工作放一放。我们只得答应，便坐在店里等他打电话叫车。等待期间，店里又来了一个瘦削的年轻人，似乎是西亚瓦施乐队里的成员，抱过吉他就弹了起来。可他一句英语也不会讲，除了友好地微笑，我们没法再与他做其他交流了。

十几分钟后，车来了，竟然是一辆银色的奔驰，这在满街破车乱跑的加兹温非常罕见。司机并不会讲英语，西亚瓦施在中间翻译。听说我们要去阿剌模忒后，司机报了一个在伊朗显得非常高的价格，哪怕这是一辆带空调的奔驰，我们也毫不犹豫地拒绝了。但西亚瓦施却认为这个价格十分合理，一直劝说我们接受，很积极地就要准备跟我们一同去游览。

最终，价格还是谈不拢，奔驰司机开着车离开了。我们突然意识到，让西亚瓦施帮我们找车并不是一个好主意。作为一个当地人，他并不比在卡尚、设拉子和亚兹德积攒出了丰富的包车经验的我们更清楚行情，也不了解我们要去的地方；作为一个当地人，他天生地会帮自己的同胞讲价，帮自己的朋友多赚一些钱。

但西亚瓦施不肯放弃。他又帮我们叫来了一辆车，这次是辆银色的标致，司机是个中年发福的大叔。我们掏出手机调出计算器，亲自跟司机讲价，最终谈好的价格只有那辆奔驰报价的一半。

西亚瓦施在旁边看着我们谈好价之后，露出了几分不好意思的表情。他送我们上了车，表示自己还是决定留下来画完那幅吉他和钢琴，而且朋友也来找他玩音乐了，所以就不跟我们一起去了。

于是我们就这样跟西亚瓦施告别，朝着厄尔布尔士山脉驶去。在费劲地攀登意为“鹰巢”的阿剌模忒时，我又想起了这个摇滚歌手。某些方面来讲，他有些爱吹牛或者说爱占便宜，比如将朋友的咖啡店称为自己的，试图搭两个旅行者的便车去一个自己从没去过的景点；另一方面，他又是个真诚的人，对逝去的爱人怀有深切的思念，喜欢与陌生人分享音乐、绘画，以及友情。

这构成了一个加兹温的摇滚歌手——既有伊朗人的聪敏、世故，又有摇滚歌手的愤怒、真实。

巴扎外的妇女，加兹温，伊朗

Twelve

12 地下印刷所的克格勃

院子里十分安静，空无一人，几株大树繁茂的枝叶遮蔽了格鲁吉亚夏日的猛烈阳光。我们不禁又退了出去，以确认自己没有找错地方。

但不会有错的。气派森然的红砖建筑，石制名牌虽然看不懂，但“1903—1906”这两个年份与我们所寻之处全然吻合。还有那两扇老旧的黑色大门上，用鲜艳的红色涂出一个圆，上面用金色绘着交叉的榔头和镰刀，以及一颗星星：共产党的标志。

大门紧闭，旁边的铁门通向静谧的院子，正对着的是一栋两层大房子，上层有两间屋子，下层一半在地下、一半露在地上。大房子旁边有一间小平房。

一切都跟茅盾在《第比利斯的地下印刷所》中所写的一样。

这时候我们才注意到院子入口处贴了张小纸条，循着上面的箭头，可见那栋气派的红砖建筑的墙面上开了一道破破烂烂的门。门外摆着板凳、扫帚，门上挂着外套和两袋水果——有点像清洁工的休息间，或者修自行车的铺子。

门内坐着一个大爷，正皱着眉认真地看手中那部老手机。他右手边是张单人床，床尾有张小桌和简单的炉灶；左手边是暖气，上方挂着一排衣服；整个房间也就五六平方米，其余的生活用品要么挂在他身后的墙上，要么堆积在床下和地板上。

我们敲敲门，大爷抬起头，皱着眉，眼睛从镜片上方看过来，然后立刻迎出来，跟我们握手。听说我们来自中国，大爷兴奋得满脸笑容，抓起桌上资料，就要带我们去参观。

1903 年，出生于格鲁吉亚哥里（Gori）的斯大林在第比利斯领导革命工作，组织建立了这个地下印刷所。从 1904 年到 1906 年，这里印刷了上千公斤的革命报纸、小册子、传单，在沙皇俄国点燃了革命的火花。

如今的第比利斯（Tbilisi）地下印刷所是一处作为苏联文物保存下来的景点，来访者寥寥，而这位大爷是这里唯一的馆长、导游、保安、清洁工……

气派的红砖建筑是一座纪念馆，正对入口的红色绸布上挂着列宁和斯大林的侧面头像，两面旗帜插在列宁与斯大林的胸像后方。前面的小方桌上摆着一大摞党报，旁边的参观纪念册里大多是中国旅行者写的留言——“中格人民友谊长存”。

“你们去合影，我给你们拍，”大爷用不太标准的英语督促我们在旗帜前面摆好姿势，“只有中国人、俄国人来，我才让拍，我们都是共产主义。美国人来，我都不让他们进，美国人最坏，他们是资本主义。”

展品十分陈旧，大多是一些老照片和旧报纸、旧传单的复印件，讲述着这间地下印刷所的成果和对格鲁吉亚革命的作用。大爷简洁而迅速地解释给我们听，指挥我们一一拍照。

党旗、党徽、招贴画都是很眼熟的样式，最多的是斯大林的照片，从青年时代一直到老年。大爷有力地挥舞着胳膊，一张张讲解，他一字一顿地说：“我最敬仰斯大林同志，中国的毛泽东也很好。我们都是共产主义，我们跟中国人是好朋友。”

走出红色的纪念馆，我们被大爷带回了绿意森森的院子。他打开小平房的锁，里面就是那口神奇的水井。

过去的格鲁吉亚民居都是这样一栋大房子、一间小平房的组合。大房子上层住着一家人，下层则是厨房和堆积杂物的。小平房罩着一口水井，供这家人使用。当年斯大林建立的这个地下印刷所便隐蔽在这样普通的格鲁吉亚民居中。

秘密就藏在水井里。拿手电照一照就能看出，井的内壁并不光滑，有两行极小的窝自上而下直通井底。其实第比利斯的水井内壁基本都有这样的窝，因为掘井的工人就是踏着这些窝上来下去进行工作的。

而这口水井的不同寻常之处在于，踩着这些窝往井下爬，在离水面还有一点距离的时候，井壁上突然出现了一个洞，可容纳一个人爬进去。爬不多远，便到了另一个垂直的孔道，与水井平行。孔道壁上搭着木梯，爬上梯子到孔道顶点，又出现一条矮矮的横隧道。佝偻着身子沿着隧道走一段，尽头处有一扇门，进门就是一间地下室，中间摆放着一架硕大的印刷机——这便是地下印刷所的真容了。

地下室其实就在大房子下层的厨房下面，隔着 2 米厚的泥土，当初水井是出入地下室的唯一途径。如今大房子里修了螺旋形楼梯可通向地下室，我们跟大爷是不必去爬井了。

地下印刷所的看门人，第比利斯，格鲁吉亚

印刷机虽然破烂生锈，但还摆在地下室中间供人参观。这台机器原产于德国，沙皇统治下的格鲁吉亚买回印刷机后不知为何没用，而是放置于仓库内。于是革命组织的工人同志就偷偷将印刷机拆分，一块块地偷运至此，使其为革命所用。

当初斯大林组织建立地下印刷所，为避开沙皇政府耳目，也颇费了一番心思。先由日后做屋主的那位同志出面买了这块地，跟普通格鲁吉亚人修房子要挖地窖储藏粮食一样，他雇人来挖好了地下室。然后假装没钱将工人辞去，其余同志将拆散的印刷机一点点偷运进地下室，又在地下室旁开凿好了横隧道和垂直孔道。

然后他们将地下室上方用木板和泥土封好，装作已经填埋。屋主再雇人来修建好了大房子和小平房，并在小平房里挖好了每家每户都有的水井。随后由革命同志们自己动手，在水井和垂直孔道间挖出了一条路相通。

平日里大房子上层的两间屋子都住着人，朝外的屋子里住着位女同志，每天边做女工边望风；朝内的正屋里则住着屋主，革命同志也在这屋里秘密开会。直到1906年，同志中出现了叛徒，地下印刷所被沙皇宪兵发现，从此废弃。地面上一大一小两栋房子也被沙皇宪兵烧毁，如今所见的是苏联政府重建的。屋内的陈设几乎跟当初一样，由曾居住在此的那位女同志亲手布置。

大爷仔细地介绍了屋子里的革命书籍、领导人照片、胸像，特别准许我们在斯大林曾休息过的房间和床上拍照。我们夸他照片拍得好，他也感到得意："只有中国人来我才帮忙拍照，美国人不能走进这里。"

屋外的走廊上堆积着大量的传单、招贴画，一摞摞收拾得整齐干净。大爷费劲翻找着，从里面挑出了一张印着斯大林同志的送给我们做礼物。"你们是中国朋友、永远的朋友，送给你们。"他一遍又一遍地强调着。

屋内的墙上挂着顶红帽子，"CCCP"（苏联）的字样格外显眼，仿佛这个院子、这几栋房子都还停留在那个时代。

"我是共产党员，你们是中国人，你们也是共产党员吗？"

我俩摇摇头，突然觉得这回答有些残忍。然而，大爷没说什么，只是拉着我们回到他那间局促的小屋，小心翼翼地掏出一个证件，那上面有他年轻时的照片和"KGB"（克格勃，即苏联国家安全委员会）的字样。

他指指自己，郑重其事、严肃认真地说："我为斯大林同志工作，我是一名真正的共产党员。"

因为不懂俄语，我们也没法搞清楚这证件的真假，也不知道这位老人为何独自守在这空旷的地下印刷所，他是否有家人朋友，他一个人的生活是否辛苦。我们只是被他带着看完了这个地方，重温了一遍革命故事，在有共产党标志的大门前与他合影，听他一遍遍地讲美国人与资本主义多么坏，共产主义与中国、苏联有多么好。

在这里，你无法区分真相与谎言。

“我永远欢迎你们来这里，中国朋友。”大爷送我们到门外，然后回去继续守着斯大林的地下印刷所，还有他自己的共产主义信仰。

四周的居民区一片安宁祥和，街道上穿梭着进口的宝马、奔驰，走上资本主义道路的格鲁吉亚正在试图加入欧盟。斯大林的苏联、斯大林的格鲁吉亚早就成了过去，而这位自称克格勃的老人，如同时代的浪潮中一朵坚守的浪花，几乎已经被遗忘。

Thirteen

13 第比利斯的新疆厨子

后来，我们为了向在格鲁吉亚旅行的朋友推荐新疆厨子的中餐馆而发微信询问具体店址时，他告诉我们，他马上就要搬家了。

刚认识的时候，新疆厨子也这么说。然而，搬家在一年半后还没成为现实。

* * *

格鲁吉亚有很多新疆人，汉族、维吾尔族、哈萨克族都有，他们做各种生意：旅游、餐饮、服装，甚至马戏。全球化时代的人被浪潮驱赶，沿着古老的丝绸之路再往西，踏向更广大的西域范围。更何况，从乌鲁木齐到第比利斯的距离，并不比到上海远多少。

我们认识其中三个，一对夫妻和一个厨子——确切地说，一对夫妻介绍我们认识了一个厨子。

更早的时候，我们在贝加尔湖畔认识了一个长居伊尔库茨克（Irkutsk）的东北青年。他因为交通违章正在跟警察交涉，而我们的车恰好停在那条路边。

趁他的同伴在给警察交罚款，东北青年来跟我们聊了几句，他告诉我们：在俄罗斯的道路上，没有什么是500卢布（约合人民币50元）不能解决的。然后，他和纪先生迅速地加了微信，驾车先行离开了。

之后很久都没有联系，从朋友圈的动向看起来，东北青年已经离开寒冷的西伯利亚，去了永远温暖的海南。一个夜晚，他像是喝醉了般想起了散布在全世界各地的朋友，突然给纪先生发了个消息："你们去格鲁吉亚吗？我有个兄弟在那儿，你们去，我通知他接待你们。”

那时候我们还真的改变了原本的路线，打算往格鲁吉亚而去。于是我们与他的兄弟联系上了。这是个在第比利斯做旅行社的山东人，有一个来自新疆伊犁的汉族妻子。夫妻俩的年纪都比我们稍小一些，但长久在异国闯荡使他们变得老练成熟。

一辆奔驰越野车来找到我们，车屁股上被撞伤的地方简单地用透明胶带修补着。奔驰车一路奔驰着穿过第比利斯美丽的夏日街道，来到了一家古装戏布景似的中餐馆。

红底黄字的招牌直白地传递出这里的主营业务，因为红色大门上两个威武的门神形象太过抢眼，我们甚至没有记住餐馆的名字。

很快，前台的服务员就让我们出戏了，这个身材高挑的高加索女孩有白皙的皮肤和金色的头发，说一口硬邦邦的俄语。接着，中国老板兼厨子出现在只有一桌客人的餐馆内，个头不高，身材略胖，看不出年纪，只是眼睛里有无数风尘过往。

年轻夫妻跟厨子认识很久了，厨子让我们点大盘鸡，我们便点了大盘鸡，伊犁太太催促着让他多给几盘皮带面。

厨子搬一把椅子坐在桌旁，并不吃，只是问我们对菜的意见，说自己正在琢磨新菜。味道自然是好的，连续忍受了近两个月的中东大饼和碎羊肉末，鲜嫩多汁、香辣可口的大盘鸡恰到好处地安抚了两个旅行者的胃与心灵。

中餐馆的位置并不在市中心，周边也没什么景点，但总有中国的旅行者找到这里。厨子接待过各种各样的人，有钱的、没钱的，年轻的、年老的。

“在你们之前，有个骑自行车的小伙子来过第比利斯，”厨子跟我们说，“骑车多辛苦呀，晒得跟炭似的，又瘦。他没钱，一路都喝白水吃大饼。可惜他急着走，我本来想一定请他来我这儿吃顿饭的。”

我们想象了一下，骑车穿越整个亚欧，果然是艰苦得很；再想想有空调的汽车，我们这趟旅程果真也没那么难。

厨子前几年还不是厨子，凭着会讲维吾尔语在吉尔吉斯斯坦做生意，在中亚摸爬滚打的几年里挣了些钱，也学会了俄语。后来听说格鲁吉亚挣钱容易，便改行当了厨子，在第比利斯开起了中餐馆。

但一个真正的西域生意人是不满足于厨房的，他兴致勃勃地讲起了格鲁吉亚近几年流行的葡萄酒贸易。格鲁吉亚是世界上第一个酿造葡萄酒的国家，近几年中国商人开始拼命进口这种陶罐葡萄酒。据新闻报道，2015 年光是新疆人就喝掉了 40 万瓶格鲁吉亚葡萄酒。

街边的聚会，第比利斯，格鲁吉亚

2 gel
czacza
VA
S NE
FEST

“前阵子还有人来买酒庄，放当初还行，现在晚了。你去霍尔果斯海关看，中国这边的人报数说要多少瓶，哈萨克斯坦那边的人立刻找人灌装好，酒是哈萨克斯坦产的，罐子也是哈萨克斯坦的工厂做的，但工厂还挺负责，保证给打上一个格鲁吉亚的标。”

这场面想来荒诞，我们不禁露出了惊讶又滑稽的表情。厨子也嘿嘿地笑，对山东先生说：“我之前还想着找你一块做做这个生意呢，但现在看，还是另想别的吧。”

山东先生以前在乌鲁木齐上学和工作，后来不知为何就来了第比利斯。那时候格鲁吉亚还是再小众不过的旅行目的地，但山东先生还是做起了自己的旅行社，他见证了高加索地区签证的变化与游客的不断增加。

伊犁太太插嘴跟我们说：“你们一定得去梅斯蒂亚（Mestia），国外风景哪里比得上新疆，但那里特别好看，我都想再去，可是呀，他不肯带我去。”太太一斜眼，嗔怪地看向了自己的丈夫。

山东先生立刻遭到了厨子的嘲笑。厨子也是新疆来的汉族，从小跟着维吾尔族人一起上学长大，维吾尔语说得溜，新疆菜和新疆流行的川菜也做得好。

“我正考虑该向华为要多少钱，大公司总该大方点吧，”厨子跟山东先生谈起了他的餐馆搬家事宜，显然这不是他们第一次讨论这个问题 。

餐馆所在的地方被华为看上了，打算盖楼开公司，厨子也觉得自己该搬家了。这家店的地盘太大，客人却不太多，很多时候都空着，看起来太冷清。

关于搬去哪儿，厨子有两个想法。第一，他想干脆换个国家，搬到乌克兰去。有人告诉他，乌克兰一份大盘鸡能卖 30 多欧元。我们看了看菜单里的大盘鸡价格，觉得翻一倍还多的售价确实很有吸引力。第二，他想搬到美国驻第比利斯大使馆对面去，做个快餐小店，卖点炒饭炒面。

“你看看那些美国人都吃什么，”厨子满怀惋惜地说，“炸鸡、炸鱼、薯条，就不能有点别的了，尽是些难吃的东西。只要吃一次我的饭，保证他们再也不吃那些个垃圾食品了。”

我们大笑着点头，一桌人认真地替厨子谋划起来，到底是去乌克兰赚欧元好，还是去颠覆美国人的饮食观更妙呢？

这是我们第一次跟厨子的见面。直到吃完饭，厨子都没想好搬家该怎么搬。送我们走的时候，他又念叨起正琢磨的新菜。

10 天后，我们从梅斯蒂亚回到第比利斯又去中餐馆吃了一次。这次只有两个人，厨子让我们点水煮鱼，我们便点了水煮鱼。

厨子依然搬一把椅子坐在桌边看我们吃。这次厨子说起了一个环游世界的大爷："他真的有钱，但他一句外语都不会讲。"

有钱的大爷每次都找人把机票、酒店全订好，他只管去，一路上就自己一个人，没有什么问题不能用钱解决。大爷将全世界的国家几乎走遍，什么都不怕。这么多年下来，大爷变成了一个什么都知道一点的人，他在中餐馆吃饭的时候，狠狠地讲了许多旅行故事。

"这样不也挺好，他自己玩得高兴。"厨子点评道。我们点点头，各有各的活法，各有各的玩法，开心就好。

又过一周，我们从亚美尼亚回到第比利斯，打算请山东先生和伊犁太太吃个告别饭，然后经俄罗斯、哈萨克斯坦就回国了。请客的地点自然选在了中餐馆。

这次我们还是听厨子的点了水煮鱼，滑嫩香辣的鱼片吃一星期都不会腻。"亚美尼亚怎么样？你们去塞凡湖了吧？"厨子问。

"去了，但比赛里木湖可差远了。"满桌新疆人、在新疆生活过的人都点赞称是。新疆是个遥远又切近的词，一桌人零零碎碎地拾起了各自的故乡记忆。

跟山东先生和伊犁太太不同，厨子没那么喜欢旅游，但得益于全球化的贸易与餐饮，哪儿能赚到钱，他就去哪儿。从新疆到那几个斯坦，再到格鲁吉亚，他不需要刻意去旅行，他从生意场闯荡而过的时候，异国的风情和尘埃一起都粘在了他的身上。

商人的心思活泛，饭桌上的话题很快就转移到生意上。苏联地区很是流行马戏，俄罗斯大马戏更是名噪一时。如今除了传统马戏团，还有精明的中国商人带着国内的武术队在中亚巡回走穴，花样不比马戏少，难度也不低，"哼哼哈哈"地还更新鲜。

我们想象了一下在马戏帐篷里胸口碎大石、徒手劈木板的场景，似乎确实有那么些趣味。正走神，厨子已经向山东先生提出了他的生意建议，不如大家一起在第比利斯组织一场武术式样的马戏表演，一定能吸引不少猎奇的格鲁吉亚人。

厨子提出了一系列宣传、卖票方案，从定价到主推受众都有考虑，他甚至考虑了在格鲁吉亚巡回演出，除了首都第比利斯，繁华的海滨度假城市巴统也是他的目标。

至于餐馆，他还没跟华为谈好，但他估计是不去乌克兰了，用小成本快餐拯救美国大使馆工作人员的胃貌似是更急切的任务。

后来我们离开了格鲁吉亚，一路风餐露宿地回到了新疆。在霍尔果斯国门的纪念品商店，我们看见了 300 多块钱一瓶的格鲁吉亚陶罐葡萄酒，两个人相视大笑起来，搞得售货员一脸莫名其妙。

后来我们在新疆吃了两顿大盘鸡，居然感觉都没有厨子的手艺好；我们在格鲁吉亚旅行的朋友找到了他的中餐馆，连着去吃了两天，除了大盘鸡，厨子还做出了凉皮。

后来第比利斯并没有进行一场中国武术表演，厨子偶尔会给纪先生发微信，都是搞笑的图片和段子。他似乎也不期待回复，总归有好玩的就很偶然地发过来，我们看见了也只是笑一笑。

但我们还记得他的大盘鸡和水煮鱼，以及他各种各样的生意计划——现在他打算用一群大盘鸡加盟连锁店占领格鲁吉亚。

也失，第比利斯，格鲁吉亚

Fourteen

14 石柱顶端的修道士

遇见马克西姆・卡夫塔拉（Maxime Qavtaradze）的时候，我并没有认出他来。那时候这位老人已经在石柱顶端独居了 23 年，媒体报道里说他每周只会下来两次，沿着 40 米高、几乎垂直的阶梯从空中下到地面，与远道而来的追随者交流。

但我们根本没有怀着能见到这位修道士的期待，只是被一张明信片吸引，来到了一座奇特的石柱下，仰望一座更奇特的修道院。

公元 4 世纪，来自卡帕多西亚的圣尼诺（St. Nino）将基督教带进了这片外高加索的群山峻岭之中。从此格鲁吉亚成为世界上最早皈依基督教的国家之一，开始了悠久而独特的建造修道院的历史。格鲁吉亚人建修道院的本事也堪称绝妙，山巅绝壁总有修道院，地势雄奇险峻，建筑古朴气派，与山川河流融为一体，又尽览风光无限。

于是，穿梭在群山与谷地之间，沿着山势与水流寻找一个又一个古老美丽的修道院，成为在这个笃信基督教的国家旅行的一条重要脉络。

在格鲁吉亚与阿塞拜疆交界的广袤荒漠中，散落着一片被称为大卫・加雷加（David Gareja）的洞穴修道院，人迹罕至、遗世独立；第二大城市库塔伊西的城郊半山坐落着拥有千年历史的格拉特修道院（Gelati Monastery），碧绿琉璃瓦与山林相融，俯瞰着生机勃勃的田野；而从首都第比利斯的各个角落几乎都能望见小山丘上圣三一大教堂雄伟壮丽的金顶，这是格鲁吉亚最高大的教堂，主建筑近百米，修建于苏联解体后，俯瞰着山下熙熙攘攘的缤纷市景。

选址与风光更妙的是姆茨赫塔（Mtskheta）的季瓦里修道院（Jvari Monastery），独自耸立于这座古都西南方的山上，将老城风光、壮丽山色、河流波涛尽收眼底。这也是格鲁吉亚第一座采用“十字—穹顶”风格的教堂，四个对称的殿堂形成等臂十字架形状，中间夹着四个龛室，在中心处正上方隆起正八边形的大穹顶。

尽管无数各有故事的古老修道院让我们眼花缭乱，但没有一座比得上那座石柱上的修道院带给我们的第一眼震撼。

从第比利斯的一个修道院走出来之后，我们在纪念品商店里获得了一条线索——一张明信片，印着一座巨大的岩石柱高耸于森森山岭之中，狭窄的柱顶有两栋石墙红瓦的房子。明信片的背面有这座石柱的名字：恺茨基石柱（Katskhi Pillar）。

我赶紧查了查，这是一座天然石灰岩石柱，约 131 英尺（40 米）高，顶端那不可思议的建筑居然也是一座修道院，里面甚至还住着一位避世隐居的修道士。

没什么可犹豫的，即便在山顶总有修道院的格鲁吉亚，恺茨基石柱看起来也是一个异常特殊的地方，立刻被纳入我们的行程。

靠近石柱的山路崎岖蜿蜒，格鲁吉亚算不上热门的旅行目的地、石柱也不靠近任何旅游城市，因此游客寥寥。我们和一辆本地车在树丛中一片空旷的场地停下，人们抬头仰望，发出一声小小的惊呼——明信片里的巨大石柱就矗立在眼前，四周高大的树丛遮蔽了石柱下半部分，而在夏日浓郁的绿荫之上，微雨霏霏，阴霾的天空中浮着一座建在巨柱顶端的修道院。

我们顺着山路走到石柱底部，尽力抬头朝高处看去。那座规模不大的修道院在空中沉默着，远远地看不清建筑样式，只觉得格外孤寂。石柱正前方竖着一个十字架，旁边有一个很大的绞车，铰链直通柱顶的修道院，而一架铁制的阶梯贴着石壁从底部直达顶端，这是天空中那位修道士往返人世间的途径。

1993 年，39 岁的马克西姆・卡夫塔拉爬上了石柱，长久地住了下来，直到现在。马克西姆来自石柱以东 8 公里处的城市奇阿图拉（Chiatura），年轻时是一位吊车司机，常常与朋友饮酒作乐，甚至贩卖毒品，从而把自己送进了监狱。

在监狱中服刑时，马克西姆做出了改变人生的决定。出狱后，他立下了隐修的誓言，爬上了石柱，成为一名在石柱顶端独居的修道士，开始了一种与世隔绝的新生活。

马克西姆的决心在现代社会虽然看起来颇为古怪，但并非毫无缘由。世界上第一个爬上柱顶隐修的人是 5 世纪时的圣西蒙（St Simeon Stylites），为了脱离世俗的诱惑与骚扰，他在叙利亚的阿勒波附近建造了高柱，在上面苦修了 37 年，并向追随而来的人们布道。从此，许多修道士效仿圣西蒙的修行方式，以禁绝欲望、出离俗世。在很长一段时间里，柱顶苦修都是从中东到东欧的一种普遍的修行方式。

也许因为密林中独树一帜的地貌，恺茨基石柱在当地被称为“生命之柱”，也象征着耶稣受难的十字架。9 世纪到 10 世纪，石柱顶端便已建立有修道院，住着那些隐居于天空之上的修道士。然而，15 世纪土耳其奥斯曼帝国入侵后，石柱被废弃了几百年。

18 世纪一位学者第一次用文字留下了关于恺茨基石柱的记载，当时人们只是传言柱顶有一座教堂，却没有人知道怎样去石柱顶端。直至 1944 年，一个登山团队爬上了石柱，发现了柱顶残存的教堂遗迹。后来考古学家在这里发掘出了数处遗迹，包括修道院教堂、修道士的住处、葡萄酒窖，而过往的修行者的遗骸就躺在地窖里。

当马克西姆是一个无法无天的年轻毒贩时，他常常一边醉酒一边仰望这座神秘的石柱，关于石柱与柱顶修行者的传说也许曾在醉意蒙眬中涌上他的心头。而当他跨越漫长的时光，延续前人的修行方式时，恺茨基石柱柱顶还是一片废墟。独居的他过着极为艰辛的生活，两年来都睡在一个老旧的冰箱里，以抵御天气的影响。后来，马克西姆在国家文化遗产保护机构的支持下建造了阶梯、整修了柱顶的修道院，还建了一栋带床的小屋作为自己的住处。

如今，我们站在地面仰望的就是他多年来的修建成果与生活居所。而在石柱底部，则有一座规模不大的教堂，几只黑白色的羔羊伏在院落里碧莹莹的湿润草地上，一位修道士正轻声跟一个拜访者说话。

我起初并没在意，只将全部心神投入到对柱顶修道院的惊叹中，但很快他那茂密的白胡子吸引了我的注意，仔细凝视他高大笔直的身材、未曾改变的一袭黑衣，还有帽子下愈加衰老的面容，竟然就是媒体报道里的那位坚定老人。

在这个皈依了基督教一千多年的国家，偶尔会有一些人追随马克西姆来到石柱之下，包括决定投入修道士生涯的中年人，与充满烦恼、寻求帮助的年轻人。人们通过绞车把食物和生活用品送到柱顶给马克西姆，而他则一周下柱两次，与这些追随者交流。随着岁月的流逝，这位昔日的毒贩已经成为许多人宗教与心灵的导师。

只要稍微搜索一下，就能在网上找到很多关于马克西姆的报道，这些文章都发表于 2013 年，那时他刚好在柱顶独居了 20 年，爬下阶梯的 20 分钟已经成为对身体的一个沉重负担。一位摄影师在进行了为期 4 天、每天 7 小时（包括从凌晨到日出）的祈祷后，终于获得允许爬上石柱，采访了这位须发皆白的老人。

山林雾气缭绕，照片中的老人和他简陋的房子仿佛立于虚空之中，他波澜不惊地讲述了自己一生的故事，然后说：“在这山上的寂静中，你可以感觉到上帝的存在。”

石壁上的阶梯一度开放给游客攀爬，但很快就又关闭了。40 米的高空中，始终只有马克西姆一个人沉默又孤独地苦修——也许他并感到不孤独，因为这种物理上（可能也有精神上）的高度，媒体报道中常常称恺茨基石柱为最接近上帝的修道院，而马克西姆则是最接近神的修道士。

我望了望仿佛支撑着阴云的石柱，又看了看那位依然身板笔直的老人，还是没去问他为什么能以如此强烈的决心选择这种古怪的修行，在宁静中寻求上帝是怎样的感觉，以及当他的身体再也没法攀爬石柱时，他的生命将走向何处。最终，我只是看着他的背影消失在教堂背后。

无论如何，在长期的独居、禁欲、隐修之后，他过上了自己想要的生活，获得了自己想要的宁静。也许和那些古老圣徒一样，他将永久住在石柱之上直到死亡来临，他的身体将与以往的修行者一起躺在那座最接近上帝的修道院的地窖里。

离开时，石柱下的修道士与拜访者都已踪影全无。只有那些羔羊还趴在青绿的草丛中，几个当地的孩子在微雨中撑着伞好奇地看着我们。我们回头最后仰望了一眼遗世独立的石柱与修道院：这里可真安静呀。

恺茨基石柱，格鲁吉亚

Fifteen

15 穿越亚欧的旅行者

穿越亚欧是一种老旧的旅行者做派。20 世纪 70 年代的亚欧大陆上奔驰着许多车辆，一群一群的嬉皮士从欧洲搭车或者自驾车朝着亚洲前进，在欧亚交界的伊斯坦布尔一起扎营、歌唱，望着深蓝的博斯普鲁斯海峡。

1972 年，*Lonely Planet* 创始人托尼·惠勒和莫琳·惠勒开着一辆老爷车第一次穿越欧亚，他们后来在回忆录里写道："那种做穿越亚洲旅行团生意的车辆就像公交车一样频繁往返亚洲。"

所以，我们在 21 世纪已经过了十几年后的这趟旅程，是一种怀旧的浪漫主义。当初的嬉皮士已经变成如今的中产阶级，21 世纪的亚欧大陆也并不比 20 世纪 70 年代安全更多，人类还是没有学会互相理解，爱与和平依然是个口号，甚至在消费主义盛行的现在显得有些过时——当旅行者分享自己的故事，或是提醒某些危险、甚至发出求助信息时，有许多人认为他们是在博眼球，不值得关心。

但罗曼蒂克真正的敌人是全球化。如今人们很难真的体会到异域风情，无论在西伯利亚、北极圈还是地中海沿岸扭开车载电台，传来的都是耳熟能详的流行金曲；偏僻如阿斯塔纳这样的首都城市也在逐渐拥有国际化大都市的天际线，巴黎有名的甜品店都在上海最高级的那几家商场开出了分店，德国人用的水壶、炒锅、厨刀出现在我们父母的厨房里……

从趋同的城市景观，到连锁的乐购和 Spar 超市，世界上的城市被分成了两种：一种是有星巴克的，一种是没有的。欧洲与亚洲，除了人种不同，生活方式其实在逐渐接近。

流行文化无孔不入，全球化在消解浪漫主义。最终，我们选择在土耳其和伊朗待了最长的时间。整片大陆唯有中东还能带来真正的异域风情的体验。黑袍妇女、谋求独立的库尔德人与沙里亚法（伊斯兰宗教法）才能让长途旅行者感到新奇，这实在是一个关于罗曼蒂克的悲哀的悖论。

我们也在这片区域遇见了来自全世界的亚欧穿越旅行者，房车、越野车、摩托车、自行车，还不肯随波逐流的人们采用各种交通方式穿梭在古老的亚欧大陆上。当我们朝对方挥手、露出微笑，彼此都明白——我们都在抓着罗曼蒂克的最后一点尾巴。

摩托车小哥

从希腊到土耳其的边境上，等待过关的车辆排成了长队，开了一整晚车的我们百无聊赖地在车里打盹。车窗边呼啦啦闪过去好几辆摩托车，晃眼一看，都是威武雄壮的土耳其人，车牌也是清一色土耳其牌照，除了最后一辆。

这是辆挂着西班牙牌照的凯旋摩托车，从我们车旁缓缓路过时朝我们看了一眼，骑手看上去像黄种人，头盔上还竖着GoPro（运动相机）。我俩正疑惑，这辆车又回来了，骑手掀开面罩向我们打了个招呼，露出一张戴着眼镜的中国青年的清秀脸孔。

小哥来自宁夏，在西班牙留学和工作了几年，这会儿辞了职骑着心爱的摩托车穿行在亚欧大陆，从西班牙沿着地中海骑到了土耳其，之后从高加索地区坐船到东欧，再骑回西班牙。那时候小哥说：“你俩志同道合一起玩倒还挺不错的，我就没女朋友，谈恋爱太花钱了，去趟巴黎一个轮胎钱就没了。”

后来我们在伊斯坦布尔人群涌动的大巴扎又遇见他一次，小哥刚跟几个欧洲青年洗完土耳其浴出来，笑嘻嘻的。可惜后来摩托车进展太快，我们没能跟上他的速度，没机会在土耳其一起逍遥。

房车里的韩国家庭

连接欧洲与亚洲的土耳其仿佛一座繁忙的桥梁，无数的旅行者穿行在这座桥上。我们刚准备进入以苏菲派旋转舞闻名的城市科尼亚（Konya），在高速公路上超车时，一辆红色牧马人拖挂房车吸引了我们的注意。白色的房车上用各种语言写满了留言，车牌上有个八卦旗——一切线索都暗示着，这是一拨来自“泡菜国”的旅行者。

但我们不能在高速公路上退回去找这辆车，只能继续向前。不过到底是有缘，在城里一个路口我们又看见了这辆车，赶紧跟过去。当他们停在梅乌拉那博物馆（Mevlana Museum）对面，下车拍摄清真寺时，我们也停在了他们后面。

这是一家四口，年轻的父母与不到学龄的儿女。胡子拉碴的父亲以前在三星工作，常来中国出差；温柔的母亲一手一个牵着脸被防晒霜涂得白白的儿女；两个孩子还只会说打招呼的简单英语，但兴高采烈地蹦蹦跳跳。他们从韩国首尔一路向西开车来到土耳其，趁着孩子入学前，一家人一起来看看这广阔的世界。

我们应邀在他们的房车上留了言、签了名，并笑说可能会在旅途中再次遇见。

事实上，再相遇就是几小时后的事。夜里我们去看旋转舞，等候进场的时候又看见了这欢乐的一家四口。父亲和纪先生都对旋转舞的伴奏乐器“Nay”（一种类似笛子的乐器）产生了极大的兴趣，母亲则小声跟我抱怨：“老公在格鲁吉亚就买了根他根本不会吹的笛子，这次真不能再买了。”

散场的时候，我们跟孩子们挥挥手说再见，后来就再也没见过了。

自行车情侣

抵达卡帕多西亚（Cappadocia）的第一个下午，我们遇见了第一对穿越亚欧大陆的情侣。

那时我们刚把车停在能够俯瞰鸽子谷的公路旁。奇形怪状的石头在午后柔和的阳光中显出柔美的慵懒之姿，一对骑着自行车的男女慢悠悠地晃到我们旁边，对着山谷说：“你们好，这可真美。”

这对德国情侣讲一口流利的英语，吐词间透露一点母语的口音。两人约莫 30 岁的年纪，穿着骑行服，身材匀称修长，皮肤被阳光晒得有点发红。自行车后座放着他们简单的行李，但女人还是觉得带的东西太多了些，从德国一路骑到土耳其，颇有点劳累。

“刚出来两个月，土耳其可真棒。接下来去哪儿还没计划，如果签证顺利的话，可能是伊朗，或者就换一条路线回德国。”向我们打听到哪儿有露营地之后，他俩愉快地挥挥手骑车走了。

改装卡车的澳洲人

卡帕多西亚的绿线上有处绿水幽幽、山林青翠的峡谷，在这片干旱的地域显得尤为特别，很受徒步者欢迎。我们在这里看见了此行最厉害的一辆车——一辆四驱卡车改造的房车。

从车牌来看，卡车来自澳大利亚的昆士兰，鲜亮的黄色车体上贴着活泼的袋鼠。车尾载着两辆自行车，因此我们推测这是一对情侣或者父母带着孩子。最惊人的是车身上的 50 张国旗贴纸，第一张是澳大利亚，最后一张是当时所处的土耳其，那么其他的国旗——从东南亚、南亚、中亚、北亚，到北欧、西欧、南欧、东欧——连起来就是这辆车从南半球到北半球、从大洋洲到欧洲再到亚洲的路线。

我们等了半小时也没等来车主，但这辆车本身已经说了足够多的故事。可以想见，这一路穿越山河大海、戈壁沙漠是多么壮丽的旅程，而土耳其还远不是终点，显然他们还打算继续向前。

房车里的三代人

伊朗亚兹德的清晨，我们在一家旅馆外的停车场看见了一辆比利时牌照的房车，车身上画着父母与三个孩子手牵手的形象。下午我们回到旅馆躲避 44℃的高温，正好有一家人也在树荫下乘凉，年轻的父母在给两个女儿和一个儿子分果子，一个大爷在旁边收拾残渣。我去管大爷借水果刀，顺口问了句，你们从哪儿来？大爷果然回答，比利时。

还真被我猜中了，这家人就是房车的主人。开车的是大爷的女儿、女婿，夫妻俩带着两个雪白的金发女孩儿和一个小男孩穿越在亚欧大陆上，大爷飞到伊朗来加入了其中一段旅程。我们遇见他的第二天，大爷就要飞回比利时了，而他的家人将继续往东，去往土库曼斯坦，依次穿过中亚 5 国，最终从新疆进入中国，然后往南去东南亚，接下来再怎么走还没想好。

这不是这家人的第一次亚欧穿越之旅。几年前他们已经这么干过一次了，那次大爷和他的朋友们也在其中，他们一起成功地从比利时开车到了中国，在新疆、西藏、四川等地愉快地玩耍了很久。

自行车大叔

第二次离开土耳其前的最后一天，我们绕着小城卡尔斯（Kars）有城堡的山脚开了几圈，都没找到上山的车道，只能把车停在山下，再沿着阶梯走上山顶的城堡。

古城堡依山势而建，虽破败却颇有气势。此处人烟稀少，向上攀爬的过程中，我看见高处的平台站了一个中年男子，正临悬崖眺望远方，便举起相机给他拍了个照。大概是第六感吧，他迅速向我们转头看过来，待我们爬到平台上，便主动跟我们聊了起来。

Selime Katedrali，卡帕多西亚，土耳其

这是个美国籍葡萄牙大叔，自行车就停在他身边。他一个人从葡萄牙骑车到土耳其的东北部，神色间有点寂寞，自己也说好久没跟人正常交流过了。他在看的山是第二天要走的路线：骑进远方连绵的山丘，穿过格鲁吉亚的边境，再去往亚美尼亚——因为他是美国籍，所以很难办出伊朗签证，再往亚洲走只能选择穿过高加索地区。

大叔 20 多年前来过一次中国，对那时底层社会的贫穷与苦难念念不忘。他说这次打算一路骑到中国去再看看，从新疆入境，然后到西安、北京，再一路南下到上海、香港。他问我们，中国社会有没有变得好一点？

开老轿车的一家三口

遇见的时候，我们刚参观完格鲁吉亚古老的瓦尔齐亚（Vardzia）洞穴村。我打开车门准备拿点零钱去买水喝，两个声音大叫着“你好”和“Hello”从身后冲了过来。

打招呼的是一个高大的欧洲男子和一个娇小的中国姑娘，他俩一个说英文、一个说中文地跟我们聊了起来。来自德国的男子名叫托马斯（Thomas），简称托哥；来自中国湖南的姑娘是他的妻子，叫作汤佳。两个人指着不远处一辆德国牌照的老福特说，他们正在从德国开车去中国，正好在这儿看见飞毯。

正聊得热乎，来了个金发小姑娘，甜甜地笑着跟我说：“我们做朋友好不好？一起来玩吧。”一口普通话竟比她带点湖南口音的妈妈还标准。

这不是汤佳和托哥的第一次亚欧之旅。8 年前他们在中国初遇、相恋，就共骑一辆摩托车从中国去了德国。那时候，新疆吉木乃关口的边检还不知道如何处理自驾出境的事，只能将车抬上安检机作为行李过了安检。后来，他们有了乖巧漂亮的女儿伊娃，这孩子从 3 周大就跟着他们满世界旅行。8 年后，再跨亚欧的旅行从甜蜜两人行变成了温馨三人行。一路风餐露宿，在河边露营、在车里读故事书、在路上拉着其他旅行者“过家家”，是伊娃的日常。

如今，他们耗时 14 个月，穿越欧洲、亚洲、大洋洲的旅行刚刚结束。7 岁的伊娃已经去了 70 多个国家，汉语、德语、英语都非常流利，并一路学到了无数在学校与课本中学不到的东西。

而当初相遇之时，他们正准备在修道院的山崖下露营。我们怀疑那辆不到 2000 欧元的二手老福特可能难以应付中亚糟糕的路况，年轻的父母却笑着说，能走的路就走，车坏了就修，修不了就扔。这大概是我们见过的最洒脱的旅行态度。

Sixteen

16 我们

认识纪先生的时候，我们在同一家互联网公司上班已经一年多了，却陌生到连路上相遇要不要打招呼都要考虑两秒。直到我去找他刷手机，直到他问了我关于伊朗旅行的建议——因为他是个程序员，而我兼职做着旅行指南的内容策划。

刚熟络起来的时候，我和他聊天，谈到了小时候看过的书。我说小时候看过一本《非洲历险》，是“哈尔罗杰历险记”中的一册，非常有趣，对这样充满冒险与未知的人生充满了向往。

纪先生一脸惊讶地说他看过很多本，而且一直在收集整个系列，其中《亚马孙探险》最有意思，他也很想有这样的奇趣经历。

“哈尔罗杰”系列讲的是两个少年在全世界探险的故事，虽然其中有些关于动物保护的观点已经过时，但故事却非常精彩。这个系列的书我周边居然没人知道，而纪先生从小试图跟朋友们讨论哈尔和罗杰曲折又传奇的故事时，也发现几乎没有人看过。

但是自童年时代起，想法已经埋下。长大后，我们遇见了有同样的梦想来源和对未来生活抱有相同的想象的人，恋爱、结婚、旅行变成了再顺理成章不过的事情。

2015 年的第一天，我在泉州旅行，纪先生在伊朗旅行，我们给对方寄了一张新年明信片。我的明信片是从开元寺寄出来的，上面写着“愿新的一年，能去想去的地方、见想见的人”。

等他从伊朗回来，我们开始实现这个愿望——2015 年 1 月 27 日下午，我们决定去穿越亚欧。

当时我们正经谈恋爱才 10 天，我一边写工作文案，一边跟纪先生在 QQ 上聊天。我们谈到了北京出发到莫斯科的火车，查了查车次时刻表，讨论了火车会不会在贝加尔湖畔停留，研究了如何倒车换乘继续从莫斯科到鹿特丹，再到巴黎、伦敦。

然后，纪先生问，我们去亚欧玩一趟，敢不敢？我说，敢啊。

后来我们想不如开车去，一路玩着去英国，再一路玩着回中国。再后来我们开始研究如何才能自驾车开出国境、如何安排路线、如何顺利地穿过那么多国家的边境，我们甚至想了很久如何能把我们的小猫麦哲伦带着一起玩，可惜最终没带成。这些琐碎细节的麻烦程度超过想象，我们只花了 10 秒做出的决定，花了 8 个月时间来准备。

9 月 12 日，辞掉全职工作的我们从上海出发，开始环游亚欧之旅。

这对我们而言是一次无可比拟的旅程。接下来一年的时光我们几乎都在陌生的土地度过，每一秒都是未知，每踏出一步都可能遇见奇妙的人与事，而我们在过去关于陌生世界所做过的梦都在旅程中破碎，被实际的境遇所代替，变成真实的记忆。我们选择旅行作为一种生活方式——世界上千千万万种生活方式中比较不安稳的那一种。

但我们不是完全相同的两个人，各有各的喜好，在路上时总是吵架，也早就有共识：若闹掰了，便分开旅行，反正以我们各自的能力，完成一趟亚欧之旅并不是什么太难的事。好在我们宽容度比较高，学习精神也比较强，始终还在一起旅行。

有时候我们满足彼此的心愿。我陪他去看我完全不感兴趣的石油博物馆，听他给我讲解那些大型机械的原理；他也陪我去找土耳其的红河，听我讲了一路《天是红河岸》的情节。

有时候我们也会分开行动。我去莎士比亚书店逛着，他在巴黎圣母院门口排队，最后因为队伍太长，他还是来书店了，于是我们分别买了自己喜欢的书。

我们虽然都是有脾气的人，但两个人的争执更多是互相给对方讲道理，像辩论赛一样，胜负各半，但输的人总归是心服口服。

纪先生经常在半路停车拍照，等着日落，等着云飘来飘去，等着火车经过……我就又着急又生气，因为跟民宿房东约定的抵达时间要赶不上了，而迟到是非常不好的行为。于是我们吵一架，之后再预订民宿，我都把抵达时间往后推迟两小时，给他留出拍照时间，而他也会减少中途停留的次数。

纪先生还经常在加油站花时间检查轮胎，我也很不高兴，觉得这是浪费时间，因为基本上车胎都好好的，没有任何问题。于是我们又吵一架，他努力跟我解释这些安全措施的必要性，而我在一次雨中打滑撞护栏的小事故后，深刻反省了自己的错误。

有时候我正在车里睡觉，旁边一辆跑车闪过，巨大的引擎声把我吵醒，我也很气愤，不明白为什么会有人喜欢噪声、为什么引擎不能静音。然后他像个高中物理老师一样，跟我解释发动机的工作原理。我听不懂，还会不耐烦地揶揄他“好为人师”，但最终我还是笑了，就因为他严肃认真想让我懂得更多知识的样子。

每到这时我就回想起更早的时候一起去台湾旅行，夜里被坏心眼的司机骗了，在陌生的街边下车。我很生气地踢街道上的路锥发泄，我踢飞了，他就去捡回来，我再踢出去，他再捡回来……几次之后，我也就懒得踢了。两个人沿着七星潭的海滩，吹着夏夜的风，走了一个小时回到民宿的时候，已经不生气了。

自驾亚欧的一路上，他给我上了很多堂化学物理课，我也给他讲了很多神话故事和文人八卦，我们互相普及宗教、民族、地理常识，我们也一起度过了许多浪漫的时刻。

吵完架之后，我们在雪地里打雪仗，把言辞交锋变成物理攻击，然后笑着抱在一起；我们一起做饭，我炒菜、他洗碗，把生气都化作食欲吃下一盘干辣椒炒沙拉；我们一起在网上看婚礼图片、联系婚礼策划，我的婚纱是他帮我挑的，他的礼服是我帮他配的。

一边吵架一边牵着手往前走，这就是我们两个人的旅行。

也不是没有想过放弃，旅途不可能总充满喜悦与善良，既然是旅行，便自有其艰辛困苦。我们选择了这样的生活，便总要经历那些濒临放弃的时刻。

比如，凌晨 3 点还没抵达城市，在灯光昏黄的公路上，倦意阵阵袭来，铺装公路突然消失，面前出现一片漆黑的树林，阴影中一辆没有车牌的车突然打开大灯，飞快地冲到前面逼停了我们，两个讲法语的壮汉手持器械跳下车来试图拦路抢劫。

又比如，侥幸逃脱政府军与库尔德武装分子的交火之后，我们情绪紧张地绕行了 300 多公里，最终疲惫地赶到伊朗边境，车却被海关拒绝入境，只能人走进边境小镇，住进破旧、肮脏、弥漫着不明气味的小旅馆房间里，对着布满污迹的床褥。

再比如，斋月的中东有 40℃以上的高温，然而整个白天都不能喝水和吃饭，即便夜里也只有世界上最难吃的烤肉（kebab）果腹，我只能又渴又热地行走在风沙中，把自己裹在头巾里……这样的疲惫不堪、怒气冲冲的时刻还有很多，我们不仅对外界充满排斥、也对彼此满怀怨怼——这些时刻我们都有想过放弃。

但那念头只是一闪而过，无论多少次，我们都决定将旅途继续下去，一直继续。我们将这称作旅途的斯德哥尔摩综合征：旅行虐我千百遍，我们依然待它如初恋。

我们并不寻求安定感，在路上的时候最感到安定。车在亚欧大陆的荒原、森林、海岸行驶时，我睡得最好——那是一种带着满足感的睡眠，我知道此时自己正过着期盼已久的、动荡不安的生活。

我们也并不追求刺激感，在路上的时候随时都有刺激感找上门。从节日狂欢的人群中走过，站在令人流泪的油画前面，踏进世界上最伟大的建筑，升上高空俯瞰茫茫大地时，我们的神经每一刻都在接收疯狂的刺激信号。

我们甚至不觉得旅行是个多大的挑战，不认识的语言、找不到的路、吃不惯的食物、坏心肠的人，不过是每一个正常的人生里都会经历的过程，我们只不过是经历的次数多了一些，反而积攒出了更多经验。

从旅程开始到结束，常常有人问，为什么我们要辞职去环游亚欧?

因为当时就在讨论这个话题，因为我们对旅行有瘾，因为这半个世界的风景、这半个世界的人就在那里，因为我们以为自己会过上庸常的生活却突然挑起了一个关于梦想的话题，而在这个敢不敢的挑战面前，我们只能也只会说“敢”。

这只是两个马上就要妥协的人，遇见了同样还不肯甘心的人，心照不宣决定拼一把。至于旅行结束之后会变成什么样子，我们当初不知道也不在意。被预知的生活只会像被剧透的电影一样无聊，而我们拒绝无聊，我们只想此刻，我们决定去穿越亚欧，那么我们就准备好出发，在路上迎接任何故事的发生，而会发生什么、之后又将怎样，不上路的话又怎么会知道?

小时候我在《科幻世界》的增刊看过一个简短的故事，里面的女孩唱着一首船谣：“我愿随我的爱人四海为家，我愿随我的爱人四处流浪。”

这大概就是我们的愿望。

公路与车，西伯利亚，俄罗斯

圣诞市集，都柏林，爱尔兰

物 Things

One

01 达拉木马

世界上没有两匹相同的达拉木马，就像世界上没有两匹一样的马。

1

寻找达拉木马（Dala Horse）的过程如同解谜，或者说寻宝。我们无意中发现一条条线索，在某个时刻突然出现一道灵光将它们拼接起来，形成一份完整的地图，指向达拉木马。

第一条线索来自宜家。瑞典的哈帕兰达（Haparanda）与芬兰只隔一条河，这个有些无聊的小城拥有世界上最北的宜家。但吸引我们视线的是宜家里的几匹小木马，暗红、黑色和银色的底色，绘制有简单花纹，做工并不十分精细，但小马的轮廓圆润可爱。

瑞典首都斯德哥尔摩几乎每家纪念品商店都有类似的木马，身形纤细一些、花纹更加复杂，但售价昂贵。甚至在市政厅前，还有几匹巨大的彩绘木马，跟人一般高，花纹五彩斑斓，是照相机的宠儿。显而易见，这种木马是瑞典一件颇具标志性的东西。但当我们离开宜家直插入北极圈，便将这些木马抛在了脑后。

第二条线索是在从北极圈往南的路上得到的。

“达拉纳（Dalarna）因其手工艺品——尤其是那种随处可见的彩绘达拉木马——和夏季的各种节日而闻名遐迩……”*Lonely Planet*《北欧》指南上在我们必将经过的锡利扬湖（Siljan）这章如此写到。此刻我们终于知道了这种小木马的名字，但也仅此而已，书上再无更多相关内容。

抵达锡利扬湖时已是深夜，我们住在湖西侧耶松达（Gesunda）山林中的一处红木墙白窗棂的小木屋里。第二天上午去退房，女主人对我们说："希望你们在自己国家的网络上帮我们推荐一下，这两张自制的明信片送给你们，祝你们旅途顺利。"明信片印刷颇为拙劣，图案也不甚好看，但左下角有一匹木马矗立在湖边。"你们对达拉木马感兴趣？穆拉（Mora）有很多，你们去看。"

驾车穿过锡利扬湖畔的密林，初冬的阳光将湛蓝的湖水照得闪闪发光，树木在风中沙沙作响，撒下碎片似的点点光芒。从湖边上公路桥，穿过湖心岛索勒伦（Sollerön），瑞典中部明亮爽朗的湖光山色，一扫北部风雪弥漫的高冷气息。再往北便到了锡利扬湖北岸的城市穆拉。沿湖而行，一匹巨大的红色木马突然闯入了我们的视线。

红色木马比两个人还高些（约 3.7 米），雕刻线条简单，颜色却极其鲜亮，红色的马身上用白色、绿色、黄色和蓝色的花纹勾勒出好看的马具，站立在蓝色水畔的葱翠草坪中，煞是好看。木马旁边有一块牌子，上面写着："2010 年市议会决定制作一匹世界上最大的木马，并和市民们一起协商决定将其放置在穆拉。2011 年 6 月 6 日，瑞典国庆日，木马在此揭幕。"这匹巨大的木马来自努斯奈斯（Nusnäs）。

努斯奈斯，穆拉旁边的小镇——第三条线索出现，如同一道灵光，清晰地指明了达拉木马的制造地。那些宜家货架上、斯德哥尔摩纪念品商店、锡利扬湖明信片、穆拉城内的木马们，都有了来源。

2

17 世纪时，锡利扬湖畔的农民几乎每家每户都饲养马匹，马可以干农活、驮运货物，是他们最重要、最宝贵的生产工具与最亲切的朋友。当漫长的冬日来临，在漫漫长夜里，这些农民便坐在自家的小木屋里，一边烤火，一边用一把简易的锋利小刀以家养的马匹为原型雕刻小木马，作为孩子的玩具。

后来，这些作为玩具的木马在全瑞典流行起来，因其产于达拉纳省，便被命名为达拉木马。在 1939 年的纽约世博会上，高达 3 米的达拉木马作为瑞典的展品出现，另有一吨重的小木马作为纪念品售卖。大木马又大又萌又精细的样子作为媒体报道世博会的头图传遍了世界，从此成为瑞典的标志，在全球流行起来。这些达拉木马大多来自穆拉附近的努斯奈斯，这片地区是木马最早出现的地方，也是目前最主要的产地。

在 20 分钟的车程里，我们预想中的努斯奈斯是一个橱窗里摆满了木马的商业小镇，而抵达时却见碧绿农田、红木墙小房子、白色栅栏，俨然一幅乡村景象。路边几

达拉木马，努斯奈斯，瑞典

乎没有商铺，路上也几乎没有人，几栋小房子前有不大的马圈，鬃毛飘飘的马斜着眼不屑地看着我们。围着几片农田绕了个圈也没找到一丝木马的痕迹。

车在准备绕第二个圈时与一位遛狗的老太太缓慢地擦身而过。“嘿，你好！我不得不停下来问你们一下，这辆车从哪里来？”老太太轻轻敲了敲车窗。自然又是一通关于我们如何开车来到瑞典的解释说明，“我们来这儿是想看看小木马。”

老太太笑着指向一条岔路：“往前开，在第二个，嗯我想想，应该是第二个，大路口右转，一直开就能看见木马工厂了。”

最后一条线索，我们就这样找到了制作达拉木马的地方。

3

要认出工厂非常容易，不大的红色建筑前矗立着一些比人还高的彩绘木雕，不只有木马，还有公鸡等。走进工厂，一股木屑的味道扑面而来。环顾四周，地上满是细碎的木粉，巨大的切割木材的机器藏在屋子深处。

近处的桌面上摆放着不同长度的刀具和各种大小的未完成木马，旁边的桶里也堆满了半成品，有的只有大概轮廓，有的已经有了精确的马匹样子，还有的只是一块木板子上面勾勒出木马的形状而已。可以拿起来随意赏玩，也可以买走其中任何一件，根据完成度价格不同。

一个工人大叔看我们一副兴致勃勃的样子，拿过一个塑料袋：“如果你们想尝试自己雕刻一匹木马，可以考虑这种套装。”袋子里有一把小短刀、一块木板子、3只不同大小但都初具雏形的小木马。

我有些怀疑地看了看那把刀，刀柄简陋、刀刃插在一块权作刀鞘的塑料泡沫里。大叔似乎看出了我的疑惑。“达拉纳的刀也很有名，”他指了指不远处摆满了刀具的大木桌，“这种小刀最便宜，却是雕刻达拉木马的唯一工具。在切割好木材后，我们只用这种刀进行雕刻，无论是轮廓还是细节，几百年来没有变过。”

自17世纪初甚至更早，这种纯手工锻造、被称为莫拉刀（Morakniv）的小刀便是达拉纳人的主要生产工具，用以制作家具、雪橇、农具等，只有用这把小刀雕刻的木马才能称之为达拉木马。

直到如今达拉木马依然保留着传统的手工制作流程，在工厂可以随意免费参观。一位画师告诉我们，制作一匹木马大约需要9个步骤，每一步都有一两位工匠专门负责，完成所有工序需要2~3周时间。当然，一个批次可以制作多匹，并不是说要一匹一匹挨个做。

第一，将木材切割成合适制作木马的大小——这取决于你想要制作多大的木马，从 2 厘米到 2 米高，甚至更小或更大，无一不可。

第二，在木材上画出木马的形象，用小刀大致切割出木马的样子，再继续用小刀细致地雕刻成为一匹木马。

第三，将木马整个浸入颜料里上漆，通常是红色。第一遍漆干了之后，再上第二遍漆。

第四，检查木马的漆色是否饱满均匀，形象是否好看。

第五，给检查过关的木马上泥子。

第六，将上好泥子的木马用砂纸细细打磨，完成一匹身形圆润、线条流畅的木马。

第七，将打磨好的木马再次整个浸入颜料里，上第三遍漆。

第八，漆晾干之后，画师就可以在木马上面用各种颜色绘制花纹了，绘制好之后装盘晾干。

第九，在木马上涂上一层清漆作为保护，就此完成。

4

画师放下上完色的笔，拿起一盘小木马，走到屋子后部的架子旁，放下摆好。架子上已经摆放了几十盘木马了，每一盘里面有 20 多匹，乍看大小相等、颜色统一、花纹一样，细看却全然不同。身躯有高矮胖瘦之差，花纹有长短粗细之分，纹理的用色也不一样。这不是什么高级的奢侈品定制工艺，只是因为纯手工、长时间的制作过程，注定了世界上不会有两匹相同的达拉木马。

最初的达拉木马完全不上色，木材雕刻好便算完成。直到 19 世纪初期，人们开始给木马涂上单一的红色或白色，随后穆拉的一位工匠发明了用一把刷子蘸上两种颜色用以绘制木马的工艺，这个方法一直沿用至今，达拉木马的色彩也随之丰富起来。

瑞典输送至世界各地的大小木马们以红色底色、白绿黄蓝花纹的居多，这是最传统的达拉木马形象。其中所使用的红色底色则是最具代表性的传统木马颜色，这种鲜亮的红色是从产于达拉纳的一种叫作Älvdalskvartsit 的石头中提取出来的，世界上找不到另一种相同的红色。

但这并不妨碍达拉木马衍生出许多形象与色彩。工厂里一间阳光明亮的大房间作为画室，四位画师正在仔细地勾勒木马上面的花纹。而他们身旁高耸的木架子上，摆满了绘制好的木马，色彩与花纹大多是根据客人的喜好定制的，还有为各种节会——

比如世博会、世界杯等——制作的木马。瑞典的公司更是喜好将达拉木马作为礼品赠送，因此有些木马上还会有公司的标志和颜色。

而在上泥子和打磨木马的房间里，工人们还制作了一些特殊的木马。通常达拉木马呈现四脚站立的淡定模样，这里却摆放着一匹纵身奔驰的小木马，马蹄扬起，十分动感。

工厂附设一间超大的纪念品商店，售卖着成千上万匹木马。同一色彩花纹的木马按从小到大依次排列，如同一家老小，煞是可爱。红色为底的传统木马最受欢迎，还有一些釉色亮晶晶的浅蓝、乳白色木马则是近些年来的新宠。售价依据颜色与大小而定，一匹 26 厘米高的红底色木马约合人民币 200 多元。拿起两匹底色花纹一致的木马细看，却始终有些微不同之处——线条全凭雕刻者的用刀走向而定，花色全凭画师的笔力深浅而定，手工制作的有趣之处便在于此。

我们买下了大叔推荐的那个材料包，准备像几百年来的达拉纳手工艺人一样，自己动手，雕刻出一匹属于我们的独一无二的木马。

Two

02 旧玩意儿

有一天，我们在伊朗大不里士的巴扎里闲逛，一个卖黑袍的商人站在店铺前用中文跟我们说了句“你好”，紧接着告诉我们，他常去义乌进货。在那个时刻和之前许多个类似的时刻，由不同的语言、人种、民俗构成的异域突然被打破，我们很难意识到自己正在异国的土地上。

某种意义上，我们感谢现代化与全球一体化带来的便利，这让我们能以更低的价格买到一路所需的日用品；另一方面，我们又为此感到烦恼，毕竟没人希望旅行过后，房子里塞满了从全世界各地带回来的义乌批发小商品。

我们便试图在跳蚤市场、旧货店、地摊淘一些东西，那些属于旧时代的旧玩意儿，它们满身的尘埃还在述说曾经世界还不是一个地球村时的故事。时间赋予了这些原本平淡无奇的东西意义，逝去的岁月为它们镀上一层光环；它们也赋予时间意义，再普通不过的过去现在也充满了怀念与哀愁的想象空间。

弓

赶到布鲁塞尔（Brussels）老城的跳蚤市场时已经是 11 点半多，再有 20 多分钟就要收摊了。狭窄的石板路通向一个小广场，彩色的老房子簇拥在周边，塑料布支起的一个个小棚子下面摆着许多纸箱子，人们正在箱子里翻找自己喜欢或者需要的二手货。

二手货并不是一个准确的说法，谁也不知道这些蒙尘的瓷盘子、生锈的刀叉、缺键的打字机、褪色的相框是转了多少手才出现在这些纸箱子里，就连售卖的摊主也搞不清楚，毕竟它们都不算什么古董，只是再便宜不过的旧玩意儿。

许多摊位已经收拾好了要走，剩下的只有几个规模较大的棚子，在纸箱里翻找的除了一些白人大叔大妈，还有几个黑人和推婴儿车的穆斯林。恐怖组织引发的连环爆炸刚过去 3 天，满街都是防暴警察，但普通人的生活还得如常继续。

我们先收获了一个荷兰制造的茶色玻璃酒瓶，然后又买下一个非洲木雕人偶，人偶的头上还有刷子似的头发。年代不算老，成色却已旧了，带着点未经仔细雕琢的粗糙感。我们心满意足地拎着战利品，溜达到边缘处一个已经收了一半的摊，发现了一把插在桶里的弓。

皮革包裹的弓身缀着铜钉和皮子制成的流苏，几十粒一般小大的贝壳连成串钉在弓身上，若不是其中有一段线断掉脱落了几粒贝壳，倒真是一件美丽的艺术品。弓弦已经旧得很了，整把弓也缺少韧性。装饰风格看起来是非洲的，但应该不是狩猎用，不够长、也不够强韧，曾在非洲旅行过一阵的纪先生推测这是一把仪式弓，在偶尔的庆典上用，才装饰得这样漂亮。

我想象自己洞悉了它的来源，大概是早年某个欧洲人去非洲旅行时看中了这把典礼上的弓，又或是非洲旅游景点的人为了迎合外来者猎奇的心态，特意做了这样好看的弓来售卖。但它到了欧洲之后，不小心被弄坏了，于是被喜新厌旧的主人当废品卖掉，出现在这个跳蚤市场。

我们用 15 欧元买下这把弓，但遍寻不到适合它的箭。摊主也只是摇头，大概在这个时代、这片地区，谁也不再需要一把能射箭的弓了。

骆驼油灯

为了简便，我们常常把萨夫兰博卢（Safranbolu）叫作番红花城，这里不仅有珍贵的藏红花香料，也是土耳其保存得最完好的奥斯曼小镇。某些时刻，我会以为这里的时光还停在旧年月，红瓦屋顶的木框架泥砖老建筑遍布城镇，鹅卵石铺就的巷道两旁是皮具店和糖果店，我们住的那栋有几百年历史的老房子不仅有裂缝的木地板，浴室也遵循传统地藏在壁橱中。

在番红花城很容易迷路，狭窄的小道四通八达，很快就会失去方向。但这也不要紧，城镇并不大，朝着清真寺高耸的宣礼塔走，就能回到最初的地方。七拐八绕之后，我们走到了一片没有甜腻糖果、没有花边桌布，也没有印字 T 恤的地方，这几条小道旁边全都是老旧的木房子，遮阳棚下摆着敲打出了精细花纹的铜盘、铜锅、铜灯，等等。

一看便知，这是到了铜匠铺子的地盘了。老师傅们都各自在木屋里叮叮当当地敲打，也没别的游客，我们一家家看过去。锤纹的小煎锅和土耳其咖啡壶最常见，大抵也是旅行者最方便携带的纪念品；直径足有半米多的大铜盘则是少有人才买的装饰品了，细密的花纹绕成精巧的几何结构，呈现出伊斯兰艺术的数学之美。

逛了几圈，也有会讲几句英语的铜匠拉我们进铺子里。电视机在播放他做铜器的片段，竟然是英语节目，还有几份英语报纸也有他的照片。看来是有名的老手艺人了，他又带我们去看烧火的炉子，拿出几件刚做好的崭新小铜器。我们看了也忍不住夸赞镂空与花纹多么美，却总觉得还不到非买下不可的程度。

铜匠也不勉强，笑嘻嘻送我们出来，倒搞得我们有些不好意思。信步岔到别的小道去，怕在别家买了东西被他看见要伤心。一拐进去就看见一间规模小得多的铺子，木房子外面的小摊上摆着的都是半旧不新的铜器。一眨眼，我就被那个小小的、只有巴掌大的骆驼油灯吸引了。

油灯是只单峰骆驼的造型，握在手里沉甸甸的，想不到是这么个小巧玩意儿应有的分量。铜已经氧化得发黑，骆驼脖子优雅地弯成一个弧，有简洁花纹的驼峰处就是加油点灯的地方，看起来已经有段时间没被点亮过了。

走进店里想问价格，却见一个头发花白的秃顶老铜匠鼻梁上架着副老花镜，一下下很认真地敲打一个铜盘子，压根儿没注意到有人走进来。细密的纹路一点点出现，我们便也悄悄地看着。大大小小的盘子挂了满墙，另外两面墙各搭了四五层架子，摆着锅、咖啡壶、酒壶、茶壶、点心盘、烛台……老铜匠敲了半天，才被我们在木地板上走动的吱吱呀呀声惊扰，暂停手中的活计，来接待我们。

语言不通，只好比手势交流。老铜匠急忙带我们看那些崭新的锅和壶，我们也赶紧摇头，领他出门指着骆驼油灯。显然对于这种没什么年份的日常旧货他不太在意，毕竟这年头连住在老房子里的奥斯曼后裔也全都用上了电，没人再相信从神灯里飞出一个精灵的天方夜谭。很快我们就以 20 里拉（按照当时汇率，约合人民币 45 元）成交。

有趣的是，回国时在新疆霍尔果斯海关，油灯被海关工作人员翻出来，好好地检视了一遍，最终确认我们没有在走私古董。

《白鲸记》

德黑兰（Tehran）艳阳高照，美元在那天涨了一点点，搞得许多家换钱所不肯兑换，我们只得沿着路一家家问。气温 40℃上下，树也被晒得恹恹的，正感叹着太累太热时，道路旁出现了一个旧书摊。

书堆中只露出一个小窗口，坐在里面的老板也在读书。摊子上摆着一堆旧书，封面破烂，纸张发黄，有些连字迹也模糊了。书大多是波斯语，我们翻了翻看不懂，正打算走，或许是红蓝相间的封面在阳光下太耀眼，转身时我瞥见了一本小书，英文大字赫然写着“*Moby Dick*”。

拿起来仔细瞧，书的开本很小，边缘有点破损，但基本保存良好，泛黄的书页上字印得很密。封面上还有个黄色圆形，里面写着“Armed Services Edition（军供版）”。一本特供军队的美国小说出现在极少给美国人发签证的伊朗，这勾起了我们的好奇心，便赶紧按标价花 25 000 里亚尔（按照当时汇率，约合人民币 5 元）买下来。

晚上回酒店翻看书里的出版信息，又查了各种资料，才找到这本《白鲸记》的来源。“Armed Services Edition”意为“二战”期间发放给在海外的美国军队的版本，这批书从 1943 年发行至 1946 年，内容包括各类经典名著、戏剧、诗集，共发行 1322 种，1.23 亿册。所有书籍均采用经济型纸张印刷，不对外发售，只供士兵战场阅读。由于其特殊性，部分主题的书籍存世极少，颇受书籍收集者追捧。目前仅有一套完整丛书收藏在美国国会图书馆。

我们在旧书摊发现的这本《白鲸记》显然是在那个战乱的年代，由美国大兵带到了伊朗。这位士兵服役期间，这本书或许如同其发行者期待的那样，既打发了他的闲暇时间，也武装了他的思想。然后，书留在了德黑兰，士兵却不知生死去向。

“有些人死在退潮里；有些人死在浅水滩里；有些人却死在洪水里。”时代变化，政权更迭，这本《白鲸记》未曾逃离德黑兰。

间谍相机

第比利斯的干桥市场（Dry Bridge Market）是我们在格鲁吉亚去的次数最多的地方。桥边的小道旁摆着一个个地摊，从粘满灰尘的黑胶碟到成套的玻璃杯盘，从小小的坦克模型到背带开裂的手风琴，从卷边的黑白照片到实木的算盘，从苏联邮差的老皮包到喝完葡萄酒剩下的漂亮陶罐子……应有尽有的时代产物，完整地组成了格鲁吉亚过去一个世纪的历史进程。

货品堆积在停在路边的老式拉达车里，早晨摊主们从四面八方来这儿，打开车门一件件拿出东西摆好，傍晚摊主们又把东西一件件收拾好塞进车里。有些车甚至不开走，就再停一整夜；还有些车就连车顶都捆扎着旧货，日暮时小车顶着一个老旧的摇摇木马穿梭在回家的道路上。

往里走走，艺术家正在草坪上现场作画，一堆刚画好的就挂在旁边，等有缘人选中买下。大概是离土耳其、伊朗都近，河边还有大幅崭新的羊毛地毯，跟不远处那些老皮箱、老式收音机、老乐器相互映衬，形成一幅有声有色的画面。

我们在第比利斯的每一天都来逛逛，看看哪些东西没有了、哪些摊位又上新了。摇摇木马像个招牌或者说吉祥物，始终未动地立在车顶；手电筒、机械闹钟、小挂钟总是少有人问津，大概确实太旧了一些；邮差包似乎少了一两只品相漂亮的，又加入了几只颜色别样的医生包；杯盘刀叉是最常被询问的商品，毕竟实用性强又便宜好看。

几天后，我们得了一个未曾使用过的儿童款防毒面具，还禁不住整个市场里英语最好的、卖旧海报、旧画片的摊主的推销，买下了几张老明信片。一堆俄制相机的摊主看纪先生是个摄影师模样，跟他探讨了半天胶片机的学问，试图向我们推销一台品相不错的老莱卡，但最终被我们翻找出来的却是一台基辅（Kiev）微型相机。

银白的机身比信用卡还稍短一些，体积跟几十年前的打火机差不多大，正好可以装作点根烟，竖着拿在眼前拍照。相机功能完好，各档快门准确，看起来使用次数不多，整体都比较新，可惜现在很难找到适用的 110 胶卷了。买下来不过 20 拉里（按照当时汇率，约合人民币 60 元），还带一个配套的皮包。

我们推测，这兴许曾经是某位克格勃手中的装备，但可能还没来得及发挥足够的功用，便再也没有苏联了。如今的格鲁吉亚正在申请加入欧盟，也难怪这精巧的间谍装备落入我们手中了。

干桥市场、第比利斯、格鲁吉亚

Three

红色电话亭 03

在所有跟英国相关的物品中，我最想要的是红色电话亭。几年前在英国读书，学业辛苦，伦敦又总是风雨飘摇、阴云密布，有时候熬了通宵读书写作，疲惫地走在裹着黑色大衣的人群中，唯有街头那一抹鲜亮的红色，能给人带来一点好心情。

但红色电话亭正在逐渐消失。这也难怪，毕竟现代人生命的一大部分都贡献给了手机——在地铁站低头刷手机的社交软件，在大街上用手机里的地图找路，打电话自然更是用手机。即便英国的记者杰瑞米·帕克斯曼（Jeremy Paxman）说“真正的英国人是乡下人”，依然不能改变现代化的潮流：城市在取代乡村，手机在取代电话亭。越来越少人使用的公共设施，好像确实没有太大的存在必要。

但是许多人舍不得，大概抱着跟我一样的心态，觉得这电话亭早已不是功用型的设施，而是某种象征——国家也好，时代也好，总之它象征着某些我们缅怀的东西。当我们追忆关于英国的逝水年华时，脑海浮现的画面中总有这个红色盒子。

1921 年，英国推出了第一代电话亭（俗称 K1），造型统一，颜色却由各地自行决定。然而，挑剔的伦敦人嫌弃这个木框镶玻璃的盒子太丑陋，纷纷提出抗议。于是，英国决定以招标的方式来决定第二代电话亭的设计。中标者是知名建筑设计师贾莱斯·吉尔伯特·斯科特（Giles Gilbert Scott），他设计了一个新古典主义的钢制电话亭，有个圆顶，外表漆银色，内部漆水蓝色。然而实际推出的时候，这款被称作 K2 的电话亭却成了红漆、铸铁。从此，电话亭便一直采用红色。

高昂的制作成本和沉重的重量限制了 K2 的大规模使用，斯科特又受托设计了经济型的 K3，这次是乳白亭子红窗框。之后，提供电话服务的英国邮政自行设计出了

K4 和 K5，但都是失败的尝试。1935 年，斯科特再次出马，设计了 K6，体积比 K2 稍小，去掉了一些跟不上时代的元素，再加入了一点 20 世纪 30 年代正流行的风格，形成了如今英国街头常见的红色电话亭样式。

随后，又有别的设计师推出了 K7 和 K8，虽然都没有普及开来，不过 K8 采用的“虞美人花红”（Poppy Red）成为了英国电话亭的标准红。20 世纪 80 年代，英国邮政的电话业务变成了英国电讯（British Telecom，BT）。我在伦敦念书时住的宿舍就在 BT 塔下，每天夜里都望着高塔流光溢彩。BT 的代表色是黄色，这让他们产生了要把全英国的电话亭都改漆成黄色的计划。看惯了红色风景的英国人民自然是愤怒地反对，计划最终不了了之。但再强硬的抗议也不能阻止时代的进程，BT 大规模地拆除了老旧的 K2 和 K6 电话亭，换成了自己设计的现代电话亭。曾经遍布全英国、作为这个国家标志之一的 K6 电话亭，如今只剩下 1 万个左右。

我们试图在科文特花园（Covent Garden）寻找尚存的红色电话亭。这里是伦敦文艺与时尚气息的代表，是萧伯纳笔下《卖花女》卖花的地方，也是奥黛丽·赫本主演的《窈窕淑女》的取景地。从 17 世纪开始，科文特花园当了 300 年的蔬果市场，然后在 20 世纪摇身一变，成为一个聚集了小酒吧、咖啡馆、特色餐厅、精品店、奢侈品店和手工艺品店的独特区域。众多十七八世纪的建筑被保留，角落常有街头艺人专注地表演。本地人和旅行者都爱来这儿寻宝，或是参加各式文化集会。与你擦肩而过的可能是个爱淘古董的购物者，也可能是小有名气的艺术家。

果然，在附近闲逛的时候，我们发现了一个还在工作的 K6 电话亭。它就矗立在小酒馆门口，11 月初冬的天早早就黑了，映着路灯的光亮，我们看见亭子的门上贴了一整张白纸，上面写着一个故事，或者说老电话亭对年轻人的愿望：

“当你还是个孩子时，你会按照自己的感觉给万物涂上色彩，蓝色的大象、紫色的树、红色的熊……随着你逐渐长大，人们告诉你，别越界，你应该按照自己看见的来涂色。于是你变成了一个循规蹈矩的人，无论是写作、绘画、舞蹈、表演还是指挥。但我认为，你应该试着根据你的感觉来创作，我想要看绿色的海洋和红色的熊，我也很愿意倾听紫色的树，我还非常期待阅读蓝色的大象。”

红色电话亭的消失让英国人产生了某种类似于乡愁的情绪。近百年的时光过去后，当人们不再需要真的在里面打电话，红色电话亭被赋予了某种田园牧歌般的浪漫象征。而当电话亭越来越少，人们感受到了纯真年代的一去不返。

第二年春天重返英国时，我们依据“英国的灵魂在乡村”这一观点，跑去了微风中绿意盎然的科茨沃尔德（Cotswolds）。春寒料峭，一个个村庄、小镇点缀在青翠可爱的平缓山坡与清澈透亮的河水畔。蜂蜜色的老式石屋戴着俏皮可爱的茅草顶，沧桑古旧的建筑铺成在开着野花的公路两旁，密集的树林中藏着蜿蜒的小道，绿绒毯般的草地撒满了白色的卷毛绵羊。英国人在自家的庭院里、百多年历史的茶室中、树下的野餐布上，一杯杯喝着红茶。午后的阳光照耀在奶油草莓馅的点心上，树上小鸟啾啾，脚边流水潺潺。

在被誉为“英格兰最美丽的乡村”的拜伯里（Bibury），我们遇见了一个坐落在石墙边上的红色电话亭，映衬着碧莹莹的草地，再加上狭窄回环的巷道、壮观的水畔排屋、错落的石头村舍，仿佛童话书的水彩插图。

这个K6电话亭看上去已经长期没有人使用了，挂在里面的广告宣传画都已褪色，蜘蛛在旁边结了网，黏着几只死掉的昆虫。但它过去应该是极热闹的，作为这个村落的信息中心，村民曾排着队等待跟远方的亲人朋友联系。这让我有一点难过，总觉得它也撑不了多久就要被拆除了。正值暮色昏沉，红色电话亭为乡村赋予了一层宁静、孤独又温暖的氛围，我站在电话亭里拿起听筒，却不知道该给谁拨号。

好在无论时代如何变化、城市如何扩张，乡村仍被许多英国人视为普遍的乡愁、最终的心灵归宿。在大城市打拼、赚得了资本的头一件事，大多是去乡村买一间小屋，以《哈利・波特》系列闻名的作家罗琳也不例外。而当红色电话亭开始消失，乡愁中便又增添一道红色风景。于是人们开始千方百计留住这道夺目的红色。创新的想法层出不穷，被拆除的电话亭变成了艺术装饰、小型图书室、咖啡店等，还有我们在下斯洛特（Lower Slaughter）见到的医疗急救站。

这是个水流环绕的小村，浅浅的水流将它分成两岸，几座简陋的石桥连接起一边连成排的房屋与另一边独立的村屋。两岸的房屋都是科茨沃尔德的蜜色石材建造，在一间农舍外面，立着一个红色电话亭，但标志不再是“Telephone”，而写着“Defibrillator（急救站）”。

虽然都是K6，但这个亭子的红油漆更为鲜亮，里面也非常干净，可能常有人打扫维护。原本挂着电话的地方如今是个黄色的急救箱，旁边的电信广告也换成了醒目的急救电话号码。不得不说这真是个好想法，老设施与时俱进地变化，在新的时代依然发挥着实际的作用，令人在感叹红色电话亭的消失之余，感到些许安慰。

夜幕降临时，我们沿着乡村小道离开科茨沃尔德，朝远方的城市奔驰而去。是夜必须赶到利物浦港口，乘船一整夜到对岸的爱尔兰都柏林，赶赴一场节日庆典。旅途让我们疲惫不堪，道路两侧的树丛被夜色与车灯染成了梦幻般的橙黄、蓝紫色，我看着这奇异的光影，在沉沉睡去之前许了个愿：若有机会定要买一个红色电话亭，作为我这一生的纯真年代的纪念。

温什科姆小镇，科茨沃尔德，英国

55

Four

唱片 04

当我们穿行在西伯利亚金绿相间的林子中，摸索进北极圈浓厚的雾气里，飞驰在地中海沿岸阳光明亮的海滨大道上，我们扭开车载电台想来一首配合此情此景的曲子，飘出来的却是无论在世界哪个地方都耳熟能详的流行歌曲。《速度与激情 7》的主题曲我们听了 100 遍有余，到最后就连我这样的音乐白痴，也能完整地哼出整个旋律。

我们开始意识到，全球化的浪潮正在席卷整个亚欧大陆，罗曼蒂克的异域风情再难寻觅。于是我们在赫尔辛基的红山区、希腊冷清的加油站、伊斯坦布尔时髦的广场买唱片，试图从一堆流行音乐中挑选出有本地特色的曲子，徒劳地对抗全球化澎湃的浪潮。我们甚至从各个国家的跳蚤市场淘回一堆灰扑扑的黑胶（唱片），力图以最大的限度来挽留老旧的、差异化的浪漫主义。

北欧的“扶手电梯”

2015 年 10 月的下午 4 点，赫尔辛基红山区（Punavuori）的大多数店面已经跟着北方的太阳一起打了烊。转过某个路口的时候，橱窗里略显诡异的展示商品突然吸引了我们的注意：身着民族服饰、涂抹得眉黑颊红的少年面孔活灵活现，配以涂墙标语般的红色大字：朝鲜民族歌曲精选。种种迹象表明，这家唱片店的品位不一般。

我们怯生生地推开半掩的店门，以防这又是一家正在打烊但还没来得及锁门的店。店内音量巨大的 20 世纪 80 年代 Disco“轰”地一下就从打开的门缝中喷出来，又湿又热地糊了一脸。只穿了件衬衫、额发掉光、一脸白胡子的老板正高举着握拳的双手，随音浪舞动。

“I am playing some Disco music!”（我正在放迪斯科音乐）他看到我们进来便大声吼道，边说着边进一步加大了舞动的力度，看来是受到了我们二位观众的鼓舞。

这果然不是家一般的唱片店，从古典乐到流行摇滚爵士实验音乐，再到犹太宗教音乐、非洲部族音乐，甚至鸟鸣兽叫无一不包。除去供客人挑选的店面空间，柜台后面幽暗深邃的仓库里还有看不见尽头、放满唱片的仓储架，并进行了极为系统的分类，俨然一间声音图书馆。

在如此之多的唱片中选择一张几乎是一件不可能的事：绝大多数情况下，一定是张张满意而纠结不已。我们灵机一动，决定采用根据封面好看与否的方式来进行排除——不好听还可以当画挂在墙上。

我先挑出一张封面是蓝色底色的唱片，上面画的男孩颇有印象派的风格；又挑出一张封面是橙红底色、画了一条极为抽象的大鱼的唱片。一手一张正踌躇间，店里的Disco 音乐突然停止，转而变成奇怪的男童唱诗声。

老板走过来说：“我正在放你看的这张，我看你正在看它。”毫无疑问，这过于古典的唱诗必然是来自那张蓝色男孩的唱片了，但这并不是我喜欢的风格。我又心有不甘地又试了几张，然后决定放弃之前愚蠢的封面策略，正儿八经地向老板寻求建议。

“你想找什么类型的音乐？”在被要求试了若干张中看不中听的唱片之后，老板没有丝毫不耐烦。“爵士、后摇或者情绪摇滚吧，我也不确定。”

“嗯，爵士，不错的选择。我正好有几张爵士唱片。”他身后墙上用水彩笔临时写着的“JAZZ”分类标志下面，摆着数不清的一堆唱片。

老板一下子就拿出了其中 5 张，我依次将唱片放进眼前的那台按钮磨得发白的马兰士 CD 机，然后拿起一只陈旧的森海 HD650 耳机。设备虽旧，声音可一点都不含糊，正听着，老板又扔了第六张唱片上来。

我跳着曲子试了三张，第一张叫“Deepwater”的唱片略强一筹，但还是缺少一听惊艳的感觉。在拿起第四张、第五张之前，我下意识地瞄了一眼第六张。那张唱片的封面是一台黑暗又模糊的扶手电梯，作为封面有一种莫名的吸引力。我决定跳过其他先试第六张。

一股听起来像中东地带的不明乐器带着异常欢快的节奏冲进耳朵，然后逐渐地跟上了鼓、贝斯、小提琴和一干其他，一幅掳掠了阿里巴巴之后弹冠相庆的场面；闹着闹着节奏逐渐放缓，大概是四十大盗已经喝挺了吧。

我在第一张“Deepwater”和这张“扶手电梯”之间犹豫了一下，然后下定决心，选择了“扶手电梯”。“我就知道，”老板露出一副诡计得逞般的淘气笑容，似乎刚才将它排在最后是在试探我们的音乐品位，“他们是最棒的芬兰爵士乐队之一，这是他们的第一张专辑。后来他们又出了 11 张，但我觉得这张仍然是最好的。”

“你们来自哪里？”付钱的时候，老板不经意地问。“上海。”

“啊，”他突然停下找零的手，然后转身钻进了身后似乎容纳了无数唱片的仓库黑洞。“那我必须得推荐一下我最喜欢的唱片。”微弱不清的声音从黑洞中逃逸出来，“我总会在店里留一张，准备随时推荐给别人，可是今天居然没有了！”

那张唱片叫作《Metropolis Shanghai: Showboat to China》，是一部声音纪录片，用一种有趣的方式记录了 20 世纪三四十年代的上海：走在外滩附近的街道上，依次拉开俱乐部的大门，录下里面当时正在发生的声音。

老板在电脑上找出唱片的信息展示给我们看：“我非常喜欢里面年轻女孩唱的一首歌，据说在当时的上海非常流行，这张唱片里有三个不同的版本，名字好像是……”我俩相视一笑，毫无疑问，那必然是《夜上海》。

“Yeah song high~~ Yeah song high~~”没等我们张口，老板已经自己嗨起来了。经过的路人以为没有打烊探身进来，被我们在里面又唱又跳吓得又退了出去。

日暮 4 点打烊的店就这样被我们折腾到了 7 点夜幕深沉。临走的时候，老板锁了店门与我们道别，纪先生随口就说了句“See you next...”觉得不对正打算改口，老板无缝衔接地说道：“Next time, There will always be next time.”（下次再见，总会有下一次。）

跳蚤市场的大卫·鲍伊

2016 年的新年刚过，我们的英国签证就要过期了。把车留在牛津之后，我们搭乘飞机从伦敦飞回了上海，开始紧锣密鼓地办理新的签证。回国一星期后，疲劳感还未消退，睡梦中被手机的声音吵醒：大卫·鲍伊（David Bowie）因癌症逝世了。

我知道大卫·鲍伊的时间很晚，他那时已经当了 40 年的摇滚明星，而我只是在学生时代的某个夜里看了一部名叫《天鹅绒金矿》的电影。电影与他的一首歌同名，传说男主角的原型也是他，尽管他不承认，也未能阻止人们的任意联想。尽管对音乐我可谓一无所知，但我那时还是一下子就喜欢上了他奇异的美，他假装成不同身份唱出来的歌，我在寒冷的冬夜里听了一遍又一遍。

2015 年圣诞前夕，我们曾在都柏林的圣诞市集翻了一整个下午的黑胶。这是一年一度的大型跳蚤市场，室外的餐车售卖热腾腾的派和咖啡，来淘宝的人们吃饱喝足之后，便义无反顾地冲进旧货的海洋。

占据一面墙的摊位属于卖唱片的，几十箱二手 CD 占了 1/3 空间，剩下的空间属于几十箱二手黑胶——按音乐风格分类，各类别下再按歌手或乐队首字母排列。但在这个摊位我们并没找到大卫·鲍伊，这里有许多 U2 和更多鲍勃·迪伦（Bob Dylan）。翻得全身都是陈年的灰尘之后，我们拎着一张集录了世界各地民乐的唱片离开了。

不同于布鲁塞尔的露天市集，在廉价的二手货和手工饰品之外，都柏林的圣诞市集有更多真正的古董——修道院流出的木质讲经架、奢侈品牌的中古包、蕾丝与天鹅绒的晚礼服、老式的电影放映机、花纹美丽的土耳其地毯……从一个售卖旧家居摆设的小摊路过时，地上的一个小角落吸引了我。

寥寥几张黑胶，布满尘埃，但在灰尘引起的鼻涕与咳嗽中，只一眼就能认出他。陈旧的、皱巴巴的塑料膜包裹着唱片，封面上张牙舞爪地写着“Scary Monsters”，还有他的画像，异色双眼、纤细手臂、红唇红头发——这个雌雄同体的外星人，偶尔让我想起一只孤僻地走钢丝的猫。

就算 Glam Rock（华丽摇滚）的时代过去了，他还是保有那种奇异、先锋、妖孽的美，无论对于音乐还是时尚。我后来在电影里也发现他，演被俘的美国军人，连关押他的日本人也被某种美打动。他的身份不断变化，我难以想象他是如何从这些人格中组装自己，但那些变化、那些壮丽的崛起与华美的死亡，让我始终有种错觉：有时候我觉得他早就死了，有时候我觉得他一直活着。

小摊的老板忙于跟其他客人聊天，心不在焉地收了我的钱，也没关心我拿走的是什么。几分钟后我又在一个旧书摊看见他，单曲黑胶，卖东西的大人在旁边闲聊，只有一个小孩子在看摊。

再见大卫·鲍伊则是几天后在伦敦砖巷一扇小门进去的地下复古市集了。两张精选和一张当时不太受好评的“Never let me down”，我看着封面踌躇了一阵，放回去了。

得知他死讯的那天，有个朋友说 Major Tom 这次真的不回答了。而那时候家里只有一台新买的黑胶唱机，还没来得及配音响，我们便靠在机器旁边看黑胶缓缓旋转，听微弱的音乐声传入耳中。

巴黎街头的金属搓衣板

春日的巴黎热闹无比，4 月的阳光洒在塞纳河左岸人流如织的街道上。当我们奋力地从满是观光客的花神咖啡馆挤出，路过隔壁门口坐满了人的双叟咖啡馆后，轻快活泼的音乐从前方的街角传了过来。纪先生拉着我挤进围了好几层的人群，对着眼前那支街头乐队双眼放光，低声说道："快看，这里有一个金属搓衣板！"

你很难想象我在街头看到金属搓衣板时的激动。尽管很早就有所耳闻，真正看到被当作节奏乐器的搓衣板，还是几周前在披头士博物馆的玻璃展柜里。没想到今天能看到真正的搓衣板表演，并且还是个加强版：搓衣板的下部固定着一个小号的铜镲和一个牛铃，它们在黑管、小号、斑鸠琴的配合下，忙不迭地发出清脆的节奏声；外部的红色木质框架上写着 La Planche a Dixie——尽管不懂法语，也大致能猜到那是乐队的名字。

在网络稍作搜索就能得知，这并非"老年乐手再就业"的临时组合。事实上，他们在巴黎还颇有名气，长期出没于遍布著名咖啡馆的圣日耳曼德佩区，在这个距离双叟咖啡馆不远的街角，背后就是圣日耳曼德佩修道院高耸的钟楼。

每个人看起来都有 70 岁以上，而且手里的乐器也不怎么年轻。玩斑鸠琴的大爷感觉甚至都快要 90 岁了，瘦骨嶙峋的身材比他身上那把琴丰满不了多少，稍显佝偻的身体随着音乐摆动——不，应该说是颤动，让他在一众人中显得尤为卖力。

我决定买张 CD，但又不希望他们因此停止太过精彩的表演。你很难想象这些"老家伙儿"们的气力，直到七八首歌后他们才有点吹不动了，决定停下来休息。

我走上前去，问他们哪张是最好的，小号手递给了我一张写着"Coney Island Washboard Medoly"的唱片，封面照片里玩金属搓板的大叔还很年轻，正躲在电灯柱子后面耍宝。

3 天之后离开巴黎时，我才打开这张唱片。对于他们来讲，这确实是最特别的 CD，却让我稍有些不满意：这是一张在 2002 年德国"摇摆时光音乐节"期间迸发灵感继而产生的作品，在与各国乐手和一位叫作洛蕾塔·萨姆斯（Loretta Summers）的美国女歌手的合作下，每首曲子都少了一点"法国味"。

这些老人几十年如一日地在巴黎街头表演，欣赏音乐的游客也来自越来越多的国家、地区；德国的音乐节、法国的乐队、美国的黑人歌手、不同国家的乐手，共同产出了一张专辑——这支乐队的演出、这张唱片的诞生，就是全球化。

希腊的民谣与土耳其的石雕

我们一路上盲选最失败的唱片，来自希腊的一个加油站。

那天下午我们刚从意大利到希腊的船上下来，车飞驰在码头到雅典的道路上，阴沉的天空突然露出一道口子，洒出一片光芒万丈，似乎奥林匹斯的诸神也在欢迎我们到来。在加油站停留的时候，我们去附带的小店里逛了逛，希腊贩卖的特产确与意大利不同，冰箱贴的样式也从那不勒斯比萨变成了雅典娜女神。

门口的旋转货架上放着几张唱片，封面就是很希腊的风格，绿色草地、白衣裙的少女、远处的群山。正在打折的价格倒是十分便宜，有一种“买不了吃亏、买不了上当”的即视感。不懂希腊语，也不了解希腊音乐，我们按照既往的挑封面好看的买的原则，选了一张最顺眼的。

等车继续上路，把唱片放进 CD 机一听，飘出来的是一首乡土味道浓厚的民谣。硬要形容的话，大概就是当你去丽江旅游，古镇的人为了营造所谓的丽江风情，总是放着那种有点俗气的本地歌曲。现在，我们就有一种行驶在欧洲丽江的感觉，刻意营造的希腊风情听起来颇有些尴尬。我们对视一眼，后来再也没有听过这张唱片。

而这一路上盲选最成功的唱片，来自土耳其的一个唱片店。

夏日的夜晚，伊斯坦布尔的贝伊奥卢区（Beyoğlu）依然热闹非凡。我们在塔克西姆广场买了难吃的旋转烤肉当晚餐，沿着熙熙攘攘的独立大街溜达。与老城区不同，这里穿黑袍、戴头巾的女性少了很多，短裤、背心、吊带是更为常见的装束，意大利冰激凌、比利时华夫饼和汉堡王的一一出现，让我们有点后悔刚才的饮食选择。

我们信步走进了一家唱片店。音乐爱好者如纪先生本想在每个国家都淘一张有当地风情的唱片，但由于行程紧张、唱片店不常见等各种原因，未能圆满实现。既然现在我们在闲逛，那刚好可以找一找合适的唱片。

店面出乎意料的大，狭窄的门进去是纵深很深的空间，摆着崭新的唱片，和橱窗外的汉堡王一样，这里能找到的唱片在全世界几乎任意大城市的唱片店都能找到。这让我们有些失望。

正想离开，我们才发现还有一道楼梯通向地下室。带着一点侥幸走下去，果然，地下摆着的就不是流行金曲了。土耳其文字和身着传统服饰的土耳其人在唱片封面上出现得尤其频繁，但有了希腊加油站的失败经验后，我们更为谨慎，不敢随意做决定。

最终我决定选择那张封面是橙红底色、中间一个马形石雕的唱片——并没什么原因，只是看见石雕上戴着帽子的男子、弹拨尔和琴上的鸟儿时，我就觉得里面可能会有一些特别的音乐。

匆匆回到居住的老城区，我们直接跑到停车的地方，坐在黑漆漆的车里听起了唱片。悠扬又带着点神秘主义色彩的女声飘扬出来，随着中东的沙与土、信仰与悲伤扑面而来，有足够的风情，但又不刻意。

LUMIÈRES
PHILIP ON FILM
ROSA
MANCINI
TOTÒ LA MOMPOSINA
TAMBOLERO

唱片店，赫尔辛基，芬兰

SOUNDBREAKER
ELECTRIC
COUNT BASIE
WINTER & WINTER

Five

05 肥皂石花瓶

在露天跳蚤市场绕了 3 圈之后，我终于死心：丢失的东西一样都没有出现在这里，那个头发似刷子般的木雕人偶、奔跑造型的丁丁手办、盖着莎士比亚书店章的《阿瓦隆的迷雾》等，还有我上周刚买的婚纱，全部都真的丢了。

* * *

2016 年 4 月 23 日，我们抵达法国尼斯（Nice）。第二天晚上，车窗被砸，婚纱等大量行李被盗。4 月 26 日，我们离开尼斯，以为就此永远告别这个伤心地。

那时候我真是恨透了尼斯。

毫无疑问，蔚蓝海岸的尼斯是法国最负盛名的旅行目的地之一，还没等夏天真的来临，就已经拥有了夸张的酒店价格、密集涌向这里的人流。我刚离开阿尔勒（Arles），还沉浸在对凡·高的想象中，一个纯粹的海滨度假地此时显得浮夸、造作、没文化。

从一开始我就对这座城市不抱期待，但我们还是去了。远离城区的民宿旁边就是英国人漫步大道（Promenade des Anglais）的尽头。这条 5 公里长的海滨公路，那天刚好在举办自行车赛，大道全部让给了呼啸而过的自行车。太阳刺眼，烤得我皮肤生疼，往老城区的公交车改道了却没有明确的指示，所有人都只能沿着路重新找车站。

我本来想沿着法国最长的海滩之一漫步也算是件浪漫的事情，但走了两公里多才接受这个现实：这个漫长的海滩一粒沙都没有，全都是石头。一块块泛着白灰的石头沿着海岸线铺砌，躺在上面日光浴都嫌硌得慌。

但老城实在精彩，当我舔着冰激凌坐在人潮拥挤的小广场，看着周边古老的彩色房子与窗台鲜妍的花朵时，我不得不消了那一肚子怒气。我们穿梭在迷宫般的街道里，享受迷路与遇见陌生人的乐趣，有那么一瞬间，我已经忘记那片没有沙的海滩了。

等到登上尼斯城堡山，俯瞰着蔚蓝色的海岸与错综复杂的老城，我差点就宣布，自己爱上这座氛围轻松惬意、不用去试图解读其历史文化含义、纯粹的海滨度假小城了。

我们在石头滩上看完日落才回去，夕阳坠入遥远大海的景象，总是惊心动魄的美丽，夜色中的风与海浪声都显得温柔多情。那一刻，我真的喜欢尼斯。

但旅行和生活一样，最喜欢干的事就是先发一颗糖，再给一巴掌。我立刻就发现车的左后窗被砸了，放在后座上没有拿去旅馆的东西全部被偷走——我的婚纱没了，一路买的纪念品没了，带的书与相机配件等都没了。而那个夜晚，报警电话都懒得理我们，警察局早就下班空无一人，整个城市都没有警察在上班。

事实上最佳方案是第二天迅速去拿到一张报案单，然后自己找地方把车修好，离开这个地方，等着回国向保险公司报案。我们也的确这么做了。

我怀着对尼斯的恨意离开这个城市，发誓永不回来。等过几天一查，发现同品牌婚纱最近的店铺居然还在尼斯。考虑再三，4 月 30 日，我们又倒了回来。

长途旅行有时候就跟捉弄人的生活一样，总是一而再、再而三地被迫去面对最讨厌的人或地方，没有那么多随心所欲的空间。这种时候人容易滋生出某种侥幸，以为自己没那么倒霉——以为法国的警察可能破得了案、被偷的东西可能出现在周末的跳蚤市场、转角那家婚纱店可能有一件尺寸样式都同款的婚纱。

于是，我们一日日徒劳地在尼斯寻找，从白天走到晚上，从黄昏走到星夜。 我们逛熟了尼斯的跳蚤市场和古董店，知道哪里有便宜好看的银餐具，哪个小摊的非洲雕塑样式最多，哪个小摊藏着几件俄罗斯珐琅首饰盒，哪家店有大堆的古董家具……

我们发现旁边的滨海自由城才拥有最美丽的沙滩与最湛蓝的海水，我们开着车在摩纳哥的蒙特卡洛拉力赛的赛道上跑了好几回，我们还沿着曲折的海岸线从尼斯开到戛纳、再从戛纳开回尼斯，假想自己是文艺电影中的一处背景。

就在我们逛了 3 遍跳蚤市场后，我们遇见了那只肥皂石花瓶。它俏生生立在地摊上，从脖子到凸出的腹部再到收窄的底，呈现出两条饱满的曲线。花纹分成 3 层刻画在米黄色的瓶身上，奔驰的骏马并没有过多的细节，但已足够生动。

从材质到花纹都意味着这是一只来自非洲的花瓶。我们总是在欧洲的跳蚤市场遇见非洲的工艺品，这大概源于欧洲人对未知国度、未知文化的某种强烈追求，它们在趋同的教堂、广场、哥特和巴洛克建筑之外，带来些许的异域风情。最重要的是花瓶足够美丽。

摊主是位微胖的女士，一脸和蔼笑容地看着顾客挑选，却不知道该对两个不懂法语的人说些什么。就在那一瞬间，我终于意识到：侥幸是不可能降临的奇迹，太过执着已经失去的东西只会让我损失更多。一分钟后，我们对着女士用计算器按出的数字点点头，成交。

它当然不能弥补我丢失了那么多东西的损失，它只是一粒安慰剂。那时候，我认清了对一座城市的感情不可能一成不变——在那些美妙的日落时刻，我爱它绰约的风姿；在那些混乱不幸的时刻，我恨它的无序、懒惰与冷漠。

没有一帆风顺的生活，也没有一路顺利的旅途。旅行就是生活，而生活本身就是一场冒险。有时候我太不谨慎，于是输得一塌糊涂，但就算是我最愤怒、难过的时刻，我也不能否认曾打动过我的美丽时刻。

我之所以回到尼斯、我之所以会去旅行，因为我接受这种冒险，愿意去体验不确定的未来。我想去陌生的地方、认识陌生的人，那么就必须要冒着某种风险——我知道总有些不好的事情会发生，总有各种艰辛、痛苦比喜悦来得更快更频繁，但这就是生活的代价，而且下一次面对风险时，我会准备得更加充分。

何况在这些不确定的冒险过程中，有时候我真的会感到惊喜，比如在寻找丢失物品的跳蚤市场上，我找到了这只陌生但美丽的肥皂石花瓶。

我不愿意用成见填满自己对世界的认识。我喜欢旅途中这种带点风险的不确定性，哪怕它们很多时候都朝着坏的方向发展，但试图去解决问题、去安抚自己的过程中，我总能得到一些不那么坏的体验。

后来，这只花瓶随时提醒着我：这样冒着点险的旅行生活，就像一部完全没有被剧透过的电影，意外才显得精彩有趣。

度假者，尼斯，法国

Six 06 拉韦纳的马赛克

“华丽绚烂的颜色和韵律装饰的图案，宛若色彩合奏的交响乐。”伟大的诗人但丁（Dante）在《神曲》留下了给马赛克的华彩诗句。当诗人死去，他的遗骨葬在了拉韦纳（Ravenna），周边的建筑里即藏着无数闪耀的马赛克。

在古迹遍地的意大利，一个人很容易就错过拉韦纳，罗马、佛罗伦萨太过耀眼，威尼斯、米兰也名声响亮。若不是临时决定乘船去希腊，沿着亚得里亚海东岸由北往南行驶去往港口，我们也差点与这座历史与艺术名城的马赛克错过。

公元 4—8 世纪，先后作为西罗马、东哥特和拜占庭帝国的首都，拉韦纳经历了最繁荣美妙的黄金时代，历史的荣光也将当时最高超的马赛克镶嵌画工艺带到了拉韦纳。如今小城里的 8 处世界遗产，除了东哥特帝国的建立者狄奥多里克的陵墓，其余的每栋建筑都以马赛克著称，只要踏进其中，就会发现不朽的光芒在四周与头顶闪耀。

马赛克是一种古老的工艺品，据推测最早起源于美索不达米亚地区，公元前 3000 多年，就有以黑白两色的圆卵石为材料装饰的柱子、地板与墙壁。拉丁语中的马赛克（mosaicus）一词来源于希腊语“mouseios”，意为“属于缪斯的”。缪斯是希腊神话中掌管诗歌、科学和艺术的 9 位女神，马赛克在古希腊罗马时期便已非常盛行。

我们的探寻马赛克之旅从圣维塔教堂（Basilica di San Vitale）开始。即便彼时的我们已经对教堂与宗教艺术审美疲劳到想吐，但一走进这座拜占庭式建筑，金黄、松绿、海蓝的马赛克杰作仿佛一剂强心针，让我们瞬间屏住了呼吸。

教堂面积不大，主体建筑呈八边形，建于6世纪，参观时外墙正在修复，红砖红瓦在阳光下有点褪色。乍一眼，难以想象这里面竟藏着艺术史上举足轻重的精品。

踏进大门，踩着浅色马赛克镶嵌成几何图案的地板，穿过18世纪描绘的巴洛克风格壁画穹顶，就站在了古老的圣坛前。马赛克在透过窗户的阳光沐浴中，展现出梦境般的艳丽光泽。黄金的底色闪闪发亮，蓝、绿、白马赛克仿佛宝石镶嵌，从底部延伸至半圆形穹顶，构成了《圣经》中的场景。一侧的墙壁描述的是亚伯拉罕准备献祭以撒的故事，另一侧则是亚伯和麦基洗德；拱顶是4位天使围绕着上帝的羔羊，耶稣和十二门徒则装饰着拱门。

再往前一步，便从旧约的故事回到了人间——在天使的注视下，拜占庭帝国的君主查士丁尼一世（Justinian I）和他的皇后狄奥多拉（Theodora）相对而视。妓女出身的狄奥多拉和丈夫一起统治着帝国，她曾以坚强的意志、非凡的勇气终结暴乱，同时代的官员称赞她“比任何男人都出众”。她还因为支持妇女堕胎、禁止强迫卖淫等，被称为6世纪的“女权主义者”。

1500年后，这对衣饰华丽、面容坚毅的肖像，成为这对帝国夫妻的“标准照”，出现在几乎每一本艺术史相关书籍中。马赛克不仅仅是一种工艺品与艺术，还成为历史的证据。

从圣维塔教堂出来，小路直通对面那座相对低矮的建筑——加拉·普拉西提阿陵墓（Mausoleo di Galla Placidia）。这座陵墓只能分批参观，一批10个人，每批只能看几分钟。

但这是全程震撼的几分钟。如果说圣维塔教堂是金碧辉煌的神圣天堂，那么加拉·普拉西提阿陵墓则是静谧迷人的星夜——浓郁的深蓝天空缀满了闪亮的星星，棕榈树的枝叶围绕着鹿，耶稣放牧着羊群，熊熊燃烧的火焰旁的书橱里摆着4本福音书。没有人说话，在这些马赛克组成的画面包围中、在属于星空、夜晚与死亡的气氛里，每一个人都会自然地安静下来。

制作马赛克的原材料很多，石头、大理石、陶片、玻璃、贝类、瓷片或是琉璃等都被用于镶嵌。古罗马时期的彩色玻璃工艺逐渐成熟，因此拉韦纳的马赛克大多数采用玻璃嵌片。制作者先在墙上涂上灰泥，然后在灰泥层上涂抹与嵌片同厚的石膏，根据制作的底稿，在其上画出轮廓，之后在预定要放上石头的地方，将石膏挖出至露出灰泥层，再将小小的玻璃嵌片一个个压进去。玻璃嵌片因为是手工制作，所以大小、颜色深浅不一定相同，因此在灯光下显得如波纹起伏，神秘又灵动。

我抬头仰视这片深蓝静夜，这是拉韦纳最古老、保存最好、艺术性最为完美的马

圣维塔教堂，拉韦纳，意大利

加拉·普拉西提阿陵墓 拉韦那 意大利

赛克遗迹，也是我最喜欢的——纵使人类死去、帝国灭亡，艺术永恒且美。

从陵墓沿着古城的道路散步，去寻找别的建筑。道路两旁的纪念品商店也以马赛克为卖点，五彩斑斓的冰箱贴、吊灯、装饰画颇多，然而现代工艺用机器切割的马赛克大小统一、形状整齐、色差极小，毕竟是少了那种手工艺品不完美的生动之美了。

小小的阿里亚诺洗礼堂（Arian Baptistry）就处在几家咖啡馆和纪念品店对面，这座八边形洗礼堂建于 5 世纪末、6 世纪初，地基比如今的街道更低一些，很不起眼，但穹顶的马赛克精彩极了。

站在狭小的洗礼堂内尽力仰头，穹顶描绘了施洗者约翰在约旦河为耶稣施行洗礼的场景。马赛克镶嵌出一个少年耶稣，他没有胡须、全身赤裸，沉浸在蓝色的水流之中的下半身清晰可见——这在基督教艺术中是很罕见的。环绕耶稣和约翰的是十二门徒，他们脚下的草地呈现出不同的绿色，这是因为如此精细的马赛克工艺花了当时的艺术家很多年才完成。

新圣阿波利奈尔教堂（Basilica di Sant'Apollinare Nuovo）的马赛克也颇经历史与政治风云变幻的历练。传说教皇格里高利一世（Gregory I）曾下令涂黑教堂里的马赛克，因为它们实在太过闪耀，总令祈祷的信徒们分神。一踏进殿内，我们就明白了这个传说自有其道理——你真的很难不去看两侧漫长、华丽的马赛克饰带。

金色马赛克的制作工艺比其他色彩的嵌片更为特殊，而且奢华。将薄如蝉翼的一片金箔嵌入两片玻璃之中，再以高温烘烤，使三者完全贴合。金箔最终完美地被包裹在玻璃之中，再将玻璃敲打切割成碎片，就成为许多流光溢彩的金色玻璃嵌片。

这座教堂的历史可以追溯到 5 世纪初，后来又经过几次改建，马赛克的内容也因帝国统治者的不同而有所改变，因此在镶嵌成宫殿廊柱的画面中，柱子上还残留着没有主人的手。一幅金色背景上的查士丁尼肖像单独地出现在一面墙上，看上去跟圣维塔教堂里的形象差异略大，可能是因为原本这幅肖像属于下令建造该教堂的狄奥多里克大帝，之后才被改成查士丁尼。

但无论如何变化，金色马赛克依然是教堂里最耀眼夺目的主题色，圣母、基督与天使的背景都是金灿灿的。殿内右侧的装饰带上有 26 位穿着白色长袍、带有金色光环、面朝基督的殉教者。左侧的饰带开头则描绘了拉韦纳的港口，金色的船漂浮在浅蓝的水面上，建筑从海岸向内陆延伸，色彩与内容都带有一点时代的风貌；之后是 22 位朝向圣母和圣子的处女，头顶金色光环，衣裙也是金色。这些人物的衣饰、容貌、表情几乎毫无变化——他们的身份个性并不重要，宗教才是这些精美绝伦的马赛克艺术的主题。

引领着处女的是“三王来朝”里面的三位东方智者，他们知道了基督降生，便带上黄金没药去朝拜。这三个人物穿着典型的波斯服饰，斗篷、帽子、鞋子颜色艳丽，样式很有异域情调。这幅画面并不是教堂唯一的东方元素。大理石回廊、圆柱形钟楼，也都显示出五六世纪时东西方文化艺术的融合。

路经但丁墓后，我们来到了内欧尼亚诺洗礼堂（Battistero Neoniano）前。这也是一座八边形的小洗礼堂，长得跟阿里亚诺洗礼堂颇有点像。这座洗礼堂是拉韦纳现存最古老的完整建筑，建于 4 世纪末，穹顶的马赛克则是 5 世纪末才加上去的。

深邃的蓝色与神圣的金色是马赛克的主色调，穹顶的画面依然是耶稣站在约旦河里接受约翰洗礼。这个耶稣看起来比阿里亚诺洗礼堂的年龄稍大，下巴长着浅黄色胡须，全身依然是赤裸的。不过，围绕在他周围的十二门徒的着装却各有一些区别，神情也各异，相比晚一点的阿里亚诺礼拜堂，反而显得更为生动。

在这座小洗礼堂旁边，是对比起来显得颇为宏伟的大主教宫，这里的二楼藏着一件小巧、美丽的珍宝——圣安德里亚礼拜堂（Cappella di S. Andrea），这座私人礼拜堂是拉韦纳最小的马赛克遗迹。除了墙壁下半部分贴着大理石板之外，整间礼拜堂全部镶嵌着马赛克，一部分拱顶犹如缀满金银星星的深蓝夜空，另一部分拱顶则是纯粹的金色，上百只纯白与蓝绿色的鸟儿在一片金光中飞翔，耶稣脚踩野兽注视着惊叹的游人。

离开拉韦纳之前，我们造访了克拉赛的圣阿波利奈尔教堂（Basilica di Sant' Apollinare in Classe），作为这部“色彩交响乐”的终章。这座教堂远离市区，坐落在一片绿莹莹的草地中，周边茂密的树林掩映着褪色的红砖。教堂建于 6 世纪，本是为纪念拉韦纳和克拉赛第一任主教阿波利奈尔，他的遗骸也曾藏在这里，直到 9 世纪时才迁去城内的新圣阿波利奈尔教堂。因此这两个教堂——都拥有大理石门廊、圆柱形钟楼、长长的马赛克饰带，从建筑形制到名字，都非常相似。

不过克拉赛的教堂规模更大一些，马赛克依然色泽鲜亮、保存良好。大理石柱子支撑着大殿，郊区的阳光透过窗户照进来，更显清新柔和。圣坛上方用大片的金黄、草绿与纯白描绘了光芒、草地与羊群，还有站在中间的圣人，与飞翔于空中的天使。相比其他古迹里的马赛克，这样的画面看起来轻松许多，少了一些宗教艺术惯有的沉重感。

教堂的墙面和地面也都曾铺满马赛克，可如今都变得光秃秃的，只能在玻璃相框内、下沉的地板上得见些许褪色的镶嵌画。

从 4—6 世纪到 21 世纪，约 1500 年的时光过去了，红砖褪色成了橙黄，城市的格局早已不同，教堂与陵墓也常在战争与政治更迭中变换外形，就连宗教也几经改革，唯有这些马赛克还牢固地镶嵌在原处——唯有艺术之美永远闪耀。

推自行车的修女，拉韦纳，意大利

Seven

07 纯真博物馆

有时候车辆行驶在路上，我会回过头看后座上摆放的一堆东西。那里面有各个加油站的小票、景点的门票、民宿主人给我们的地图、游客中心发的小册子、和语言不通的当地人交流时画的小画、在海滩和荒野捡的石头、用光了的盐瓶子、磨损严重的鞋子、坏了的雨伞……当这些积攒了一路的琐碎东西被带回家，一一整理，便几乎完整地构成了关于整个旅途的叙述。

这或许就是关于一个博物馆是如何建立起来的最初构想——恋物癖、极尽所能的收藏，展出自己喜欢的、与某个主题或人有关的所有东西，为度过的岁月赋予一种意义。

在参观完伊斯坦布尔的纯真博物馆（The Museum of Innocence）之后，我终于完整地阅读了土耳其作家奥尔罕·帕慕克（Orhan Pamuk）同名的小说。书的第 81 章写道："我们应该收集我们喜欢的所有东西以及和我们所爱之人有关的所有东西，即使我们没有一座博物馆，但藏品上的诗意就将是这些物件的家。"

我感到自己被一个遥远的陌生人洞悉了内心，且比我自身更深刻地理解了自己。如果当我们老年时，将拥有一座关于这一生的旅行的博物馆，那么究其来源，就是车后座放置的那一堆破破烂烂的纸张和物件，以及帕慕克的纯真博物馆——包括小说与博物馆。

但在走进博物馆时我尚未读完这本小说。我的阅读停留在小说主人公凯末尔对芙颂家共计 1593 次拜访中的某一次。当我好奇地跳着翻到第 548 页寻找藏在书里的博物馆门票时，我无意间窥到了小说的结局，于是我在那时停止了阅读。

所以，当我让工作人员在书里盖上蝴蝶形的印章，走进这座博物馆时，我对它是一半熟悉、一半陌生的。

我知道它源于书中的爱情，但它又不止于爱情。博物馆和小说的构建几乎是同时进行的。帕慕克约在 30 年前就开始收集 20 世纪下半叶关于伊斯坦布尔的一切物件，并且决定建一座展出的博物馆和写一部介绍的小说。这是一个疯狂又古怪的念头。最终，小说出版，世界上第一家完全以一部小说为基础的博物馆也建成。

帕慕克大概是我所知的最恋物癖的作家，他在《伊斯坦布尔：一座城市的记忆》里写道："当每一件奇特纪念物都充满失落大帝国及其历史残迹的诗情忧伤，我想象自己是唯一揭开这城市秘密的人。"而当参观者走进纯真博物馆时，那里面的锅碗瓢盆、装饰摆设、衣服、图画等，除了纪念芙颂，各种旧物也堆积出了逝去的岁月与帝国斜阳下的伊斯坦布尔。

楚库尔主麻大街与达尔戈奇死胡同的交叉口是书中芙颂家坐落的地方。循着地图走过去，跟文字书写的一样，这栋小楼就是纯真博物馆的所在。外墙漆成深粉色，有小小的、带栅栏的售票窗口，推开棕褐色的木门，里面有"穿深木色的天鹅绒套装、配粉红色衬衫、戴我们博物馆特制的——绣有芙颂耳坠图案的——领带"的工作人员。室内非常安静，按照凯末尔、或者说帕慕克对博物馆的要求，同时参观的人数不应多于 50 人。

一楼的一整面墙展示了 4213 个芙颂抽过的烟头，这是凯末尔去芙颂家吃晚饭的 8 年时间里积攒的。许多滤嘴上还带着淡淡的口红色，每一个烟头下都用细小的字迹注明了芙颂抽烟的日期和场景。9 个视频片段排列在旁，不断重复播放着芙颂掐灭香烟的手部。文字构建的想象空间在那一刻轰然崩塌，我们朝着书中走去，对凯末尔和芙颂是否存在过的怀疑开始消失，物件构成了虚构的真实。

布展依据书中的章节展开。芙颂蝴蝶形状的耳坠是第一件展品，它陈列在正对着楼梯的木框玻璃柜里，别在一幅白色的布帘上，仿佛还在随风轻轻振翅。耳坠上刻有芙颂名字的第一个字母"F"，蝴蝶也成为博物馆的标志。在凯末尔"一生中最幸福的时刻"，当他亲吻芙颂因做爱而被汗水浸湿的肩膀、轻咬她的左耳时，蝴蝶形耳坠缓慢坠落。从此，爱情中某些最甜蜜也最苦痛的部分随之展开，但此时第一章的读者与沉浸在幸福中的情人，都一无所知。

随之而来的是芙颂的黄色高跟鞋和杰尼·科隆的包。两人成年之后在精品店初遇，当凯末尔看见芙颂，他的心"就像一个即将拍打到岸边的巨浪那样膨胀了起来"。6 天之后，他们第一次在塞满了旧物的迈哈迈特公寓楼拥吻、做爱。后来，这个房间里的玩具、古董、钟表等各种旧物，都来到了博物馆。

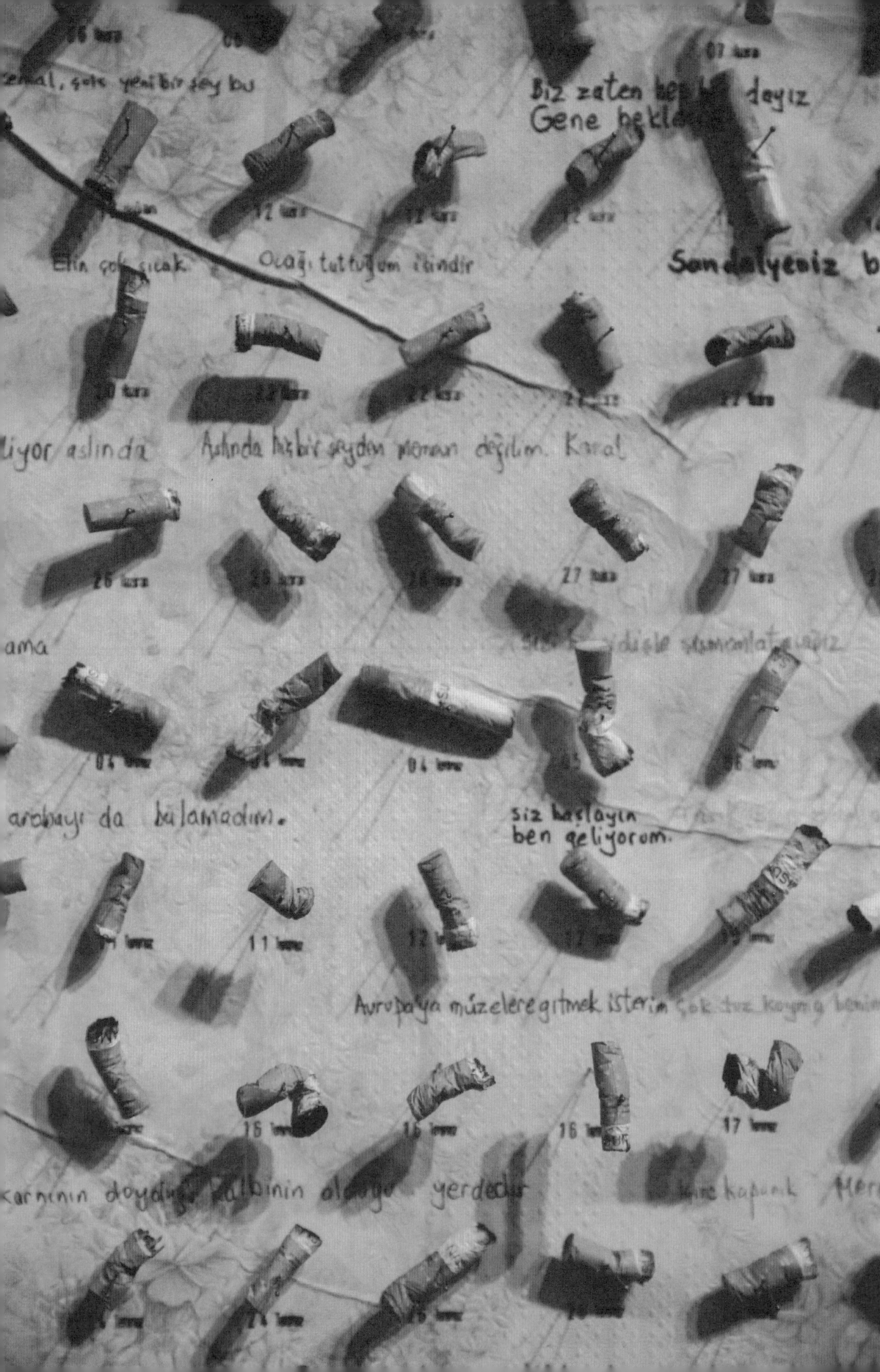

芙颂的烟头，伊斯坦布尔，土耳其

展柜里陈列着许多饰品，它们大多数属于芙颂，但还有一对珍珠耳环来自更早的年代，属于凯末尔父亲的情人。在能够远眺博斯普鲁斯海峡灰蓝色波涛的餐厅，上流社会的富裕老人在半醉半醒间将这对耳环和情人的照片递给儿子，连同一段陈旧忧伤的记忆。

但凯末尔那时还不懂得“在为时不晚的时候及时地善待一个女人”。芙颂消失了，凯末尔追随着她的影子游荡在伊斯坦布尔，无论是热闹繁华的广场、偏僻穷困的陋巷、电影院通往大街的台阶，还是被炸弹破坏的街道、大火照亮的海峡，他都看见芙颂的幽灵转瞬即逝。一张伊斯坦布尔的灰白色地图上树立着许多个染着金发的芙颂，那是凯末尔自以为看见了她的地方。

此刻的读者，或者说这些物件的参观者反而是幸运的，我们得以跟随这痛苦的爱情记忆漫游一个不为游客所知的伊斯坦布尔，走到没有蓝色清真寺、圣索菲亚大教堂、托普卡帕宫和大巴扎的地方，在宫殿、帝国、传说与文明交织而成的古老辉煌的伊斯坦布尔之外，发现巷道里的大片废墟、街边榨石榴汁的小摊、烤肉店里的人声鼎沸、老旅馆的衰败气息、店铺里浓郁的香料味道……这一切都呈现在褪色的黑白照片、污迹斑斑的水池、秃了毛的牙刷、停摆的钟表、旧扇子、空酒瓶、烧黑的咖啡壶等之中。“真正的博物馆，是时间变成空间的地方”，物件重现了整座城市的变迁。

当凯末尔与芙颂重遇，他开始了往芙颂家持续 7 年 10 个月、共 2864 天、409 个星期的拜访。他与芙颂的家人共进晚餐，看芙颂画画，带芙颂和她的丈夫去看电影——“幸福仅仅就是靠近所爱的人”。他爱着芙颂碰触过的一切，收集烟头、烟灰缸、盐瓶、发卡、纸牌、香水瓶、手帕、钥匙……他悄悄拿走芙颂家的东西，比如放在电视机上的小狗摆件，如今各色各样的小狗在博物馆里占领了一大片区域。

一个比人还高的展柜里陈列了芙颂的连衣裙，粉红的细碎花朵、纤细的腰身、蓬松有度的裙摆、与之配套的浅黄色珠链，书中的字句、脑海里的浮光幻影经由这些物件变成了现实。繁多详细的照片、墨镜、仪表盘围绕着裙子展出，我们的观察与他们所经历的爱情在此交织在了一起。

芙颂因为车祸死去后，凯末尔买下了芙颂家的房子，建立了纯真博物馆。阁楼里有一张床，那是迈哈迈特公寓楼里他与芙颂做爱的床，铺着蓝色床单，床垫带着淡淡的霉味。在喝下 3 杯拉克酒的夜晚，住在阁楼的凯末尔在“浓郁的情感氛围拥抱里入睡”。床前摆着他儿时骑过、又被母亲赠送给芙颂的小三轮车。

至此，书里的一切巨细无遗地轮番登场，仿佛金角湾的波涛与博斯普鲁斯海峡的浪潮强有力地拍打在城市的岸边——细节毫无遗漏地具象化，文字在这里走到了尽头，虚构与真实之间的界限消失了，物件说服了我去相信，凯末尔曾在这里将他的爱情讲给帕慕克听，督促他写下那本我彼时阅读了一半的小说。他通过帕慕克在书里告诉我们，“一个真正的收藏家的家就应该是他自己的博物馆”，“我的博物馆，是芙颂和我的全部人生”。

阁楼里还展出了博物馆的设计草稿，你无法说它们是属于凯末尔还是帕慕克——博物馆的建造者到底是谁，物件又为谁的岁月赋予意义。凯末尔一生参观了全世界数千家博物馆，在临死前表达的观点里认为，人们来到博物馆“不是为了参观，而是为了感受”，“藏品构成被感知物件的灵魂”。

那么，当我站在这张他与芙颂做爱的床前，在他用细节构筑的记忆里看见芙颂死后他在这里独自沉睡的夜晚，他将许多琐碎的物品从伊斯坦布尔各处收集到这栋楼里的过程，以及他无数次前往不同博物馆的旅途，我突然真的理解了墙上那句话：“我的一生过得很幸福。”

最终走出博物馆时，我感到的不是从虚构到真实的回归，而是时空的变化。我透过玻璃橱窗，在温柔的暖色灯光中，曾经历纯真岁月的爱情，曾目睹他们的人生走马灯似的从我眼前闪现。物件取得了胜利，根据虚构而来的确切物件构成了 20 世纪下半叶的伊斯坦布尔的一个真实断面，那个游客无法轻易窥见的伊斯坦布尔上流社会的爱情、生活细节、弥留的传统、突进的现代化，由此一一还原。

大概是因为来纯真博物馆的参观者都有或多或少的恋物癖，博物馆对面开着一间旧货店。店门外堆着大件的家具，四角卷折的老明信片摆了满满一架，旧日的伊斯坦布尔在阳光中逐渐褪色，边框有精细花纹的大镜子映照出每一个从此路过的现代人。

室内的黑胶唱机播放着老歌，油灯罩、木雕面具、转盘电话机、望远镜、老式相机、没有了身体的玩偶头部、旧皮箱、成群结队的小动物摆件等，无数东西塞满了整个店面。从地板到天花板的立体空间构成了混乱的时间线——没有镜子却挂着双节棍的镜框上面驾着一辆旧自行车，一个有金色头发的玩偶人头倒吊在车轮上，写着“Air France”的深蓝色手提包挂在半空，下面站着一个半人高、手持青龙偃月刀的木雕关羽。

站在陈旧的灰尘里，我们从一个生锈的铁盒子里挑出了两张旧底片，对着阳光能看见曾经行驶在旧日伊斯坦布尔街道上的车。就这样，我们和凯末尔、帕慕克一起拥有了关于整个城市变迁的共同记忆。

Eight

地毯 08

土耳其人认为他们有世界上最好的地毯。可巧的是，伊朗人也这么想。

Carpet

“如果你们的出价低于 500 美元，那么你们明天就不用来了。”年轻的地毯商一边说一边卷起地毯。他的脸上依然带着友好的微笑，语气中也没有生气的意思，只是陈述一个简单的事实。

我已经深深地爱上他手中的那张地毯了，但 500 美元对于已经在路上旅行了 9 个月的我们而言，依然显得昂贵。

伊斯坦布尔蓝色清真寺外一条小巷里坐落着阿拉斯塔巴扎（Arasta Bazaar），这里的气氛悠闲清静，沿街的店铺专门出售地毯、珠宝、纺织品和陶瓷。地毯店最多，商人倚着门望着来回的游客，但不像大巴扎里的店主那样积极地拉你进店，只是在你驻足停留在他们精心布置的橱窗前时，才会走过来请你进去喝一杯苹果茶。

只看了橱窗里那块巨大的地毯一眼，我就沦陷了。我知道家里根本没有这么大的面积能放下它，但还是鬼使神差地跟着商人走进了店。

年轻商人的店铺很大，两间相邻的大屋中间一道楼梯通向二楼。墙壁上挂着大大小小的地毯，卷起来和层叠堆放的地毯占了半个店面的空间。这些短绒地毯在英语里叫作 Carpet，是最常见的地毯类型。

“土耳其的地毯是全世界最好的，”商人请我们坐下，问清楚我们客厅的尺寸后，从堆成小山的地毯中甩出了其中一张，美丽的地毯便忽地铺展在我们眼前。见我们露出迟疑的神色，商人接着又甩出了第二张："我们的地毯都是纯手工的，采用双结编织，非常牢固，绝不会变形。"

然后是第三张、第四张、第五张……商人甩出地毯的样子像一场华丽的表演，我们脚前的地毯越积越多，每一张地毯的亮相不过十几秒，却足以吸引眼球。"纯羊毛编织，采用天然染料，跟那些机织的化工染料地毯不一样。"他将地毯的一端举起，花纹在灯光下变幻了色彩，"不同的角度、不同的颜色，这也是土耳其地毯的奇妙之处。"

虽然已经看花了眼，但我知道自己想要什么："它们都很美，可是我最喜欢的是你橱窗里那条，不过它太大了，我们没法带走它，家里也摆不下。"

商人跑到自己的橱窗前确认了一下，比了个请我们等等的姿势。几分钟后，他从"地毯山"里翻出了两张尺寸合适的地毯，哗地一下在我们眼前展开。从浅蓝到深蓝、水红到猩红、淡黄到棕褐的条纹间错排列，占据了地毯两端，而中间的部分则整齐地排列着复杂的花纹。土耳其地毯上每个花纹都有其含义，一些图案代表神话中的龙，一些是丰产的意思，还有恶魔之眼、狼嘴、祥云等。古代的牧民将他们的喜悦和恐惧都变成符号编织在地毯上，以祈求顺利与避免灾祸。这两张地毯两端的条纹意味着水，中部的花纹则代表蝎子，意在保护人们免于被蝎子伤害的命运。

乍看两张地毯都跟橱窗里的大地毯非常相似，细看却各不相同，条纹的颜色、花纹的样式、边缘的穗子完全不一样。商人说这批地毯是一起收购的，"但世界上不会有两张一样的土耳其地毯"。

我一眼就看中了其中一张，商人露出了"我就知道"的表情和笑容，收起了别的地毯，只留下这张。讨价还价开始，800 美元的高价让我们深深地吸了口气。商人变得严肃起来，他将地毯翻了一面，指着缝在上面的写着"300"的标签："你们数数看，这是一张好地毯，你绝不会后悔买下它。"

手工打结编织是无法用机器替代的，高品质地毯的结非常均匀细致，即便是背面也能看出细腻的花纹线条。毛线越细密，每平方英寸的结数就越多，地毯质量也就越高。通常每平方英寸有 25 个到 1000 个结，小于 80 个结的地毯质量一般，120 个到 330 个结属于中等到较高品质，大于 330 个结就可算是极高品质的地毯了。一个熟练的编织者一天能打 10 000 个结左右，编织我们眼前这张每平方英寸 300 个结、1.2 米 × 1.8 米大小的地毯，所花的时间精力可想而知是多么巨大。

这张地毯品质上乘足以作为工艺收藏品，商人的报价并不算虚高。我们也坦承自己负担不了。商人叹息着说，往常这样的地毯能卖到 800 美元以上，可惜今年局势不好，许多国家都发布了旅游警告；如今旅游业萧条，大巴扎里一半多的店铺都歇业了，他们的生意更不好做。“如果你们用美元现金支付的话，我可以算便宜一些，但再低就对不起这张地毯了。”

我们在店里盯着这张地毯待了近一个小时。商人也不催促，让我慢慢考虑，500美元是他的底线。最终，我还是担心之后的旅途费用不足，再没走进他的店。

离开时，我请商人再次展开地毯，给它拍了一张照片。我知道我以后可能再也不会遇见它了，这让我在之后的旅途中时而惋惜、时而后悔。我不停地在脑海中复盘当时的场景，想象自己买下了它，或是再次拒绝了它——无论哪种，我都觉得痛心。

但每次被地毯店的商人拦下时，我依然会不死心地打开照相机，展示这张照片，询问对方是否有类似的地毯。几乎每次，我们得到的回答都是摇头。直到半个月后，我们来到格雷梅（Göreme）的一家地毯店里。

那张地毯就挂在墙上，面积比伊斯坦布尔的更大一些，但有着类似的花纹和图案排列方式。我感到欣喜万分，仿佛与每张地毯的相遇，都是久别重逢。店主看了一眼我相机里的照片，点点头说：“确实很像，应该是同一个家族编织的，但世界上没有两张完全一样的地毯。”

我看看相机，又看看墙上的地毯——非常相似，但又不一样。我没有买这张地毯，这次不是因为钱，只是因为久别重逢的并不是它。

Kilim

“如果几年后你们厌倦了这块毯子，想把它卖掉、换一块新的，那么你们一定不能卖低于500美元的价格，”头发已经花白的商人郑重地嘱咐道，“记住，绝不能低于500美元，哪怕800美元都会有人要的，甚至包括那时候的我自己。”

同样是在阿拉斯塔巴扎，怀着对那张美丽地毯的遗憾，我们被另一个橱窗吸引了。不过，这里挂着的都是Kilim。这是一种平织地毯，与Carpet最明显的区别就是没有短绒，相比之下非常轻薄。Kilim的编织方式比Carpet简单，打结一般较为粗糙，花纹也没有那么繁复密集，通常图案更具几何感，不同色彩之间有狭长的裂缝。也因此，Kilim的打结数一般不多，不如Carpet紧密牢固。经年累月的使用后，好的Carpet能做到形状毫无改变，而Kilim则可能有非常严重的变形，不如前者的使用和保存时间长。

老商人将我们迎进空无一人的店内，整间屋子堆满了Kilim。“这些都是我从土耳其各个部落收来的，”商人带着固有的骄傲感说道，“我几乎每个月都会去收集Kilim，从山里、荒漠里、别人的家里，这些毯子都有些年份了。不过，现在的牧民部落不如以前多了，收地毯也不容易了。”

过去，Kilim 都是部落里的人编织来自家用的，而 Carpet 则很早就有商人订货、收购和销售。许多偏僻贫穷山村的人常年努力的梦想就是想搬到城市里，能在自己家摆上一张城市 Carpet。近年来，随着游牧生活的大范围消亡，现代化城市里的人们开始怀念那种原始粗犷的感觉，带着明显的部落风格、异域气息的 Kilim 变得越来越受欢迎，原本低廉的售价也逐渐上涨。环顾四周，我们不得不承认，这一堆图案简单、带着质朴部落感的 Kilim 确实更符合大都会的人去繁就简的审美。

老商人取下橱窗里那张不到 1 米长的 Kilim：“这张挂毯是我从一个山中部落收来的，大概是 40 年前用骆驼毛编织的。你们看它的棕褐色，这是驼毛的原色，不是染的。”

挂毯以棕褐色做底色，周边围绕着一圈简洁的红黑色花纹，中间用简单的黑色线条和红色三角编织成了一棵树似的形状。“生命之树。”纪先生低声说。老商人对他投来了赞许的眼光：“没错，这个图案并不多见，所以这张 Kilim 挂毯是非常特别的。”

说话间，他像所有的土耳其地毯商一样，从堆成山的地毯中找出了大大小小不同图案和颜色的 Kilim，一张张甩在地面上，一张张讲述它们的故事。“这张更老一些，70 多年历史，羊毛编织，这个图案虽然不同，但也是生命之树的意思；那张不如这个老，是前几年我从一户人家里收回来的，这个钩子似的形状代表蝎子尾……你们看这张上面所有的图案都指向同一个方向，这是一张祷告毯，跪在上面时图案需要对着麦加的方向……”

每张 Kilim 都有一个属于自己的故事，藏在打结、花纹、颜色，甚至变形之中。很快，满地都堆满了 Kilim，满屋子都是故事在飘荡。我们决定讨论一下最初那张骆驼毛编织的“生命之树”。

价格从 500 美元开喊，这次我们更直接：“我们还有漫长的旅途等着花钱，所以现在只有 200 美元预算给地毯。”

老商人大摇其头：“收购这些老 Kilim 很费工夫的，要一家一户去找，比售卖 Carpet 费劲多了。”虽然他说得不无道理，但我们真没有这么多钱给这张小挂毯。讨价还价继续，老商人其实颇为踟蹰，长时间游走在土耳其各地收购 Kilim 和游客的大幅减少让他的现金流出现了一些问题，而且当时已经到下午了，他还没有卖出一张地毯。

这也是所有伊斯坦布尔巴扎商人的共同烦恼。当时我们体会还不深，只觉得每个巴扎都不热闹，在原本应是旅游旺季的6月显得很奇怪。后来才有熟识的商人朋友告诉我们，由于旅游业的不景气，许多店铺都倒闭了，勉强支撑的店铺也都是开一天店就亏一天，很多干脆关门休息了。

各种理由砍价磨蹭了一会儿之后，我们提出了可以用现金支付——这是整个巴扎里的商人都求之不得的。老商人犹豫了良久，然后带着痛心无比的表情，沉重地点了点头。

他小心翼翼地帮我们把“生命之树”包好，然后嘱咐我们以后切不可便宜卖掉。不管这是不是商人惯用的使顾客得到心理满足的技巧，我们确实喜欢这张Kilim。虽然图案、编织、结数等都是考量一张好地毯的因素，但最重要的依然是眼缘，而我们恰好对它一见钟情了。

Tacheh

“波斯地毯是最好的。”伊斯法罕大巴扎里的地毯商十分肯定地说。

“土耳其人也这么跟我们说，”我们已经无数次听过这句话了，而且刚去另一家店看了几块丝绸编织的波斯地毯——每平方英寸打了上千个结，花纹的细密程度令人叹为观止。但我们依然怀有疑惑：“波斯地毯是单结编织，土耳其地毯则采用双结编织，他们认为这样更加密实、牢固。”

地毯商并没立即表示否定，只是带我们走进了自己那间塞满了地毯的小店，然后露出自信的笑容，指给我们看墙面上挂着的一张地毯。我们立刻就被迷住了，将刚才的疑问抛在了脑后。

我们从未见过这样的地毯，它好像是各种地毯类型的组合，一部分是颜色和花纹都极简的平织Kilim，其中间隔的几个小区块却是刺绣的样式。平织部分大多是浅棕底色，有红黑相间的花纹；长条状的刺绣则采用了红黄绿黑的颜色，与两块红边框、黑底色的Kilim部分形成了类似高塔的图案。整个地毯虽然是混搭，但色彩、花纹都非常悦目，又带着粗犷、神秘的原始部落风情。

这位自称琐罗亚斯德教徒、斋月期间依然开店的商人解释说，这是一种古老的地毯类型，叫作Tacheh。他从办公桌里掏出一本书，封面是一片山区，摆着一张由Kilim和Carpet组合而成的方形地毯，写着“The Tacheh of Chahar Mahal”。

Chahar Mahal是伊朗的一个地名，Tacheh则是这种地毯的名字。事实上，这本来是一种传统的游牧民族的马鞍，被敏锐的地毯商收购来作为地毯售卖。Tacheh一般比较长，两端是厚实的Carpet，从而保护动物免于被骑手和马靴踢伤；中间则

地毯交易，加兹温，伊朗

采用简洁单薄的 Kilim 和刺绣，搭在马或驴背上。这种混合了 Kilim、Carpet 和刺绣的设计和编织技艺是非常特殊的，只有游牧部落使用。商人给我们看的书中收集了 Chahar Mahal 地区的地毯样式，每一张都独一无二，既有 Carpet 的精致细腻，又有 Kilim 的粗犷原始，而刺绣的点缀更让地毯显得特殊。

“游牧者编织这些地毯时并没有设计图，他们根据自己的所见、所想来即兴创作。”商人指着墙上的另一张 Tacheh。这张地毯更长一些，Kilim 部分有黑线编织的四个小图案，是非常简化的两棵树和两只羊，质朴得像 3 岁孩子的简笔画，可能是编织者正好在树下放羊时创作的。

商人又拿出了好几张地毯，它们的长度、宽度各不相同，色彩、花纹以及各种编织技艺的组合方式也是十分不一样。除了常见的短绒 Carpet 部分，还有一些地毯上的花纹是由凸出的、色彩斑斓的长绒毛组成的，显得更加随性。Kilim 部分时常由彩色条纹构成，短绒和长绒毛则凸出来形成一座下面方、上面长的高塔形状，根据书中的解释，这代表着鸽子塔——波斯人养鸽子、收集鸽子粪便做肥料用的地方。高塔图案上的点状花纹象征着鸽舍。

我们很快就看中了好几块，它们实在是美极了，难以取舍。商人将地毯铺在地上，在暖灯光下展示一番，见我们依然犹豫不决，又拿着地毯走出店外，放在巴扎的走廊里，在透过窗户的自然光下展示。我们沉吟不语，商人在旁叙述他的生意：他每两三个月就会去伊朗的沙漠、绿洲、大山间收集地毯，行程漫长、辛苦，这些地毯又都算有些年份的古董，拿回来还得修补、清洗、裁剪、重新拼接，颇费周折，售价自然也不菲。

商人也为了生意游历过许多国家，他的英文非常好，还会讲一点意大利语。相比一路上与我们尬聊的大多数伊朗人，他的见识都广博得多。他打开手机相册，里面满是欧美各国的客户发来的反馈图片，奇异的 Tacheh 放在加拿大人极简风格的房间里，形成了一种摄人心魄的美。

“越老的 Tacheh 越贵，尤其是保存完好、面积大的。这几块特别长的地毯售价在 2000 美元以上，我猜它们不适合你，”商人委婉地说道，“而这几块小一点的，会便宜很多，而且你看，这些天然染料的长绒毛多么鲜艳。”

敏感的商业触觉让他很容易就猜到了我们的经济状况和需求，而眼前这块有艳丽的鸽子塔图案的地毯，确实是我们最喜欢的。看地毯大小和图案的不对称，我们猜这可能是一个完整的马鞍的一半。白色泛黄的 Kilim 底色占了大半，另一端则是红、蓝、橙、绿的条纹。正中间的鸽子塔是鲜红、橙黄、水蓝、深蓝的长绒毛组成的，花纹的

地毯商人，加兹温，伊朗

间隔清晰、形状大小一致，显然编织得很细致。塔的顶端有一小部分刺绣，在艳色的狂野感中增添了几分精致。

即便是游人稀少的旅游淡季斋月，一再降价后的价格依然昂贵。“我有一个提议，我的客户也经常这么干，”商人说，“现在你们有多少钱就付多少，其余可以等回家后分期转给我。同时我会把地毯寄给你们，这样你们也不用为要在接下来的旅途中一直带着它而烦恼了。”

这是一个不错的提议，但恐怕我们回国后也没有那么多闲钱花在地毯上。更重要的是，对于一张这样好看、特殊、带有特别的历史文化的地毯不仅仅是买下来这么简单，还得有与之匹配的空间展示它的美丽，与之相配的器物衬托它的风情，以及与之相符的学问来讲述它的故事。而那时我们第一次见到 Tacheh，我们震惊于它的美，却还没有准备好真的去拥有它。

虽然如此，但我们总想一看再看。第二天，我们再次走进地毯商在冷清的巴扎里的小店。那块地毯实在是美极了，我们就那时身上能支配的所有钱报了个价，依然不足以购买它。在确认我们买不起再次铺展在地面的这块好看的地毯之后，地毯商并没露出不悦的表情。他只是拍拍纪先生的肩膀，在我们不舍的目光中，将地毯收起来。“世界上没有比波斯地毯更好的地毯了，希望还能见到你们。”

你不可能拥有自己喜欢的每件东西——那时候的我比所有时刻更清楚地明白了这个道理。即便我们以后再次来到伊朗，再回到伊斯法罕的巴扎，我们也不会再见到它了。这些老旧的手工地毯每一件都是唯一，你只有一次遇见的机会，错过了就是永远。

Nine

烟斗 09

循着地图，我们在迷宫般的布吕根（Bryggen，位于挪威卑尔根市）绕了几圈，找到了背面僻静处的那所房子。从楼下望上去，二楼的大门紧闭着。我们赶紧掏出手机确认了一下日期和时间：星期四，下午 2 点多。如果 *Lonely Planet*《北欧》说得没错，这应该是工作室开放的时间段。

我们正在犹豫，有另外两个游客模样的人从别的方向走过来，登上二楼，在门口踌躇了一会儿。几秒钟后，门打开了，两个人走了进去。

我们赶紧也跑上楼去，金黄落叶铺了满地，红色木门旁挂了块牌子：Pipe Maker。按响门铃之后，一个银灰色长发、络腮胡子的瘦高个大叔打开了门。他穿着件白衬衫、军绿色工装裤，脖子上挂着个耳机，赤脚站在木地板上，对我们露出北欧人热情的笑容："下午好，请进来吧。刚才也来了两位客人，请你们随便逛逛。"

说是工作室，其实这间房子更像住家 + 工厂的模样。木屑的味道填满了房间，客厅的沙发上铺着盖毯，餐桌上摆着还没洗的空盘子，看起来大叔刚吃完饭。最靠里的屋子是他真正工作的地方，各种各样的钢铁机械和小工具堆满了桌子，两只小木盒里装着几个烟斗和半成品。

我们拿起烟斗把玩，斗钵圆润光滑，木纹的颜色很美，斗钵和口柄的连接处有一个银圈，烟嘴非常薄。作为全球物价最高的国家之一，挪威的手工制品售价自然也不菲，从 200 多欧元到 500 多欧元不等。大叔送走了那两位客人后，转头来招呼我们："那么，你们喜欢什么样的烟斗？"

我们答不上来，此前无论我还是纪先生，都从没使用过烟斗。只是在书中看见卑尔根有一位手工制作烟斗的大师每周四下午开放工作室，而我们抵达时正逢周四，又向来无法抵御“手工”两个字的诱惑，便特意跑来看看。

“书里说，你是挪威仅有的两位纯手工制作烟斗的大师之一？”我们晃了晃手中的旅行指南。

“没错，我听说自己被写进书里了，另一位制作者是我的徒弟。”大叔笑嘻嘻地说。

看来我们运气不错，赶紧向大师请教了起来。大叔的烟斗采用石楠根制作，这种坚固的木材是世界上公认的最为适合制作烟斗的材料，根瘤的树龄越高，木质越好，木纹也越细密、美丽，当然也更能完美地展现烟草的风味。

大叔拿起几块切成方块的石楠根解释道：“这些石楠根来自法国的科西嘉岛（Corsica）和西班牙的加泰罗尼亚（Catalunya），在做成烟斗之前，还需经过好几道工序处理，有裂纹和瑕疵的都不能用。不过有些木材特别的纹路和形状，我都试图保留下来，所以没有一个烟斗是相同的。”

我们拿起那块木材，它看起来就像一块红砖，但非常轻便。大叔接着上课：“在选购之前，我会建议客人们想想，你在何处使用烟斗、每次打算抽多长时间、喜欢什么样的形状和什么样的纹路。每个答案都会指向不同的烟斗，最终只会有一款适合你。”

不得不说，这些问题我们之前都没想过，有点愣住了。“那么，有可能自己做一只烟斗吗？我想要自己试试看。”纪先生立刻暴露了身为一个木工爱好者的本质。

大叔笑了起来，总算明白了我们的目的。他拿出一只口柄和一块切割好的石楠根：“这只口柄我已经做好了，烟嘴只有不到 5 毫米厚，你以后抽起来会觉得很舒服的。至于斗钵，这块石楠根的内部我也处理好了，你将烟嘴插上就可以直接抽，同时你也可以慢慢思考自己到底喜欢什么样的烟斗，自己去处理这块石楠根。”

他将烟嘴插入石楠根的孔上，让纪先生试着吸一口看看。那场景在我看来有点滑稽，仿佛他拿着一块小砖头在抽烟。大叔递过来一张名片：“这上面有我的联系方式，做的时候如果遇到疑问，尽管问我好了。”

于是，纪先生就这样有了一位挪威烟斗师父。半成品的售价也便宜许多，我们乐滋滋地捧着“小砖头”离开了。至今它还原样放在房间里，因为纪先生思考之后决定——这样粗犷的烟斗，就是他最喜欢的样子。

这是我们在路上拥有的第一个烟斗。半年多后，尽管依然没学会抽烟斗、也没成为一个写作者和程序员中常见的老烟枪，我们在土耳其遇见了另一个风格迥异的烟斗。

那是在伊斯坦布尔斋月的夜市上，从土耳其各地远道而来的工匠齐聚于此，摊子上摆着镶嵌贝母的木盒、细密画、瓷器等，最吸引我们的是那一整排雪白的海泡石烟斗。

这种被称为“石中白金”的材料盛产于土耳其，是世界上最柔软、密度最小的石头之一，甚至能漂浮于海面之上。因此在德语里，海泡石被称为 Meerschaum，意为“海的泡沫”。海泡石矿藏有限，多年前土耳其就因“物以稀为贵”而禁止了整块海泡石的出口。爱琴海岸地区的埃斯基谢希尔（Eskişehir）是最著名的海泡石产地，当地的工匠也保留着最完美的传统海泡石加工工艺。

夜市上的摊主是一对老夫妻，一句英语都不会说。老太太尚还比画着和我们两个外国游客热情地打招呼，老大爷则沉默寡言，只看着自己那堆海泡石烟斗。我们一个个欣赏，海泡石质感细腻，被雕刻成各种形态——奥斯曼苏丹头像、巍峨的城堡、含苞待放的花朵等。

正看着，大爷伸出手来打断了我们。他转身从摊子内部的桌面上拿起一只烟斗，双手小心翼翼地捧着递给我们。这只烟斗被雕刻成奥斯曼苏丹的模样，苏丹鼻梁高挺，浓密的眉毛微微皱起，络腮胡子如波浪般卷曲，包裹的头巾上挺立着一根长长的羽毛，俨然一副不怒自威的样子。

大爷比了个请我们欣赏的姿势，显然这是一件精心雕刻的精品，苏丹唇上的两撇胡须、头顶的羽毛纹路根根分明，双眼炯炯有神，嘴唇用力抿起，仿佛有生命一般。

早在奥斯曼帝国时期，土耳其的海泡石工艺就已经闻名世界。柔软轻质的海泡石唯有手工打磨才能完美地呈现出各种造型，做成项链、耳环等都很受欢迎，最精细的雕刻品价值上千美元。

海泡石可以吸收大量的尼古丁和焦油，是制作烟斗的理想材料，因此各种制品中又以海泡石烟斗最为常见。随着吸入焦油的时间，海泡石会逐渐由雪白变为浓厚的棕黄色，手指把住烟斗的部位也会因为渗入皮肤的油而变色，因此许多爱惜烟斗的人甚至会戴着手套操作它，或是只将其作为精致的摆件。

我们曾在大巴扎里见过不少海泡石烟斗，虽然没有眼前这件做工细致，价格已经要卖到上百美元。毕竟，打磨和雕刻这样质地柔软的石材并不容易，稍微用力过度就会多削掉一块，要一根根刻画出这些曲线形髭须，更是费劲。

老太太见我们感兴趣的样子，却不知道如何跟我们交流，思索几秒之后跑去隔壁卖甜点的摊子拉了一个年轻男子过来，叽里咕噜地跟他说了几句话。年轻人的英语也不太好，绞尽脑汁也只蹦出几个单词，不过组合起来我们也明白了他们的意思。

老夫妻来自埃斯基谢希尔，大爷是一位当地的海泡石工匠，摊子上的烟斗、项链等都是他亲手制作的，这是他们第一次带来在伊斯坦布尔售卖。

他一边说，老太太在一边点头。大爷则依然沉默，只是又招呼我们过去，他将光滑的琥珀口柄拔下来，指给我们看烟斗的榫。年轻人在旁边解释："他的工艺跟别人不一样，就连榫也是海泡石的，别人家的都是塑料的。"

我们当时有点惊讶，但也有点怀疑，不知道这是不是聪明的土耳其商人做生意的套路。但无论如何，这只烟斗确实雕工精细，而且大爷的报价出乎意料的低，只有大巴扎里售价的一半。

第一天晚上，我们看完这些烟斗并没有买。第二天思索了整个白天后，又跑去了这个夜市，带走了这只奥斯曼苏丹烟斗。大爷将烟斗装在专用的盒子里包好，依然是用饱经沧桑的双手小心翼翼地捧着递给我们，仿佛传递的是一件珍宝。

离开伊斯坦布尔之前，我们特意跑去大巴扎里卖烟斗的店，拔开琥珀制成的口柄看里面的榫，果然都是塑料的。商人对于我们的举动很奇怪，"连榫都要求用海泡石吗？这也太严苛了，一般的工匠不会这么干的。"

那一刻我又回忆起大爷沉默着将烟斗递给我们时眼神中的认真与自信，那是将一件事情做到了极致的工匠的眼神。这也许就是手工艺品特殊的魅力，每件产品都仿佛寄托着工匠的部分灵魂。

吸水烟的人，伊斯坦布尔，土耳其

Ten

10 诺亚方舟的碎片

我以为自己会看见几片破烂、漆黑的木头，毕竟理论上它应该有几千年的历史了，即便没有在时光中化作灰烬，也该展露出许多岁月历练的痕迹。

但眼前的玻璃柜里展示着一件金光灿烂的器物，两扇雕刻着繁复花朵枝蔓图案的小门打开，露出里面一块棕褐色木板，上面还装饰着镶嵌有数颗硕大宝石的十字架。整件东西看起来昂贵、精细，其中唯一不起眼的那块木板就是传说中诺亚方舟的碎片。

我是很疑惑的，华丽的装饰让它看起来并没有很旧。根据《圣经》记载，大洪水退去之后，诺亚的方舟停在亚拉腊山（Mount Ararat）上，而诺亚的后代成为亚美尼亚人的祖先。公元 301 年，亚美尼亚将基督教定为国教，成为全世界第一个单一宗教国家。亚美尼亚人单独组成了基督教的一个教会——亚美尼亚教会。

然而，洪水退去之后，亚拉腊山下也并不是一片安宁的土地，我们耳熟能详的那些大帝国——波斯帝国、马其顿帝国、罗马帝国、帕提亚帝国（古称安息）在这欧亚相交的十字路口来回驰骋，亚美尼亚在依附、独立、分裂、覆灭之间艰难挣扎。漫长而激烈的历史风云席卷过外高加索群山，在波斯人、奥斯曼人、阿拉伯人的包围之中，亚美尼亚始终未曾改信伊斯兰教。

亚美尼亚人一直奉祖先的方舟停靠的亚拉腊山为国家的精神象征，这片收藏于埃奇米亚津大教堂（Echmiadzin Cathedral）的博物馆中的方舟碎片据说也来自亚拉腊山。

然而，虽然天气晴好时，从首都埃里温（Yerevan）的高处就能眺望这座海拔

5137 米、终年积雪的山峰，甚至亚美尼亚的国徽中心也是这座山的形象，但亚拉腊山如今并不在亚美尼亚境内。

1932 年，苏联与土耳其签订《卡尔斯条约》，把亚拉腊山划给后者。卡尔斯（Kars）位于土耳其东北部，并不是一座随时准备迎接旅行者的城市。若不是车辆被伊朗拒绝入境，我们只能再次途经土耳其去往格鲁吉亚和亚美尼亚，这座“由整齐的街道、大块的路石、共和国时期种的枣树和梧桐树构成”的“忧伤的城市”本不会出现我们这次的路线上。

引号里的字句是土耳其作家帕慕克在小说《雪》中为卡尔斯写的，在土耳其语中“kar”就是雪的意思。亚美尼亚、奥斯曼帝国、沙皇俄国和土耳其的国父阿塔图尔克先后在此留下统治痕迹，从这里到亚美尼亚不过几十公里距离，边境上最有名的景点就是仿佛历史的幽灵般漂浮在草原上的废墟阿尼（Ani）。

从卡尔斯到阿尼是一段昏昏欲睡的旅程。40 多公里的路程穿过了许多荒凉的村庄，夏日的风从起伏的草原上吹拂而过，晴朗的天空中只有浅淡的丝绒般的云，阳光强烈得耀眼，低矮的房屋下面站着零星几个人，眯着眼看着我们经过。

961 年，亚美尼亚巴格拉提德王国将首都从卡尔斯迁至阿尼，一直到 1045 年，阿尼都是亚美尼亚的首都。丝绸之路曾从此经过，带来了盛极一时的繁华与众多的人口，那时候的阿尼甚至可与拜占庭帝国的首都君士坦丁堡比肩。

拜占庭于 11 世纪中期占领了阿尼，征服了亚美尼亚，之后来自波斯的塞尔柱人、格鲁吉亚王国、当地的库尔德人都曾先后治理这一区域。从如今阿尼遗址里的教堂、清真寺、浴室、塞尔柱宫殿、火神庙，便可窥见这段动荡的历史。

但盛极必衰是不可逃避的历史规律。13 世纪，蒙古铁骑向西席卷亚欧大陆，占领了阿尼，大部分建筑被毁，城市从此一蹶不振。随着地震、战乱、丝路的改道，阿尼更加衰败，最终化作这片草原上广阔浩大、倾塌破败的废墟。

旷野中一片寂静，零星的游客从还勉力支撑的巨大城门中踏进荒原，便很快四散进遍地毁弃的断壁残垣之中，不见了踪影。原野上似乎就剩我们两人，深一脚浅一脚地从肆意生长的野草丛中踏过，沿着前人踩出的狭窄小道，毫无目标地钻进一个个废墟，在仰头看见精美壁画的那一刹那，惊讶地意识到这曾经是一座恢宏的教堂。

但圣格里高利教堂（Church of St Gregory）的穹顶早已坍塌，天光从巨大的洞照射进来，几个土耳其游客站在祭坛旁边拍照，孩子甜美的笑容让她看起来仿佛悬浮在圣光中的天使。然后，这些并不信仰基督教的人离开了，剩下我们两个来自更遥远的东方、不信教的旅行者坐在黑暗处，听风从洞中吹进来的声音，还有飞鸟在洞里洞外盘旋，绕了一个又一个圈。

从教堂空荡荡的窗洞向外眺望，铺满了整个荒原的废墟向着远处延伸，直至一片峡谷高处。峡谷中流淌着一条河流，河这边是古老的亚美尼亚首都，河对岸就是如今的亚美尼亚国土，一座被毁的桥梁遗迹在河两岸依然清晰可见——这道不算太深的峡谷、这条安静的界河、这座被毁的桥，从地理与政治意义上隔开了两者。

虽然近在咫尺，但曾经做过亚美尼亚首都的卡尔斯和阿尼，如今都是土耳其的领土。而亚美尼亚和土耳其之间的边境早已关闭多年，若按照中国传统说书人的说法，两者可谓“血海深仇”。

人们熟知犹太人的遭遇，却少有听闻亚美尼亚人的悲剧。1915 年至 1917 年，奥斯曼土耳其对境内的亚美尼亚人进行大屠杀，夺去了 100 万 ~150 万亚美尼亚人的生命。

悲剧很久之前就埋下了伏笔。17 世纪末，亚美尼亚完全分为东西两部分，分别被伊朗和土耳其瓜分。在奥斯曼土耳其帝国内，作为基督教徒的亚美尼亚人被视作二等公民，饱受欺辱。1804—1828 年，两次俄伊战争以后，原被伊朗占领的东亚美尼亚被并入俄罗斯，亚美尼亚人只能在俄、土两个大国的夹缝中生存。

“一战”爆发不久，亚美尼亚建立了处于俄国军队编制下的民族解放组织，意图利用俄国军队的帮助脱离土耳其人的统治，建立独立的民族国家。1915 年初，奥斯曼土耳其逐步清除军队里的亚美尼亚人，发配他们去做苦力，直到劳累而死；4 月中旬，土耳其凡城省长以征兵为由杀害亚美尼亚人，双方爆发武装冲突，之后亚美尼亚临时政府在凡城（Van）建立。

这一事件让正在与俄罗斯的战争中的奥斯曼土耳其十分不安，政府指责亚美尼亚人勾结外部势力，时任内政部长塔拉特帕夏说：“必须从肉体上消灭亚美尼亚这个种族。”

4 月 24 日傍晚，伊斯坦布尔的几百名亚美尼亚知识分子和显要人物被逮捕，其中许多人被处决，这一天后来成为“亚美尼亚大屠杀纪念日”。5 月底，土耳其下令将全部亚美尼亚族裔“押运”到叙利亚和美索不达米亚的沙漠地带，遭受流放的亚美尼亚人达 100 万之多，亚美尼亚人所有“遗留”的货物及财产则归政府所有。

大量亚美尼亚人因疾病、饥渴死去，还有许多则被军队组织的屠宰营残忍杀害。妇女被卖到土耳其人家里成为奴役，婴儿被活活摔死，稍大一些的孩子被毒死，幸存者则被送进可怕的集中营。奥斯曼土耳其沿着幼发拉底河修建了 25 个集中营，拷打、枪毙、强奸、虐待是每天的日常，70 万人在这些集中营之间转移，遍野横尸。

我们在伊朗伊斯法罕的亚美尼亚区的旺克大教堂（Vank Cathedral）的博物馆里，

看见了许多展现大屠杀的旧照片。孩子们的尸体、妇女赤裸的身躯占满了画面，焖罐车里的密密麻麻的男子露出绝望的眼神。然而，那时的欧洲深陷于一战的泥潭，无暇顾及亚美尼亚人的命运，直到1919年巴黎和会，土耳其的行为才受到国际社会谴责。1921年，塔拉特帕夏被一名幸存的亚美尼亚人刺杀。“一战”后，在新一轮的土耳其民族主义运动中，又有大量亚美尼亚人惨遭杀害。

20多年后，当纳粹德国准备入侵波兰，希特勒对他的军事顾问们说道：“现在还有谁会谈起亚美尼亚人的灭绝？”随后的人类悲剧，无人不知。

100年过去了，虽然联合国将此事件定性为“种族灭绝”，20多个国家官方承认这是一场种族屠杀，土耳其作家帕慕克也承认这个事实，但是土耳其政府一直拒绝承认种族屠杀的定性，他们宣称这是叛乱引发的冲突。

我们从阿尼荒芜的原野中走到峡谷高处。土耳其游客在峡谷这边迎接着风吹去夏日的溽热，峡谷那边却人烟全无。手机的信号突然就变成了亚美尼亚电信商，中国移动和中国联通发来了“欢迎来到亚美尼亚”的短信。我们无可奈何地笑了起来，不知道该为失去了古都的亚美尼亚感到悲伤，还是该和现实一起嘲讽如今身在敌国的阿尼。

现在，除了手机信号与叽叽喳喳的飞鸟，没有什么能直接跨过两国的边境。亚美尼亚人只能在对岸怀念古都，如同他们登上首都埃里温城中心的大楼梯，目光越过规划整齐、繁花盛放、人们笑容灿烂的城市，朝远方眺望亚拉腊山的雪峰漂浮于世界之上、天空之下。

没有国家的首都与失去了神山的国家在峡谷两边沉默地注视着彼此。所以，虽然疑惑，我也能理解亚美尼亚人为不知真假的、传说中的诺亚方舟的碎片所做的华丽装饰。“残山梦最真，旧境丢难掉”，当神山与古都只能在想象中怀念，方舟的碎片至少还确实地摆在自己的博物馆中。

我们只能绕道从格鲁吉亚去亚美尼亚看那块方舟碎片。从阿尼先回到卡尔斯，再朝东北方向进入格鲁吉亚，然后一路往南才能抵达亚美尼亚，原本一座桥的距离要绕出五六百公里。埃奇米亚津离首都埃里温很近，只需半小时车程。*Lonely Planet* 的外高加索三国指南中并不是特别推荐这里——如果你只有一天时间，首都埃里温周边的加尼神庙（Garni）和格加尔德修道院（Geghard）更值得一看，前者是亚美尼亚境内唯一的希腊化神庙，后者以刺伤十字架上的耶稣的长矛命名，据说曾收藏有这支长矛的矛尖。

但埃奇米亚津大教堂的博物馆里收藏着别处没有的物件，与诺亚方舟的碎片摆在

边境与断桥，阿尼，土耳其

同一展厅的还有耶稣受难时被钉过的十字架的碎片，刺进耶稣身体的矛尖也被转移到此处收藏。这些神圣的宗教遗物虽然真假难辨，但都有着光芒耀眼的豪华装饰。博物馆并不是天天开放，我们去了两回才见到它们。

第二次去看诺亚方舟的碎片，是在从战乱频发的争议领土纳戈尔诺－卡拉巴赫（Nagorno-Karabakh）回到埃里温之后。纳卡被国际公认为阿塞拜疆的领土，却只能从亚美尼亚抵达，居民大多是亚美尼亚人，车辆也是亚美尼亚的牌照。他们宣布自己是一个独立的国家，但没有得到世界上任何一个国家的承认，包括亚美尼亚。

回埃里温的道路十分靠近土耳其，亚拉腊山就在我们左边以前所未有的清晰姿态显现出来，雄壮山体与皑皑白雪都倒映在路边澄净的盐池之中。手机信号在土耳其电信和亚美尼亚电信之间来回切换了几次，我们在那一瞬间忘记了自己身在哪个国家，也搞不清国家到底是什么。

而其余在埃里温的时间，除了贡献给教堂与神庙，我们还去了市郊的种族大屠杀纪念馆（Tsitsernakaberd Armenian Genocide Memorial Complex）。小山丘上，灰色的高大柱子围绕成一座圆形“坟墓”，圆心中熊熊燃烧着不灭的火焰，一位衰老的妇女在缓慢地清洁火焰周边的地面，将人们敬献的花束一枝枝摆好。

从这里朝远方望去，亚拉腊山顶的积雪正在邻国上空闪耀。自传说中的大洪水后，这座停靠过诺亚方舟的神山仿佛永远都是多云天。

种族大屠杀纪念馆，埃里温，亚美尼亚

Eleven

11 哈萨克毡房

第一次对哈萨克毡房有印象时，我还分不清驴和马，常常指着驴车大叫“我要骑马”。那时候我和父母一起住在新疆伊犁的一间红砖平房，屋里屋外都堆着漆黑的蜂窝煤，间或有草原上的牧民赶着驴车给我们送来鸡鸭和西瓜。牧民抱着年幼的我坐上车去，在树荫下溜达一小圈，让我开心得不得了。

我们也去拜访牧民，一群人一起来到白色的毡房里，坐在厚实的地毯上，喝一碗加了奶和糖的茶。我记得一个夏季，草原上开满了绚烂的花，空气里青草、花朵、羊群、马匹的气息混杂在一起。天空澄澈，毡房里空间很大，坐了很多人，我年纪最小，听不懂大人说话，便跑出去采野花。

从小我便喜欢哈萨克毡房，印象中那是柔软的、温暖的、花花绿绿的家。

再住进哈萨克人的毡房是回国进入新疆后了。纪先生先开着车回上海办理车辆入境后的手续，我留在新疆为 *Lonely Planet*《新疆》这本书做调研。初秋的下午，年轻的哈萨克族包车司机带着我穿梭在南山牧场，此时转场已经进行得差不多了，只余下几个为了接待最后几批游客还没走的牧民和他们的几座白色毡房。

日暮时我终于调研完了这片地方的好几个景点，决定在毡房留宿一夜。司机不放心我一个人找住处，带着我穿过暮色回到西白杨沟，在一对老夫妇的毡房前停下。他下车跑到老太太前面，两人用哈萨克语说了几句话，又跑回来对我说：“你住这儿吧，女生还是跟老人住一起安全些，他们正在做饭，你可以一起吃。”

说完他便开着车消失在夜幕里，老太太招呼我进最大的那个毡房里。推开两扇木板门，毡房中心是一个火炉，进门的两边堆着一些工具，正对面是铺着多张毯子的榻，榻的远处摆设着叠放整齐的被褥，都用花布盖好，近处摆着一张小桌，老大爷正坐在桌旁喝茶。老夫妻让我也上榻坐在彩色的垫子上，大爷给我倒上一杯刚煮好的奶茶，老太太便去隔壁的毡房做那仁给大家吃。

那天晚上老夫妇吃完饭便去旁边的小毡房休息，将这个大毡房留给了我。我一个人裹着厚被子躺在彩色的毯子上，凝望着穹庐似的房顶。房顶等同于天窗，炉子就在它的正下方，房顶升起时可通风透光，降下时则防风隔温，在我看来是一个非常有草原智慧的设计。据说房顶是家的象征，使用的木材通常比栅栏和房杆更坚固，而且不会随意更换，父亲死后就传给儿子。炉子的烟雾一天天地从房顶穿过，观察上面积攒的尘垢，便能猜测这个家族有多么长的传承。

哈萨克人的毡房也被称为“马背上的房子”，拆卸和组装都非常方便，是这个游牧民族便携的、移动的家。毡房上半部分为圆锥形、下半部分为圆柱形。红柳木制成的栅栏围成圆柱形，几十根尾部弯曲的房杆搭在栅栏上插好，形成圆锥形，支撑起顶部可开合的房顶。

手艺精湛的哈萨克妇女会用毛线在芨芨草秆上缠绕出花草图案，将缠好的草秆联结排列成彩色的草帘，再将草帘围绕在栅栏外。在草帘之外，还要围绕十几片巨大的白色毛毡。圆锥形的上半部分则覆盖着许多片锥形的毛毡。室外的毛毡既遮风挡雨，又防潮隔寒，室内则铺着大量的地毯，花纹艳丽丰富之余，还柔软温暖。

第二天早上，我跟老夫妻告别，大爷说天气凉了，他们也要转场了。新疆的许多哈萨克人还延续着游牧生活，无论在伊犁还是乌鲁木齐周边，我都经常见到云朵般散落草原的白色羊群和白色毡房。反而在邻国哈萨克斯坦，这个哈萨克人的国度，我们没有看见一座传统毡房。

哈萨克斯坦是我们回到国内之前的最后一个途经国，签证只有 5 天有效期，旅途颇为匆忙。我们夜以继日地开车，连续两天通宵后，终于在日出之时抵达了首都阿斯塔纳（Astana）。初升的太阳照耀在一望无际的大平原上，视野中的天际线浮现出一座崭新的城市，使用反光材料的建筑外立面闪闪发亮，高耸的楼群以曲线、直线、球面等各种形式直插晴空。

作为 1991 年才最后一个脱离苏联而独立的国家，哈萨克斯坦在 1997 年将首都从古老繁华的阿拉木图（Almaty）迁到了北方荒原上的阿斯塔纳，并以飞快的速度与疯狂的挥霍，将这座以零下三十五摄氏度的严寒闻名的垦荒之城，变成一座超现实主义风格的未来之都。新城的中轴线由日本建筑设计师黑川纪章规划，由树林、草坪与笔直道路组成。沿着中轴线从西至东，仿佛在穿越一个巨大的容器，苏联式、欧式、伊斯兰式……各种或奇妙或怪异的建筑都被它一股脑儿装了进来，荒诞得像一部科幻电影。

随着时代的变化，哈萨克斯坦的游牧者正在消逝，更多人在城市定居。我们行驶在草原公路时，偶尔能经过一座加油站，但从没见过牧民。首都人口不足100万，大道两旁有宽敞得惊人的停车位，车辆飞驰得没心没肺，更是没有人再住在毡房里。最著名的三栋公寓楼叫作“北极光”，就在中轴线上，浅绿色的玻璃墙面荡漾成波浪形。

中轴线最西端的可汗之帐（Khan Shater）也许能被看作定居的哈萨克人对游牧时的家的纪念。建筑足有150米高，在蓝天下形似一个斜着的半透明乳白色帐篷，灵感来源便是毡房。因此，这座诺曼·福斯特（Norman Foster）在阿斯坦纳最杰出的作品，理所应当地成为“世界上最大的帐篷”。

作为世界上最出色的建筑师之一，诺曼·福斯特设计的这栋建筑不仅外观惊人，其结构、材料、内部也无不令人感叹。倾斜的曲线赋予它美感，半透明的材料不仅可以在白天引入外部的阳光使室内明亮、在夜晚向外展露变幻的灯光使外景多彩迷人，而且吸热性极强，足以对抗阿斯坦纳冬季零下三十摄氏度以下的低温，保持室内的温暖。

我们走进可汗之帐时还是白天，帐篷耸立在蓝天绿草之间，虽然与哈萨克毡房形制不同，但那白色的薄膜与草花的香气依然让我想到了儿时走进的毡房。但这个帐篷是完全现代化的，内部有巨大的购物中心、美食广场和大量游乐设施，包括直达帐篷顶端的跳楼机。顶层甚至还有一个热带海滩　　泳池、沙滩、棕榈树，你会忘记自己身处欧亚大陆远离海洋的干旱腹地。

我们在这里待到日落后，帐篷随着灯光的改变，在夜空中轮流变幻出蓝紫、粉红、正红、橘黄等缤纷色彩。入夜后有许多当地人来此休闲，我们见到了阿斯坦纳最时髦的年轻人，许多带孩子来享受一个欢快夜晚的父母，还有流连在变幻灯光下的老人。

如果说超现实主义的首都阿斯塔纳是这个国家、民族的野心，是游牧的哈萨克人拥有自己的国家与城市之后刻意为之的骄傲，那么可汗之帐作为全新的、现代化的、未来派的“毡房”，完美地诠释了阿斯塔纳作为哈萨克斯坦首都需要的一切——传承不灭的历史、繁荣兴旺的现在与充满希望的未来。

离开阿斯塔纳之后，我们朝着历史悠久的阿拉木图行进。这座盛产苹果的丝路古城是我们回国前的最后一个城市，路过时我们去博物馆逛了逛，顺便走进了附属的纪念品商店。一位哈萨克女士在柜台后对我们微笑，屋子的一头堆着一些陈旧的物件，包括几件破损的马鞍袋、一捆布满灰尘的旧地毯，想来都是牧民曾经用过的东西。

那拉提，新疆，中国

摆在旁边柜子上的一堆长条形织品吸引了我们，每条长达 4 米以上，宽只有 20 厘米不到，由羊毛编织而成，像地毯一样分成短绒和平织的两种，有些只有图案部分是短绒的，其余部分是平织的。这些羊毛的长条织品看起来都有一些年月了，许多已经破损严重，图案也不完整。

我们挑出其中两条保存尚好的欣赏起来，这上面的短绒图案和平织基底间隔分布，图案整体是方形的，中间是黑色描边、红色填充的花形密铺，外套橙黄和暗红两层边框，每两个方形图案之间还有三条黑色和暗红色组成的细长短绒条纹，而平织的基底是褪色的红色。总体花纹清晰，颜色依然非常鲜艳，大概比其他织品要新一点。

售货的女士看我们感兴趣的样子，便走过来招呼我们："这些是哈萨克牧民毡房里的装饰品，你们手里的这两条大约有 60 年历史，这样的装饰品现在越来越少见了。"

没遇见毡房，却遇见了毡房里的装饰品，我们有点意外。不过想一想也合理，自苏联时期起，哈萨克斯坦便有大量的人离开了传统的游牧生活，独立建国之后，现代化的城市生活更迅速地取代了逐水草而居的迁徙不定，新首都既然能从荒原里拔地而起，毡房的逐步消失也是难免了。

这些长条织品的价格并不贵，我们思索了几秒便买了下来，带回国挂在家里的墙上。我想这也算是它合适的归宿，作为一个喜欢毡房的人家的装饰品。

Twelve

12 明信片

“贝加尔湖最美的莫过于奥尔洪岛，这里的原住民布里亚特人是蒙古人的一支，他们相信这个岛是神圣的。”

秋天寒风瑟瑟的夜晚，我们坐在奥尔洪岛（Olkhon Island）温暖的小木屋里，在印着贝加尔湖风光与萨满教万物有灵信仰的明信片上写下这句话。这是自驾亚欧的旅途中我们写的第一张明信片，寄给一个遥远的陌生人。

自那天之后，我们在旅途中的各个国家寄出了上百张明信片，一些给我们的朋友、家人，但更多的收件人我们并不认识，他们有些在北京、上海、香港，有些在湖北、山西、宁夏，还有一些在新加坡和美国。

旅途开始前，我们在网上发布了一个众筹计划，参与者可以花 30~50 元钱换取一张从亚欧各国寄出的明信片，他们可以选择寄出的国家或区域——比如申根国、俄罗斯、英国、爱尔兰、中东、中亚，但从哪座城市、哪个小镇、哪个山谷、哪片海滩寄出，将是随机的。

这个计划包含了我们的实际需求和某种实验性质。一方面，我们担心旅费不足，希望能尽量多凑一些钱，因此我们决定以寄明信片的方式换取一些酬劳；另一方面，我们想试试看是否会有陌生人相信我们的承诺，毕竟有些地区是半年、甚至更久之后才会抵达，他们会放心把钱给予两个不认识的人、寄托在一段不确定的旅程上吗？

这只是个小计划，在我俩人数稀少的朋友圈中流传，而最终通过二维码给我付款的人中，除了一些认识的朋友，居然真的有大量的陌生人。他们留下姓名和地址，有的也写下自己的烦恼和梦想。当这趟旅程从计划中的 7 个月最终变成实际上的一年那么长之后，一些陌生人为这些明信片付出了 10~12 个月的等待。

但几乎没有人催促我们。微信公众号后台偶尔有人留言问我们走到哪里了，然后就继续安静地等待。偶尔也有人留言说没有收到很早就寄出的明信片，我们便找到当初给明信片拍的照片发过去，对方就很高兴地说谢谢。

最初，我以为这些明信片会变成一个远方给收件人的邀请函，吸引他们来到图中的风景。后来，我意识到，当明信片寄出，便如同朝着浩渺的海洋送出了一艘小船，最终它是否能如我们所愿泊岸，我们并不能掌控，也难以知道结果。

我们所能做的，只是在不同的国家、城市、村镇挑选出那些最具特色的明信片，凭借当时的心情在上面写下我们最想说的话，然后郑重地贴上邮票、投进邮筒。那之后的事情，便是命运的安排了。

为了寻找有趣的明信片，我们特意去了一些地方，比如芬兰罗瓦涅米的圣诞老人邮局。传说中的圣诞老人就住在这个村落，旅行者可以拜访他的办公室和度假屋，和他拥抱、聊天、拍照。每年邮局会收到将近 75 万封全世界大人小孩们寄给圣诞老人的信，从这里寄出的明信片，都会盖有圣诞老人的官方印章。这里还有一个圣诞邮筒，投入其中的明信片会在当年的圣诞节前准时寄出，并在圣诞前后到达收件人的手中。

我们想象着两个月后的圣诞节，提前写下祝福的字句，寄出了来到欧盟国家后的第一批明信片。那年刚好是芬兰经典的动漫形象姆明（Moomin）诞生 70 周年，我们还随机在几张明信片上贴了姆明的纪念邮票。其中一半明信片是立即寄出，另一半则被投入了圣诞邮筒，从 10 月到 12 月便都染上了一层圣诞氛围。

等到圣诞时，我们已经在英国了。我们把披头士的年轻笑脸、黄色潜水艇和艾比路，以及伦敦红色的双层巴士、头戴熊皮帽子的女王卫兵、高耸的大本钟一起寄出，它们或多或少代表一些与幸福有关的意思，里面还隐藏着分离与苦痛。那时正逢年末，伦敦街头一派狂欢景象，我却在历经沧桑的城堡、教堂、博物馆中，突然强烈地感到时光飞逝、生命短暂，便在明信片上写着：新年意味着离死亡更进一步，要让每一天都有所值。

我们也从冰雪覆盖的苏格兰寄出没有水怪的尼斯湖（Loch Ness）的明信片，从喝得醉醺醺的都柏林寄出圣殿酒吧（Temple Bar）的明信片，从有 8 座世界遗产的古城拉韦纳寄出满是马赛克的明信片，从婚礼之后的圣托里尼岛寄出有蓝顶教堂的明信片，从亚欧交界的伊斯坦布尔寄出有跨越博斯普鲁斯海峡的明信片……

在以出产软木闻名的葡萄牙，我们发现几乎所有能用软木制作的东西都能找到一个软木版本，包括明信片。出人意料的是，软木明信片居然比好看的纸质明信片还便宜。可能是因为材质比较难以印刷，大部分软木明信片上的图案都不太清晰。但毕竟材质猎奇，收到的人后来留言说很喜欢。

在游客日益增多的伊朗，大多数明信片的图片质量却颇为堪忧，小摊上充斥着各种到此一游水平的风景照。幸运的是，我们无意中在伊斯法罕的旧货店发现了一批 20 世纪 90 年代由英国公司出版的立体明信片。尽管背面白色的卡纸已经有些发黄，但正面的立体照片在阳光下仍然熠熠夺目，稍稍转动明信片，清真寺便从二维的画面中跃出，仔细凝视，便能将极为精致的门廊瓷砖画看得一清二楚。

为了能在相应的国家寄出相应的明信片，我们常常开着车到处寻找邮局或邮筒，因为许多卖明信片的小店并不售卖邮票。英国皇家邮政的红色邮筒早已成为国家的一个标志，土耳其的邮筒长相形似清真寺宣礼塔，伊朗德黑兰的邮政总局前面有一个正在寄信的少年雕塑，最是显眼。

我们也常常向邮局的工作人员递出一摞明信片，吓他们一跳；或是正好赶在邮筒开箱时抵达，明信片就被工作人员直接装车运走。但中间偶尔也会出些小差错。比如，我们带着贴好了斯洛文尼亚邮票的明信片到处找邮筒，却不小心开车到了意大利。于是我只能把明信片带到希腊的婚礼上，请正在巴尔干半岛旅行的伴娘帮忙寄出。后来伴娘更改了旅行计划，决定不去斯洛文尼亚，又把这几张明信片拜托给了青旅里认识的一位法国姑娘。几个月后，伴娘收到法国姑娘的消息，明信片终于顺利寄出了。

除了有趣的明信片，我们也遇见了一些有趣的邮票。圣马力诺是世界上第一个开展邮政业务的国家，有“邮票王国”的美誉。1877 年，圣马力诺开始发行邮票；1923 年，圣马力诺发行了世界上最早的快递附捐邮票；1970 年，圣马力诺发行了世界上第一套迪士尼卡通邮票……邮票收入是圣马力诺 GDP 的重要构成，能占到 20% 以上。圣马力诺的邮票设计和印刷水准都很高，山水、动物、历史遗迹等，皆融于其中，即便是一枚普通的小邮票，也很有欣赏价值。我们从这寄出的明信片上贴的邮票是一张天马行空的儿童画，很有天真的趣味。

有时候，陌生的收件人会要求我们在明信片上画一幅小画，于是我们用拙劣的技艺画过小狐狸、吉卜赛女郎、小汽车等。还有收件人请我们写一段她喜欢的歌词，或是鼓励的话，或是新婚祝福，或是给刚出生孩子的话，于是我们仿佛参与了许多人的人生转折点。这是旅途的疲惫中最让我们感到安慰的时刻之一，我们放下风尘仆仆中的抱怨与厌倦，带着一点激动的心情酝酿出长长的句子，写在明信片上，期待远方的人能听见。

除了给认识和不认识的朋友寄明信片，我们也在每个国家给自己寄明信片。一些明信片上写着快乐的事情——刚吃的热乎乎的华夫饼、一双温暖的羊毛手套、爬到山顶看见的峡湾风景、鼓起勇气洗了一场脱胎换骨的土耳其浴；另一些写着沮丧的时刻——炎热的斋月、难吃的烤肉、糟糕的道路、不友善的遭遇；还有一些写着不切实际的期待与变幻莫测的心情——在北方的冬季想念温暖潮湿的海岸，在溽热的城市期待走进清爽的森林，在疲惫的夜晚渴望一张柔软的床铺，在民宿里撸狗时思念家里的猫……无论我们遭遇了什么，又是如何在旅途结束后的怀念中美化这些记忆，唯有当时写下的明信片真实地记录了落笔的那个瞬间。

最终，十几张明信片在旅行了半年多后，穿过半个世界的风景与人潮再次来到我们身边，载着旅途的趣味与无可取代的回忆；另外几张明信片则决定逃出既定的路线，去全世界流浪，那么我们尊重它们的决定。

Thirteen 飞毯 13

飞毯是一辆出生在英国牛津的 MINI，有墨绿色的皮肤和圆圆的大眼睛。那年纪先生准备给刚买半年多的车起个名字，我们就坐在车里思索，想了半天之后灵机一动：既然他正要去波斯旅行，那么何不给车起名飞毯？

几个月后我们决定要开着这辆车去环游亚欧时，我们突然发现这个名字有多么贴切。在中东至南亚次大陆的传奇故事中，会飞的地毯常常出现，作为一件奇妙的交通工具，载着主人公在古老的城市、金碧辉煌的宫殿、荒芜的沙漠进行各种有趣的冒险。如今，现代社会的飞毯也将带着我们前往远方。

何况远方还是它的家。我们决定以英国牛津（Oxford）作为旅途半程的目的地，那里有飞毯出生的工厂，带一辆远离家乡一年多的车回去看看，似乎也非常顺理成章。

但这个决定成为我们向众人宣布旅行计划时最被质疑的环节。

飞毯个子低矮，模样小巧，好心者提醒说“要不还是考虑换个越野车吧”，等看笑话的则讥讽说“开半路就差不多报废了吧”。疑惑的人更多，除了“你们准备花多少钱”，我们收到的最多提问就是“干吗要选这辆车”。

且不说飞毯是我们唯一的车，我们别无其他选择。事实上，这辆小车有着优良的拉力赛血统。纪先生总耐着性子跟人解释，早在诞生之初，它的祖先就揽下 3 届蒙特卡洛拉力赛冠军，其中包括被公认为历届最恶劣天气的 1965 年；尽管飞毯是量产的民用车型，其优良的基因确保了它不会在路上半身不遂或者寿终正寝。

在决定自驾亚欧之前，我们早就带着飞毯踏遍大半个中国，不论是断桥、悬崖、泥石流，还是暴雨深夜的山地速降，或穿过峡谷的浓雾与砂石路，飞毯无一不全身而退。

但依然有人完全不看好它：瞧它那萌萌的长相就输了吧。

担忧也罢，质疑也好，我们依然开着飞毯出发了，如同堂・吉诃德骑着一匹瘦马。

上路之后，我给飞毯起了第二个名字："流浪动物园"。一条半人高的鲨鱼玩偶是车内的常驻，作为我们的靠垫；为了在车内睡觉舒适，我还带着一个兔子形颈枕；后座有成都朋友寄来的熊猫玩偶，在叶卡捷琳堡时送给了收留我们的俄罗斯夫妻——"动物园"还延续了世界人民都欢迎的熊猫外交。

此外，车门旁倒挂着一只卷尾巴猫玩偶，是来送行的朋友从土耳其带回的礼物；风挡玻璃前坐着一只从日本带回的小兔子摆件，作为我们的领航员，总是在颠簸的道路上七倒八歪。行驶在贝加尔湖的奥尔洪岛上的砂石土路时，猫和兔子都摔下来过许多次。这段路程也废掉了飞毯的一条腿。

那时候我们才出发 8 天，我感到有点沮丧，"开半路就报废了"的说辞回响在耳边，似乎马上就要成为现实。但飞毯远比我们想象的坚强，下岛的路程它安然度过，我们赶紧带它去伊尔库茨克找地方买新的轮胎。

除此之外，之前为减轻重量而省去的底盘装甲也不得不装上。起初我对此并不抱希望，毕竟连轮胎都难得找到的地方，奈何能有底盘装甲。然而俄罗斯人自有妙计。和只讲俄语的某改装店老板通过 Google 翻译你来我往了几个来回之后，老板表示，铝制装甲需要订货 3 周，铁制装甲今天就可以"produce"。

我十分纳闷"produce"一词，以为只是生硬的翻译而已。直到他们把车升起，拿出了几块各式花样的底盘装甲逐一比画了一番，又搬出了电焊、台钻、角磨机，我才明白过来，原来是真的要"produce"。

一群俄罗斯哥们儿站在车下仔细端详了一番之后，选出相对合适底盘的装甲，抬举到安装位置，再用油漆笔画出需要切割的位置，然后没等我反应过来，就只手操起角磨机切了起来。令人惊叹的是，切割的精度居然相当可靠。如此几个来回，钢板切掉了大约 30% 的面积，正好贴合在飞毯腹部。

形状虽然合适，但安装的螺孔相去甚远。我正要张口开问，俄罗斯哥们儿再次抄起角磨机，直接刮掉了车架上的油漆，然后一手抄起电焊，直接将切下的带螺孔的部分当作支架焊了上去。

后来飞毯在鞑靼斯坦共和国（Republic of Tatarstan，隶属俄罗斯联邦）的道路

Malin Beg 野性大西洋之路，爱尔兰

上遭遇了宛若巧克力酱的泥浆海洋和漫天黄沙飞舞的砂石路，多次底盘刮擦充分证明了这件“俄制装甲”的有效性。

我还管飞毯叫作“移动小城堡”，它是这条未知道路上我们唯一熟悉的居所，是我们小小的、移动的家，供给我们在路上所需的一切。在赶不到旅馆的夜晚，我们就把飞毯停在加油站、旱厕旁、湖岸边，从后座掏出装在饭盒里的干粮，安静地用餐，然后盖上睡袋，沉沉地睡去。

从9月到次年3月，天气一直很冷，西伯利亚的风很大，北极圈的雪也绵密，西欧的雨冰冷地冲刷着车身，而我们坐在“移动小城堡”里面，暖和干燥。我们甚至在后座挂上绳子，晾晒在旅馆里总干不了的内衣、袜子。有时候夜里我在路上醒来，纪先生还开着车在赶路。窗外一片黑暗，冷寂中唯有寒风呼啸，我会觉得世界突然变得很小很小，只在车灯所及的范围内，才有光明与温暖。

从3月到9月，南欧至中东、中亚的天气日益炎热，太阳光强烈得晃眼，飞毯阻隔了滔滔热浪，让我们感到凉爽惬意。我们会在买了唱片的第一时间跑回车里，静静地坐在里面听音乐，也会在傍晚暑热渐褪的时刻打开窗，让地中海的风吹进来，“小城堡”里的音符便飘出去很远很远。

“城堡”之称还在于坚实可靠。从一开始，我们便知道这是一趟堂·吉诃德式的旅程，糟糕的路况只是开端，飞毯也不可避免地要跟风车大战一场。

旅途的第60天，飞毯载着我们去看荷兰鹿特丹郊外的小孩堤防（Kinderdijk），这是一个古老的风车村。天空乌云密布，雨水淅淅沥沥的，19架风车矗立在暮色之中，周边大多是野地和河道，一个人影都没有。道路极其狭窄，单车勉强可以通过，只有在村口门前才有稍大的地方供车辆调头。我们先把飞毯横在路中间拍照留影，然后上车准备离开。

雨势正猛，飞毯的后轮碰到了路边湿滑的草，加上车后部的行李过重，头顶上的行李盒重心偏高，车身猛地向后打滑，车底直接架在了陡坡之上。为了避免翻车，飞毯只得顺势倒滑下坡，我们试图重新摆正车身从坡度较小的地方上来。然而，缓坡处停着几辆车，挡住了路；坡下的草更加茂盛，陡坡的烂泥地里连沙板都在打滑，即便卸下大部分行李减重，飞毯依然无法爬上坡来。我们只得前往最近的那架风车求助。

风车的主人正在准备晚餐，匆匆走出来看到沦陷在坡下的飞毯，不禁笑话起来：“真是个停车的好地方！”他打了几个电话，不一会儿，漆黑的道路上出现了耀眼的灯光，一台庞然大物从黑暗中逐渐显露出来。附近的农民开着一台联合收割机来把小飞毯拖了出来。

夜里我们赶到比利时布鲁塞尔的一户人家入住。就着热茶跟民宿主人说起这场意外，我们有些担忧，不知道未来更糟糕的路况飞毯能不能撑下去。然而这个造访过许多非洲国家的意大利人却露出并不在意的表情，“MINI is solid（MINI 足够坚实）”，他轻松地说道。

我们一愣，也随之一笑。环游亚欧的 5 万多公里陌生道路就像一个扫雷的过程，突发状况无法预计也难以避免，不可能有万无一失的准备，忙于应付和自我怀疑往往掩盖了旅途本身的乐趣。我们只需要跟飞毯一样坚实。

一个月后，在风雨交加的爱尔兰野性大西洋之路（Wild Atlantic Way），当转过一个弯道时，飞毯真的飞了起来，在空中滑翔的那一秒，我脑海中闪过无数种车毁人亡的场面。然后，飞毯在道路旁的草丛进行了完美的降落。车身毫无刮擦和碰撞，车内的我们和所有物品也一切正常，就连卷尾猫和领航兔都没摔下来。

此时飞毯身处一道沟渠里，周遭茂密的草丛比人还高，再飞得远一些就是沼泽。我待在温暖的“移动小城堡”中等待，纪先生穿过寒风冷雨跑到 1 公里开外的高尔夫俱乐部求助。

当我浑身湿透地出现在接待室，并展示了陷车照片的时候，里面的工作人员也惊异于我居然没有受伤。“我们当然可以帮忙”，他们开上球场的迎宾车，来到附近村子里一栋门前停着一台小型挖掘机的房子前。开门的大叔托尼（Tony）刚吃完晚餐，听完我的情况，便换好工作的服装和雨鞋，“我们来个餐后运动”。

前往案发地点进行了现场勘察之后，托尼认为他的挖掘机不足以拉上车来。于是又驱车前往一间看似厂房的建筑。打开大门，一台巨大的拖拉机在几十头牛的簇拥下显现出来。这是一间牛棚。我们开上拖拉机再次回到飞毯身边。

卸下飞毯里的行李，装上拖车钩和拖车绳，托尼开始一点点收紧拖拉机前的机械臂。飞毯稍微挪动了一点，然后突然咔嚓一声，拖车钩带着后保险杠直接被拉断了。这让在场的所有人都吓了一跳，大家赶紧停下检查。原来后拖车钩孔开在后保险杠内的防撞梁上，这里应该是车辆的溃烂部位，加上拖拉机较高，拉扯有一定向上的角度，导致防撞梁下方的几个焊接点直接被拉断。

托尼决定再试着通过车轮牵引，然而车的角度不好，现场又只有我们自带的一根拖车绳，不得不左右两个后轮交换拖拽。到了草地边缘的碎石区，车又上不去了。鉴于刚才的情况，托尼也不敢硬拉，拯救飞毯的工作一度陷入停滞。

几分钟后，正好有几个开车路过的工人，透过雨幕看见了这场面，二话不说立刻跳下车帮忙。我坐进飞毯里，挂倒挡慢速倒车，剩下的人在车前推，拖拉机再向后牵引，飞毯终于回到了地面。

两次掉坑让我们心有余悸，一个星期后我们把车开到英国牛津的 MINI 工厂时，甚至来不及，也没有预算修被拉断的防撞梁，只是用自攻螺丝和胶带简单固定。但飞毯终于回家了。

当初说带飞毯回家时其实全无主意，在出发前、在路上都尝试了各种能想到的方法试图联系 MINI 公司，包括间接托朋友打听和直接给官网留言，但是发出去的消息皆如同石沉大海。那时候，我们看着在英国的冰冷雨水中沉默的飞毯，像看着历经艰险回到人事皆非的家乡的奥德赛，它不远万里回家却无人理睬。

网上能查到的只有 MINI 工厂本身提供的 2 小时导览游。曾经有位英国的女士预购了一辆 MINI 之后，来到这座工厂，在向导带领下进行了 4 小时的特别参观，亲眼目睹自己的车被制造出来。于是，我们也在网上预约了工厂参观，并写了留言讲明情况，希望能跟造出飞毯的工人们聊一聊，听听他们给自己的车起了什么名字，是否也曾开着车做过一些好玩的事情……

几天后，主管这项活动的女士回复说："欢迎回家。"她还在邮件中告诉我们，为了表示欢迎，我们的导览游将是免费的，而且她会联系 MINI 公关部门、甚至 MINI 中国。这倒是意料之外的消息，我们感到喜出望外。

圣诞假期前工厂上班的人与参观的人都不多。主管女士和她的同事在游客中心等待飞毯到来。随后她告诉我们，公关部门的人不能来，联系 MINI 中国的事则完全没有提及。我们获得了 3 件礼品，包括 2 件带 LOGO 的 T 恤和一只毛绒斗牛犬，"流浪动物园"又新添一名成员。

至少有人在欢迎飞毯，我们已经觉得满意。向导特里（Terry）是位和善的大叔，在厂里工作 20 多年了，熟悉几乎每一个人和每一个机器人。他带着我们穿梭在现代化的工厂里，年轻的工人们在电脑前操作，各种形态的高大机器人各司其职地分工配合，搬运、上螺丝、焊接，像是一部未来向科幻电影。

可惜的是，如今飞毯的车型已经不再生产了，我们无法看见一辆新的飞毯是如何被制造出来。游客中心的展厅里摆放着诞生至今最具代表性的几辆 MINI 车型，我们看见小巧的车逐渐长大。接待处的德国女孩说："现在一家人都可以塞进 MINI 里了，载着孩子、父母或亲友将更加容易。"

我却突然伤感起来。在过去，这辆车曾是特立独行、突破规则与自我、充满冒险精神的形象。人们开着它做过很多疯狂的事情。当初 *Lonely Planet* 的创始人惠勒夫妇穿越欧亚时开的也是一辆破破烂烂的二手 MINI——这条漫长的道路不是只有房车与越野车才能征服，也并不需要有最快的速度、万无一失的准备。

或许曾经野性难驯的青年们年龄渐长之后，正在变成追求事业上升、家庭稳定的现实主义者，这辆车也必须越造越大来满足他们的需求。那么，载着我们两人，远离家庭与朋友，随机应变地缓慢行驶，经过破烂的公路、曲折的海岸线、冰雪满地的山峦，从上海穿越亚欧大陆来到牛津的飞毯，似乎真的要成为最后的堂・吉诃德了。

开车带我们去厂房的司机是个沉默寡言的大叔，参观结束下车时却拉住我们一脸严肃地说了一长串话："展厅里有一本叫作 *MINI International* 的杂志书，你们一定要拿走，这是最后的纸质版了，之后只会有电子版。它应该属于你们。"最后的纸质版书，放在不再生产的飞毯里，像两个孤独的勇士——总有些东西奋斗并终于幸存，同我们一起探索未知的世界，一起经历旅程每个有趣的瞬间。

后来的旅程更加漫长曲折。离开牛津后，飞毯在法国被砸碎过车窗，在伊朗被拒绝入境，在哈萨克斯坦经历了布满脸盆大小坑洞的道路，在新疆的戈壁滩无人区漏光过冷冻液……"移动小城堡"始终坚实可靠，在黑夜里庇护我们安睡，在糟糕的气候里为我们挡风遮阳，在遇见危险时载我们飞快地逃开。很多情况下，飞毯是我们在未知的道路上唯一的安全感来源，无论车窗外的社会规则如何变化，每次坐进摆满了小动物玩偶的车里，我们就感到安心且坚定——更大的挑战让我们兴奋不已，也让飞毯跃跃欲试。

一路上，我们曾遇见过许多穿越亚欧的自驾旅行者，飞毯始终是其中最小巧的车，它也没有在半路报废，甚至是几乎完好地载着我们顺利回到上海。之后，MINI 中国主动联系了我们，帮飞毯做了一次彻底的维修，成为它的探险之旅的完整结局。

而当初离开工厂时，英国连绵不断的冬雨竟缓缓地停了，天边露出绯红的晚霞，下班的员工匆匆离开厂房，准备去享受即将到来的圣诞假期。我们仨站在工厂门口的招牌下留影，仿佛站在又一个风车前：我们还没有打算变成现实主义者，还抱有某些不切实际的梦想与不知来源的勇气，并打算无论如何都前行下去。

P9

宪法广场的卫兵，雅典，希腊

典礼 *Events*

One

01 圣帕特里克节

初春决定再度来到爱尔兰时，我们知道自己想要找到什么。虽然中文将“Ireland”音译为爱尔兰，但显然这个国家更爱绿色——国家代表色是绿色，国旗中绿色占了1/3，国花是绿色的三叶草，国家别称为“绿宝石岛”。

3月17日是爱尔兰的国庆日圣帕特里克节（Saint Patrick's Day），躺在利物浦到都柏林的船上，我们就期待下船后能看见一片绿色的海洋。当地人也立刻就满足了我们浪漫的幻想：节日是一片绿色的庆典，满城尽戴绿帽子，绿西服、绿围巾、绿裙子也是必备，绿头发、绿嘴唇、绿脸引领着时尚界的新潮流，小女孩背着绿色的精灵翅膀，小男孩戴着装饰着小绿帽的发箍，一个合格的吃货不能错过的还有绿蛋糕、绿冰激凌、绿巧克力，等等。

据说，节日这一天走上街，全身没有一点绿色元素，是会被爱尔兰人瞧不起的。我在头发上扎上一蓬绿纱才敢出门，到街上一看才发现自己依然太没气势了。大街小巷随处可见绿色铺子，贩卖节日期间需要的一切绿色装备，摊主通常自己头戴绿帽亲身示范，卫衣、T恤、假发、发箍、国旗也必不可少。我赶紧拿起一个小国旗挥舞，才觉得减少了几分尴尬。

圣帕特里克节若在中国有一点名气，那多半是因为举国都戴绿帽子而来的。事实上，不少媒体都直接管这个节日叫作“绿帽子节”。但与中文里那揶揄的贬义无关，爱尔兰民间传说里给仙子制鞋、身着绿衣、头戴绿帽子的小矮人，才是爱尔兰人模仿的对象，因此一身绿才算是最地道的装扮。最基本也最受欢迎的款式是一种圆顶高帽，传说中的小矮人就戴着这样的帽子。

只有寻找和遇见

Quest: 2 Lunatics' Trans-Eurasia Road Trip

（附赠手册）

——中国车出境自驾手册

出境自驾

如何给中国牌照的车辆办理“护照”？

2015 年 9 月至 2016 年 8 月，我们完成了这趟耗时近一年的长途自驾旅行，绕了亚欧大陆一圈外加几个岛屿。我们开着那台中国牌照的小车，一共穿越了 25 个国家和地区。

究竟如何才能将中国牌照的车辆开到境外呢？本文将分两部分讲解中国牌照的车辆如何在亚欧大陆的其他国家行驶：一、车辆出入中国国境；二、车辆出入其他国家国境。

注意，此处讨论的情况仅包括俄罗斯、欧盟各国、挪威（申根国，但非欧盟）、英国（脱欧中）、土耳其、伊朗、亚美尼亚、格鲁吉亚、哈萨克斯坦这些我们途经的国家。其余国家不在本文讨论范围。

一、车辆出入中国国境

在我国境内登记注册的机动车，如果要从北方陆路关口（如满洲里、霍尔果斯、红其拉甫等），或是通过海运出入国境，需要办理《ATA 单证册》。大部分南方陆路关口（如友谊关、磨憨等）手续较为简单，（在本文写作时）仅需填写“自驾车临时出入境表”即可出境，但也正在逐渐转为使用《ATA 单证册》。

根据 ATA 官网的说明：ATA 由法文“Admission Temporaire”和英文“Temporary Admission”的首字母缩合而成，解释为“暂准免税进口”，其宗旨是统一和简化货物暂准进口的海关手续。ATA 适用的货物范围分为 12 类，其中包括

ATA 单证册

各类私人车辆。

简单来讲，办理了《ATA 单证册》，就可以将自驾车辆当作货物临时出口至其他国家。

办理难度：★★★

办理途径：

通过国内的贸易促进协会（以下简称贸促会）办理。各地的贸促会联系方式、申办材料下载可参见 ATA 官网：www.atachina.org

办理过程：

1. 从 ATA 官网“申办文件下载”页面下载并填写货物总清单。

填写说明：

➢ 货品名称、标记及号码：需注明车辆型号、颜色、车架号、发动机号、车牌号码。

➢ 重量体积：车的整备质量。

➢ 价值：填写车辆的发票金额。在办理时需要出具购车发票原件。对于使用多年的车辆，可以对价格进行一定程度折旧。该价

A.T.A.CARNET **GENERAL LIST/总清单** **ATA单证册**

Item No./ 项号	Trade description of goods and marks and numbers, if any/ 货物品名、标记及号码	Number of Pieces/ 件数	Weight or Volume/ 重量或体积	Value*/ 价值*	**Country of origin/ **原产国	For Customs Use/ 由海关填写 Identification marks/ 鉴别标记
1	2	3	4	5	6	7
1				CNY		

货物总清单

格会最终影响车辆的押金，如果没有发票原件，或二手车只有二手车交易发票，则可能需要按最高押金金额交纳，甚至不能办理。

- 原产国：填写车辆生产国。
- 此外，已经安装在车上的普通随车装备无需单独填写。

2. 下载并填写 ATA 单证册申请表。

填写说明：

- 货物用途：根据贸促会工作人员的说法，自驾车辆需填写专业设备。
- 出境运输方式：如果为陆运、海运则如实填写；如果是自驾，根据贸促会工作人员的说法，需填写随身携带。
- 出境口岸名称和代码：可通过网上搜索出境口岸代码，比如：满洲里，口岸代码0600。
- 货物总值：填写与货物总清单中货物价值相同的金额。
- 临时进口国：
  - 对于本文涉及的国家，只有进入欧盟各国、挪威和英国需要使用 ATA 单证（进入美国、部分非洲国家也可使用 ATA 单证，在此不做深入讨论）。
  - 途经的其他国家（包括俄罗斯、土耳其、亚美尼亚、格鲁吉亚、伊朗、哈萨克斯坦），ATA 仅能作为货物手续，不可作为

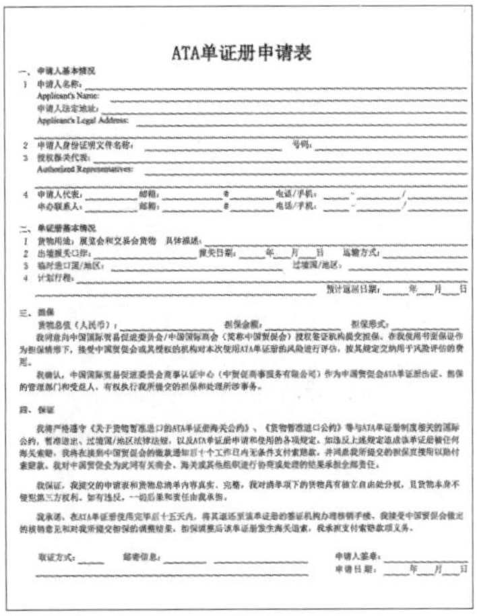

ATA单证册申请表

一、申请人基本情况

1 申请人名称：

Applicant's Name:

申请人法定地址：

Applicant's Legal Address:

2 申请人身份证明文件名称： 号码：

3 授权报关代表：

Authorized Representatives:

4 申请人代表： 邮箱： # 电话/手机： - /

申办联系人： 邮箱： # 电话/手机： - /

二、单证册基本情况

1 货物用途：展览会和交易会货物 具体描述：

2 出境报关口岸： 报关日期： 年 月 日 运输方式：

3 临时进口国/地区： 过境国/地区：

4 计划行程：

预计返回日期： 年 月 日

三、担保

货物总值（人民币）： 担保金额： 担保形式：

我同意向中国国际贸易促进委员会/中国国际商会（简称中国贸促会）授权签证机构提交担保。在我使用书面保证作为担保情形下，接受中国贸促会或其授权的机构对本次使用ATA单证册的风险进行评估，按其规定交纳用于风险评估的费用。

我确认，中国国际贸易促进委员会商事认证中心（中贸促商事服务有限公司）作为中国贸促会ATA单证册出证、担保的管理部门和受益人，有权执行我所提交的担保和处理所涉事务。

四、保证

我将严格遵守《关于货物暂准进口的ATA单证册海关公约》、《货物暂准进口公约》等与ATA单证册制度相关的国际公约，暂准进出、过境国/地区法律法规，以及ATA单证册申请和使用的各项规定。如违反上述规定造成该单证册被任何海关索赔，我将在接到中国贸促会的缴款通知后十个工作日内无条件支付索赔款，并同意我所提交的担保直接用以赔付索赔款。我对中国贸促会为此同有关商会、海关或其他组织进行协商或处理的结果承担全部责任。

我保证，我提交的申请表和货物总清单内容真实、完整，我对清单项下的货物具有独立自由处分权，且货物本身不侵犯第三方权利。如有违反，一切后果和责任由我承担。

我承诺，在ATA单证册使用完毕后十五天内，将其退还至该单证册的签证机构办理核销手续，我接受中国贸促会做出的核销意见和对我所提交担保的调整结果，担保调整后该单证册发生海关追索，我承担支付索赔款项义务。

取证方式： 邮寄信息：

申请人签章：

申请日期： 年 月 日

ATA 单证册申请表

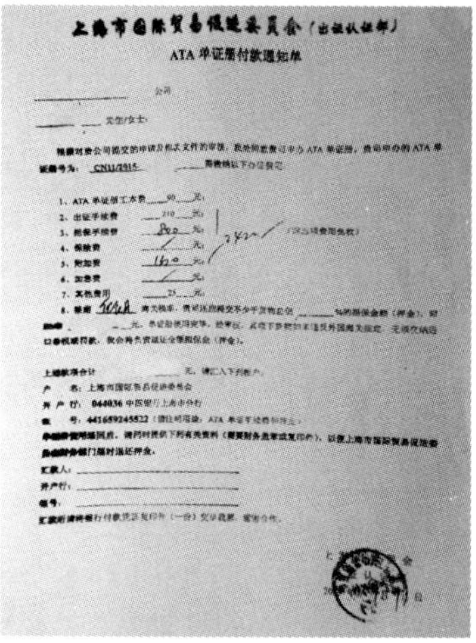

上海市国际贸易促进委员会（出证认证部）

ATA 单证册付款通知单

1、ATA 单证册工本费 90 元

2、出证手续费 210 元

3、担保手续费 800 元

4、保险费 / 元

5、附加费 160 元

6、加急费 / 元

7、其他费用 25 元

ATA 单证册付款通知单

自驾车手续，因此通关时无须使用 ATA 单证册，也就无须在临时进口国中填写。

- 不论自驾、海运、陆运，仅需填写出、入关区的两个国家。入关区：比如，从俄罗斯过境到芬兰入欧盟关区，则需填写芬兰；又比如，从俄罗斯过境到拉脱维亚进入欧盟关区，则需填写拉脱维亚。之后在欧盟境内的任何国家都无须办理额外的车辆手续。出关区：比如，从希腊陆路出欧盟关区到土耳其，则需填写希腊；又比如，直接从德国海运回国，则填写德国。
- 注明每个国家的次数。每入、出一次关区记做一次，如果要多次通过同一国家出入同一关区，则需标注该国的实际次数。

3. 将货物总清单、ATA 单证册申请表、身份证照片通过电子邮件和传真提交至当地贸促会进行预审，预审时间为 2 个工作日。

4. 预审通过后，贸促会将下发 ATA 单证册付款通知单。

该通知单列明了 7 项办理费用，及车辆押金。自 2013 年 8 月开始，7 项办理费用中的前 5 项减免。所以，最终只要缴纳 25 元的其他费用，以及车辆押金。

车辆押金根据所填写的临时进口国中押金比例最高的国家进行缴纳。各国费率在车辆发票价格的 30%~80%。详见 ATA 官网《担保费率表》。

5. 拿着 ATA 单证册付款通知单去银行转账，并请银行工作人员在转账备注中注明用途为 ATA 单证手续费和押金。

6. 将银行转账凭证传真或复印件交至贸促会，最快 3 个工作日后即可取单证。

使用单证出境：

1. 驾驶车辆进入中国边境口岸时，会领到一张“出境车辆放行卡”。

2. 将车驶入口岸内并停放至指定停车处，先办理个人出境手续（在护照上加盖出境章）。

3. 再携带放行卡前往检验检疫窗口进行检验并盖章。

4. 然后携带车辆行驶证、ATA 单证册、放行卡至海关窗口查验并盖章。

5. 在此期间，边防武警会检查车辆及随车物品。最后将放行卡交给武警，即可驶出国境了。

单证的续期：

ATA 单证自签发起，单证本身的有效期为 1 年。但依据《中华人民共和国海关暂时进出境货物管理办法》规定，ATA 单证册项下货物复运进境期限为 6 个月（以海关签注为准）。

也就是说，如果出境自驾超过 6 个月，持证人本人需提前 30 个工作日向出境口岸的海关申请延期。申请时需携带 ATA 单证原件，并填写《续签申请表》（在官网下载），注明延期原因。

如果本人无法到场办理，可通过书面委托他人代办。委托书中需注明代办人的姓名、身份证号、委托事项。代办人需携带个人身份证、委托书原件、ATA 单证原件至出境口岸海关办理。对于 ATA 单证携带至境外的，可邮寄回国给代办人。

单证的核销：

ATA 单证册在使用完毕后须及时核销，原则上持证人需要在旅行结束后 15 日内完成。持证人需携带包含完整签注的 ATA 单证、车辆押金收据原件、收款账户信息，至原签发地的贸促会进行核销。核销后，一般在两周左右可收到退还的车辆押金。

更加详细的 ATA 单证办理、使用信息，可参见官网的申办流程和使用流程。

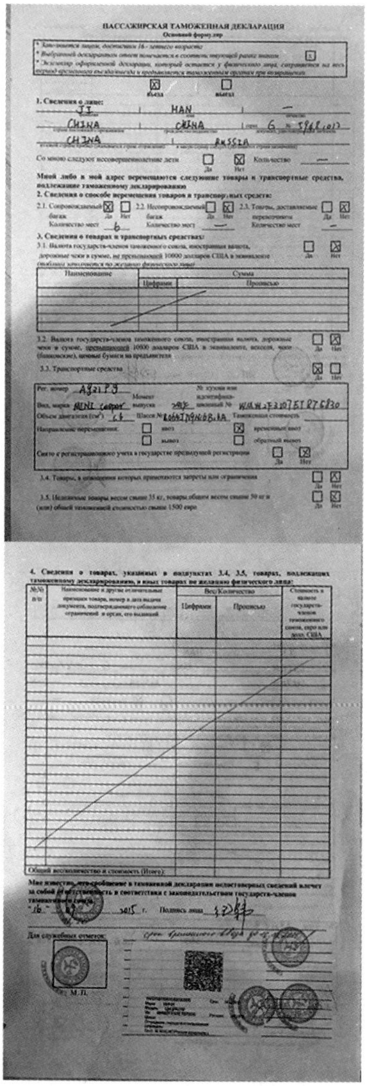

ПАССАЖИРСКАЯ ТАМОЖЕННАЯ ДЕКЛАРАЦИЯ

俄罗斯临时入境申请表

二、车辆出入其他国家国境

各国对外国车辆出入境的手续、车辆保险要求各有不同，以下分国家讲解。

俄罗斯

难度：★★

费用：无

办理过程：

1.在俄罗斯边境，先办理完个人入境手续（护照加盖入境章）。

2.之后边防会检查车辆及行李物品。

3.检查通过后，填写车辆临时入境申请表，有俄文版和英文版两种，内容包括车辆型号、颜色、车牌号、车架号、车主姓名、护照号、随车行李信息等。该表一式两份，一份入境关口留存，一份个人留存。

4.将填写好的申请表连同车辆行驶证原件、行驶证俄文翻译件交给车辆入境处官员录入系统，粘贴条码、加盖印章，然后就可以驾车入境。

5.保存好个人留存的申请表，在车辆出境俄罗斯时需要出具。

车辆保险：

俄罗斯没有交通强制保险，但交警会以没有保险为由索取贿赂，另外出于安全考虑，建议购买。在俄罗斯各个边境关口门外，有成片的小木屋出售短期保险，凭行驶证原件、行驶证翻译件即可购买。价格根据车型排量不同，我们购买的价格是 40 美金 /15 天。

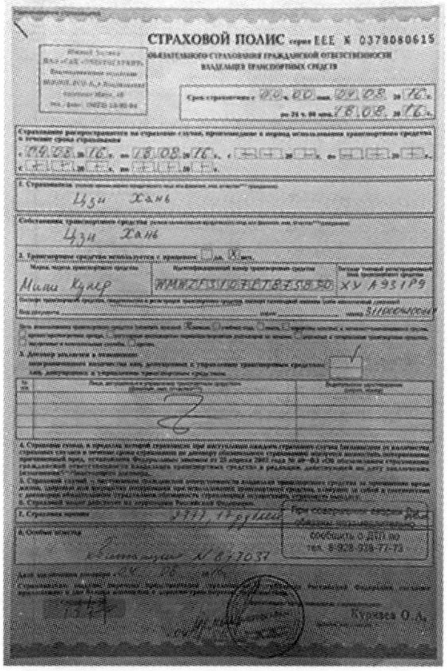
СТРАХОВОЙ ПОЛИС серия ЕЕЕ № 0379080615

тел. 8-928-938-77-75

俄罗斯车辆保险单

欧盟各国、挪威及英国

难度：★

费用：无

申根各国之间是没有边境检查的，个人使用申根签证时，只有首次进入申根区需要通过边检并加盖入境章。同样的，对于当作货物出口至欧盟的自驾车辆，也仅需在首次进入欧盟时办理相关手续，就可以在欧盟各国的道路上合法行驶。只要车辆不离开欧盟国家，就无须再办手续。

比如从芬兰进入欧盟，从希腊离开，则在芬兰办理进口手续，在希腊办理复出口手续，而途经的德国、法国、英国、西班牙、意大利等国家都无须再办理任何手续。

此外，挪威虽然是申根国家，但不是欧盟国家，以及英国正在脱欧中，但在自驾车的处理上，两国仍和欧盟保持一致。所以不论车辆是直接从瑞典开到挪威，还是通过渡轮或英吉利海峡隧道（铁路隧道，可以托运车辆）在英法之间往返，都无须另外办理手续。

办理过程：

1. 在进出欧盟国家边境时，先办理个人出入境手续。

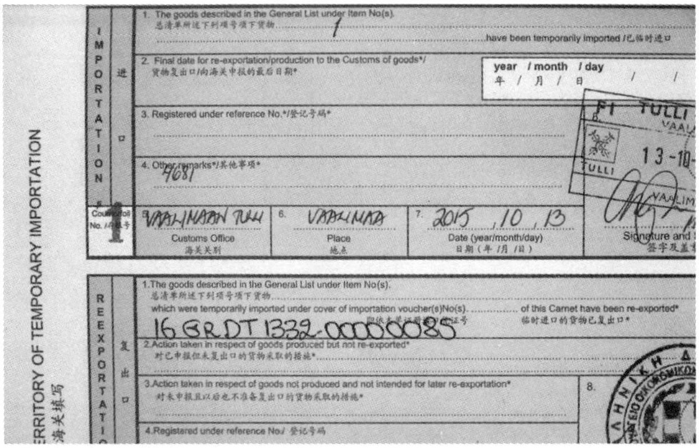
ERRITORY OF TEMPORARY IMPORTATION
海关填写

IMPORTATION 进口

1. The goods described in the General List under Item No(s).
总清单所述下列项号项下货物 1
......have been temporarily imported /已临时进口

2. Final date for re-exportation/production to the Customs of goods*/
货物复出口/向海关申报的最后日期*
year / month / day
年 / 月 / 日

3. Registered under reference No.*/登记号码*

4. Other remarks*/其他事项*
4681

Counterfoil No. / 存根号 1

VAALIMAAN TULLI
Customs Office
海关关别

6. VAALIMAA
Place
地点

7. 2015 10 13
Date (year/month/day)
日期（年/月/日）

Signature and S
签字及盖

FI TULLI
VAALI
TULLI
13-10-

REEXPORTATION 复出口

1.The goods described in the General List under Item No(s).
总清单所述下列项号项下货物
which were temporarily imported under cover of importation voucher(s)No(s). ...... of this Carnet have been re-exported*
临时进口的货物已复出口*
16 GRDT 1332-00000085

2.Action taken in respect of goods produced but not re-exported*
对已申报但未复出口的货物采取的措施*

3.Action taken in respect of goods not produced and not intended for later re-exportation*
对未申报且以后也不准备复出口的货物采取的措施*

8.

4.Registered under reference No./ 登记号码

上为芬兰加盖的进口签注，下为希腊加盖的复出口签注

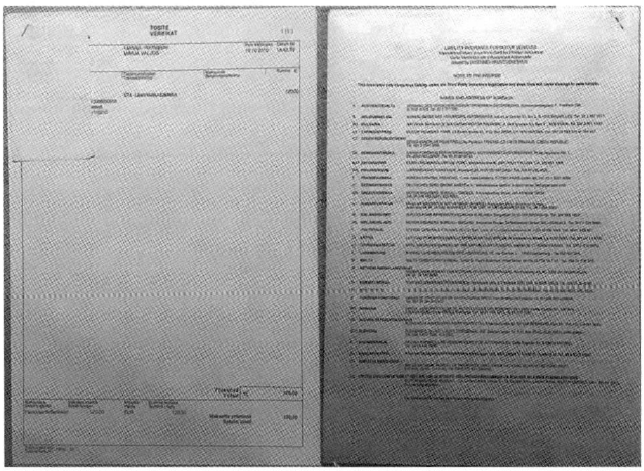

欧盟保险单和绿卡

2. 之后边防会检查车辆及行李物品。

3. 检查通过后，携带 ATA 单证册、行驶证原件、行驶证英文翻译件、个人护照，前往海关窗口办理手续。

4. 进入欧盟时，海关会在 ATA 单证册上加盖进口签注，离开欧盟时，则加盖复出口签注。

车辆保险：

欧盟及挪威、英国有交通强制保险，在海关窗口办理 ATA 单证册签注时会被要

求购买。不同国家的保险价格差距较大，我们购于芬兰的小型客车保险价格为 120 欧元 /30 天，仅包含第三者责任险，不含车损。保险带有一张绿卡，其上标明了认可该保险的所有国家以及对应的保险服务商。注意，保险有效期必须足够覆盖整个旅程，宁长勿短，过了关口再想要给外国车辆补买保险非常困难。

土耳其

难度：★★

费用：无

办理过程：

1. 进出土耳其边境时，先办理个人出入境手续。

2. 之后边防会检查车辆及行李物品。

3. 检查通过后，出示行驶证原件、行驶证英文翻译件、车辆保险，边检工作人员会根据行驶证将车辆信息录入系统。

4. 土耳其认可欧盟境内有效的车辆保险，如果没有，则可在关口购买。

5. 录入信息完成后即可放行车辆进出境内。

车辆保险：

土耳其有交通强制保险，但认可欧盟各国出售的有效车辆保险，比如上文中提到的绿卡。如果没有保险，则可在关口内的保险销售窗口购买。价格根据车型和排量不同，我们购买的是 250 里拉 /3 个月。

土耳其保险单

格鲁吉亚

难度： ★

费用： 无

办理过程：

1. 进出格鲁吉亚边境时，先办理个人出入境手续。

2. 之后边防会检查车辆及行李物品。

3. 检查通过后，出示行驶证原件、行驶证英文翻译件、车辆保险，边检工作人员会根据行驶证将车辆信息录入系统。

4. 格鲁吉亚认可欧盟、土耳其境内有效的车辆保险，如果没有，则可在关口购买。

5. 录入信息完成后即可放行车辆进出境内。

车辆保险：

格鲁吉亚有交通强制保险，但认可欧盟、土耳其境内有效的车辆保险，如果没有，则可在关口购买。我们使用的是土耳其购买的保险。

亚美尼亚

难度： ★★★

费用： 27150 德拉姆（约合人民币 383 元）

办理过程：

1. 进出亚美尼亚边境时，先办理个人出入境手续。

2. 之后边防会检查车辆及行李物品。

3. 检查通过后，携带行驶证原件、行驶证英文翻译件、驾照原件、驾照英文翻译件，前往关口内的报关行（Customs Brokery Agency）办理报关手续。当地司机插队现象严重，因此办理手续的耗时很长。

4. 出入境时，都需缴纳费用，根据车辆的型号、排量、生产时间等而费用不同。入境时，我们向报关行缴了 19550 德拉姆（约合人民币 276 元），包括：临时进口税、公路费、环保税、手续费。离境时，我们缴纳了 7600 德拉姆（约合人民

亚美尼亚报关行

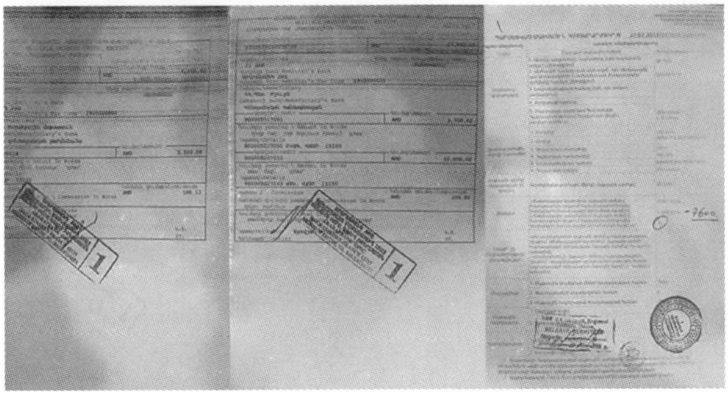

亚美尼亚入境（左、中）和出境（右）缴费证明

币 107 元），包括：复出口税、手续费。需使用亚美尼亚德拉姆现金缴纳，报关行内一般设有货币兑换点。

5. 缴费后，报关行会出具缴费证明和临时入境登记表，即可进入边境。

6. 保存好临时入境登记表，出境时需要出具。

车辆保险：

亚美尼亚没有交通强制保险，但交警在离境时会以没有保险为由索取贿赂，另外出于安全考虑，建议购买。在边境关口大门外，有成片的小木屋出售短期保险，有未成年人拦车兜售。凭行驶证原件、行驶证翻译件即可购买。

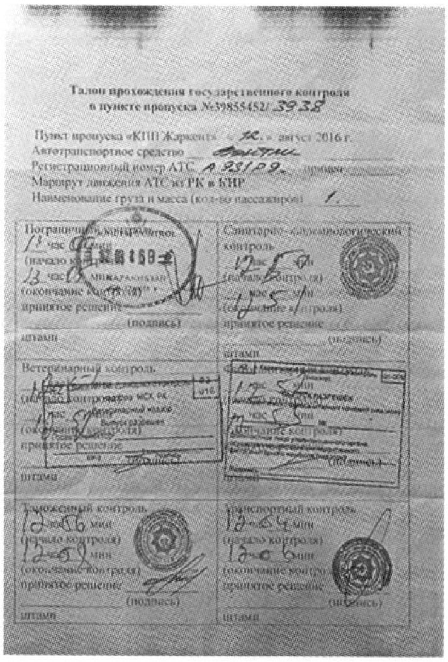

Талон прохождения государственного контроля
в пункте пропуска №39855452/3938

Пункт пропуска «КПП Жаркент» « 12 » август 2016 г.
Автотранспортное средство
Регистрационный номер АТС
Маршрут движения АТС из РК в КНР
Наименование груза и масса (кол-во пассажиров) 1.

哈萨克斯坦临时出入境登记表

АВАРИЙНЫЙ КОМИССАР
НУРПОЛИС
Серия ОС/ВТС/6 № 883710
САКТАНДЫРУ ПОЛИСІ/СТРАХОВОЙ ПОЛИС

哈萨克斯坦保险单

哈萨克斯坦

难度：★★

费用：无

办理过程：

1.进出哈萨克边境时，先办理个人出入境手续。

2.之后边防会检查车辆及行李物品。

3.检查通过后，携带行驶证原件、行驶证俄文翻译件，前往车辆入境窗口。

4.工作人员会将车辆信息录入系统，并交付填写好的临时入境登记表。

5.保存好临时入境登记表，出境时需要出具。

车辆保险：

哈萨克斯坦没有交通强制保险，但交警在离境时会以没有保险为由索取贿赂，另外出于安全考虑，建议购买。在边境关口大门外，有一些小木屋出售短期保险，一般是由和蔼可亲的中年大妈兜售。凭行驶证原件、行驶证翻译件即可购买。价格根据车型和排量不同，我们购买的是25美元/15天。

伊朗

难度：★★★★★

费用：昂贵。详见下方描述

驾驶中国车辆进入伊朗，不能使用ATA单

证册，而需要 CDP (Carnet de Passage)。CDP 被一系列国家作为自驾车辆出入境的必要材料。这些国家包括了部分中东、中美洲、非洲、南亚、东南亚、东亚、大洋洲国家，伊朗也是其中之一。

这些国家都遵从由 AIT (国际旅游联盟，Alliance International de Tourisme) 制定的公约性质条款，该条款规定了包括自驾车临时进口在内的一系列规则，本质上非常类似于 ATA 单证册。CDP 由各国的汽车协会或旅行俱乐部负责发放。据目前了解的情况，国内并没有能够直接办理 CDP 的机构，只有代办机构或自行联系国外机构办理，但并非所有的机构都可以为中国车辆办理，最新信息可参考 http：//overlandingassociation.org/。

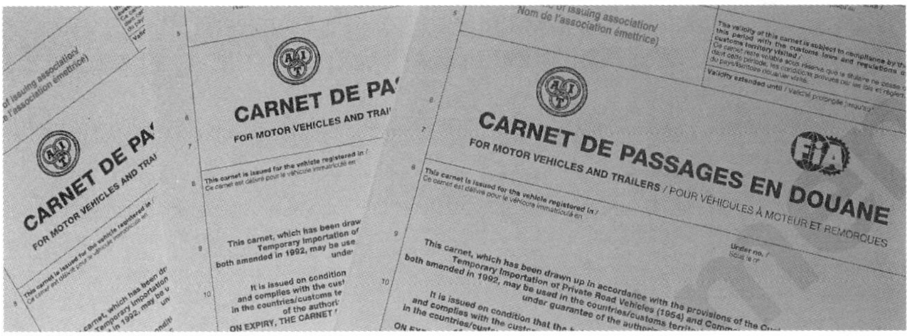

CDP

办理 CDP 也需根据车辆价值缴纳押金，但是与 ATA 单证册不同的是，个人办理的押金费率是车辆价值的 1~8 倍。比如伊朗的费率是 5 倍，二十几万的车就要缴纳百万的押金，成本极高。不过，一些国家的自驾俱乐部可以提供担保服务，付一些手续费即可免除押金，具体价格视情况不同，差距较大。

幸运的是，CDP 并不是进入伊朗的唯一方法。在伊朗边境活跃着两位神奇的侯赛因先生，都可以通过其他手续协助车辆通关。据说年纪较大的侯赛因先生是退休的伊朗海关官员，过去近 30 年一直在协助自驾旅行者办理车辆手续；年纪较轻的侯赛因先生从 2010 年开始服务跨国自驾旅行者，并提供车队向导、导游、民宿住宿等服务。

两位侯赛因先生提供的本质上都是一个车辆临时过境手续，由于一些不可知的因素，每次可以办理的出入境关口、入境时长、费用等随时会发生变化。

自驾者需要提前数周联系他们，以确定出入境时间、关口、保险等细节，费用根据车型、入境天数、出入境关口，通常在每车300~2000美元，也有可能更高。侯赛因会在出入境当日提前在关口等候并协助办理所有手续。

老年侯赛因先生的网站（www.iranoverland.com）和年轻侯赛因先生的网站（www.overlandtoiran.com）都有详细说明。

各国对于跨境自驾车辆的政策时有变化，本文根据个人2015—2016年的旅途经验整理，仅供参考。

每年圣帕特里克节都柏林（Dublin）都会举行盛大的游行，我们托朋友的关系，混进摄影媒体中，占了个看游行的好位置。游行中有一位演员扮演成圣帕特里克，这位身着绿色袍子、头戴金帽、手持金杖的爱尔兰主保圣人，便是节日名称的来源。

演员本身是个活泼逗乐的大叔，热衷和游客自拍，并且拒绝在“爱尔兰周”——节日所在的那一周——讲爱尔兰语，“因为我是威尔士人！”

确实，历史上的帕特里克并非爱尔兰人。他来自威尔士，出生于4世纪末，虽然父亲是位教会执事，年少时的帕特里克却是个不信教的叛逆者。16岁时，他被海盗掳到了当时被视为野蛮黑暗的爱尔兰岛，成为一个牧羊的奴隶。在艰难的为奴岁月里，儿时接触的基督教教义却在他心中滋长，帕特里克成为一名虔诚的信徒。

6年后，帕特里克逃回了家乡，并加入教会。在艰辛朴素的教会生活中，他感受到神在召唤他回到爱尔兰。这一次，帕特里克主动告别家人，踏上爱尔兰的土地，走遍这个绿色岛屿，去每个角落传播基督教。当时爱尔兰的主流信仰是万物有灵的德鲁伊教，帕特里克的宣教活动让他遭受迫害。当愤怒的异教徒企图用石头砸死他时，帕特里克急中生智，摘下一棵三叶草，形象地阐明了圣父、圣子、圣灵三位一体的教义。从此，三叶草成为爱尔兰文化的一个传统标志。

最终，圣帕特里克成功地奠定了爱尔兰的基督教信仰基础。461年3月17日，圣帕特里克逝世，爱尔兰人为了纪念他，将这一天定为圣帕特里克节。在他逝世后的几个世纪，爱尔兰的修道院都非常兴盛。

1916年复活节，即圣帕特里克节刚过不久，当时还在英国统治下的爱尔兰发起了武装起义。跟历史上无数次反英起义一样，这次起义仅6天之后便遭到镇压而失败。也跟历史上无数的起义者一样，这次起义的领导人被处以死刑。然而与历史不同之处在于，其中一位领导人被处决前已经身负重伤，按照当时人道主义的惯例，这种情况下是不能被处死的。但英国人为免夜长梦多，依然立即执行了死刑，这引起了爱尔兰人民的更大愤怒和国际社会的指责。

复活节起义6年后，爱尔兰终于获得了独立，爱尔兰人也决定把圣帕特里克节和国庆日合二为一。2014—2016年连续3年的圣帕特里克节依次以“过去、现在、未来”为主题，2016年的圣帕特里克节同时也是复活节起义100周年的纪念日，游行主题恰好是“想象未来”，可谓再合适不过。游行的青年也尽情地发挥着想象力，展现出光怪陆离的未来场景。

圣帕特里克在爱尔兰传教期间留下了许多神迹，其中之一便是他将蛇从爱尔兰岛上赶出去，从此爱尔兰便没有蛇了。1000多年后，游行中形似巨型的红白烟囱的巨蛇则象征着经济发展带来的工业污染。蛇的回归是爱尔兰人对未来环境的担忧与反思，巨蛇吞噬圣帕特里克场景，在欢乐的节日氛围中增添了一抹隐忧。

尽管圣帕特里克节就起源而言是个宗教节日，如今的游行者思考的问题却相当现实。比如当人口越来越多，未来的人类都如何居住呢？游行中出现了各种各样的未来风格的房子：可能住在树上一个鸟巢里，在各自的蛋里面弹琴歌唱，开个愉快的“轰趴”（Home Party）；可能住在一个摇摇屋里，将盆栽和浴缸一起放在屋顶，在阳光下露天泡澡，和花花草草一起进行光合作用；还可能是飞屋，让大群的彩色气球带着在天空中游历探险，拥有脱离地面的自由。

巨大的紫色人体器官跟随在形形色色的房子之后，从人群中飘过，蓝头发、银脸庞的年轻男孩女孩在电子乐中缓慢摇晃出迷幻的舞蹈。这是大西洋岸边的中学生对未来的想象——如果照相机、手机、电脑等的功能，被植入我们的眼睛、手、大脑、唇舌；如果人体拥有一切功能，如果人类就是技术。

当然也有更乐观的想象，对未来还抱有无尽的希望。年轻的男女装扮成奇异的动物、树木、花朵与水果，笑着跳着从人群与快门声中经过。未来的“绿宝石岛”爱尔兰很有可能依然翠绿夺目，90% 以上被森林覆盖，奇花异草满地，奇珍异兽嬉戏。

至于那些穿着东亚式袍子、戴着类似京剧头冠、化着不知哪国妆容、举着日本武士刀的游行队伍，大概就是有时候连印度和中国都分不清的西方人的东方幻想，或者说对于全球化带来的世界融为一体的描绘。

我们站在媒体大巴高处望着游行最末那批穿着夸大橙黄色袍子的火星人，以及那位举着短剑有多个面孔的外星人通过，谁也说不清楚未来的人类会在浩渺的宇宙中有怎样的运气。但在古老的节日想象或近或远的未来，倒不失为一种严肃的浪漫。

都柏林的门，爱尔兰

Two

02 四月节

诗人艾略特（Eliot）说“四月是最残忍的月份”，那么塞维利亚人偏要从这残忍中寻求到最热情。

4 月的塞维利亚（Sevilla）仿佛载歌载舞、艳光四射的明星，有时是一位花开遍地、裙裾飞扬的美丽女郎，有时亦是一名束腰蹬靴、得意扬扬的风流绅士。

这是浪子唐璜的城市，传说这个英俊倜傥、玩世不恭的男子，能轻易俘获每个女人的心，一生中有数百场艳遇。英国诗人拜伦的《唐璜》，以塞维利亚为背景，开篇便是：“他生在塞维利亚， 座有趣的城市。”

这也是吉卜赛女郎卡门的城市，作家梅里美（Mérimée）笔下这个率真放荡的美女，先勾引了一名士兵，后来又移情一名斗牛士，绝望的士兵将她刺死在塞维利亚的斗牛场外。然而现在塞维利亚的斗牛场前还有这美艳女郎的塑像，为她创作的歌剧至今仍在回响：“爱情是一只自由的小鸟，谁也别想把它驯服……你不爱我，我也要爱你，只要你被我看中，你可就要当心！”

我们算好了日子，仲春时来到这座城市。此时，头上不顶着一朵花、裙子的颜色不够鲜艳，是不好意思出门的。美丽女郎与风流绅士浪荡满城，欢庆着安达卢西亚最不容错过的盛会——四月节（Feria de Abril）。

这是一个只属于安达卢西亚首府塞维利亚的节日。安达卢西亚（Andalucía）位于西班牙最南部，阳光似火，最南端与非洲仅相隔 17 海里，一侧是地中海蔚蓝的波涛，另一侧是大西洋茫茫的海浪。罗马人、阿拉伯人先后统治过这片地区，留下了美丽的摩尔式建筑与交融的多元文化。

在这片洋溢着浓厚异域风情的土地上，塞维利亚的四月节无疑是最浓墨重彩的一笔。节日起源于 1847 年 4 月 18 日，当时的西班牙女王伊莎贝拉二世批准在塞维利亚举办一个农贸集会。仅仅一年之后，热情奔放的塞维利亚市民，就将这个农作物、牲畜交易的市集，变成一个充满节日氛围的盛会。当时的公爵和公爵夫人在市集上搭了 3 间颜色亮丽、装潢华丽的帐篷（caseta），而后城内的居民纷纷模仿，人们在帐篷里与亲友聚会，载歌载舞，畅享美酒美食。这一传统便延续至今。

现在，每年的四月节在复活节后一周举行，为期一周，举办地点固定在塞维利亚市郊的一处叫作 Real de la Feria 的空旷场地。平时那里人烟稀少，而每到春光明媚的 4 月，则会如雨后蘑菇般，平地拔起一顶顶花纹各异的帐篷，还有大量嘉年华的游乐设施。一周之后，一切又如幻影般消失无踪。

美丽总是虚幻的，但我们仍忍不住伸手想握住一点海市蜃楼的光景。站在古老的市中心，节日的氛围从大大小小的商店开始蔓延，店铺内、橱窗里都摆着大量的艳丽长裙、披肩与花朵发饰。这些美丽的服饰，便是四月节最具特色的看点。

19 世纪出没于塞维利亚的吉卜赛女郎的装扮，吸引了平时穿着严谨拘束的塞维利亚贵族妇女的视线。热情、洒脱、放荡的吉卜赛女郎，她们摇曳的鱼尾裙摆、突显腰线与臀线的裹身设计、露出脖颈与锁骨的 V 字形领口、旋转舞蹈时飞扬的披肩流苏、夸张的大耳坠、头顶的娇艳花朵，散发着致命的诱惑。

于是，塞维利亚的女郎，从贵族到平民，从小女孩到老妇人，无一不在四月节上放纵自我，也装扮成吉卜赛女郎的样子，在那短暂的一周、易逝的春光中抓紧时机，体验做“一只自由的小鸟”是多么美妙的感受。

传统上，男士们要穿着短夹克、紧腿马裤、长靴，戴平顶礼帽，而像斗牛士那样绣金线花纹的外套，更加令人瞩目。不过，如今只穿着正式的西服也可以接受，但便装依然会被节日的帐篷拒之门外。

考虑到可能要饮酒，我们和一群西装男士、鱼尾裙女郎一起乘公交车去往四月节的场地。车越靠近场地，道路上穿着节日服装的男女就越多。“噔噔”响的小高跟鞋踏在道路上，女郎手挽着男士匆匆往前走，赶赴 4 月的聚会。车在场地附近停下，门一打开，鱼尾裙裹挟着我们便下了车。我匆匆从包里掏出前一晚刚买的深红与粉紫头花戴上，一边后悔没有准备好裙子，一边埋汰纪先生着装太随意。

随着人流穿过两座高塔护卫的拱门，便走进了四月节。马车慢慢地穿梭在节日场地的每一个十字路口，马匹都经过精心装饰，或戴着花，或挂着成串铜铃，或垂坠着飘逸流苏。马夫也都是传统的打扮，而坐在精致华丽的车厢里的客人，或举着酒杯高谈阔论、仰头大笑，或低头携手、窃窃谈笑。也常常有高头大马从街上穿过，骑马的男士眨着地中海般深邃的蓝眼睛，洋溢着比春天热情十万倍的笑容，打量着四周美丽的女郎。

实际上，2016 年四月节的第一天阳光明亮却又下着点小雨。天气有点微寒，但这些身着艳丽鱼尾裙的女郎丝毫不在意，她们成群结队地从我们艳羡的目光与闪个不停的快门中穿过，有时候年轻的女子露出羞涩的微笑，有时候成熟丰满的少妇摆出诱惑的姿势。而那些孩子们更愿意与我们打招呼，大声喊着“Hola”（西班牙语“你好”），有点扭捏，又有点得意地在我们面前成群结队地站好，摆出舞蹈的姿势。

音乐、舞蹈、美食、美酒是四月节的主题。每当帐篷里音乐响起——有些帐篷还有现场乐队演出，即便是帐篷外的人，也会即兴两两成对地跳上一段不断旋转回环的塞维利亚舞。无论男女老少，无论高矮胖瘦，舞姿最美的那个最具魅力。有胖胖的女士姿态轻盈，有胡子头发花白的老绅士挺直腰板，举手投足无不优雅。成片的鱼尾裙扫过阳光，光亮的皮鞋溅起土地上的雨花，我们看见热情在熊熊燃烧。

Rebujito（一种用小橄榄和雪碧混在果汁里的冷饮）与 Sangria（一种红葡萄酒兑雪碧撒肉桂粉的冷饮）是舞蹈间歇最不可或缺的助兴妙方。人们时常举着酒杯就舞了起来，而覆盖着小碎花桌布的餐桌上还摆着一碟碟精巧可口的 Tapas（西班牙小食）。

然而对旅行者而言，遗憾的是，四月节是属于亲朋聚会的节日，绝大多数节日帐篷都是私人搭建，可能是家族、可能是朋友、可能是某个公司机构，总之外人是不能入内的。因此，大部分时候我们都只能在撒满黄沙土的街上穿梭，在马车夫热情的吆喝声中，迷醉于来来往往的鱼尾裙摆之中。

不过，塞维利亚旅游局也安排了一些大型的公共帐篷，任何人都可以进去小坐，喝一杯冰冽的小酒，随着热情似火的音乐，笨手笨脚地跳几段现学现卖的塞维利亚舞。旅游局员工也定期提供几趟免费游览，带领我们这帮看热闹的游客穿过各色装潢的帐篷，一边讲述四月节的来龙去脉，一边带领大家来到巨大的公共帐篷里，喝一杯免费的 Rebujito。

显然我们的运气更好一点。途经一个小帐篷的时候，我俩被里面美妙欢快的音乐吸引，驻足在外眺望了几眼。正在帐篷外休息的主人发现了我们这两个满眼艳羡与好奇的东亚人，虽然语言不通，他仍热情地笑着比了个邀请的姿势，引领我们进入他们小小的帐篷内，欣赏几段精彩的塞维利亚舞。

这个帐篷的主角似乎是一对正在热恋中的年轻人，他们各自站在一排年轻男士和一排年轻女郎中，随着音乐相对起舞。男子扶着女郎曼妙的腰肢，女郎举着手、旋转间始终与男子四目相对，在舞蹈中靠近的时候，彼此情不自禁地为对方献出一个吻。

“四月是最残忍的月份，从死去的土地里培育出丁香，把回忆和欲望混合在一起，用春雨搅动迟钝的根蒂。”[1] 仲春万物生发，盲目的生命不顾一切地绽放，破坏掉一切迟钝的、沉闷的。在4月的塞维利亚，你若遇见唐璜，可千万别心碎；你若遇见卡门，也千万别错过。爱情若只是昙花一现，拥抱亲吻时多么电光火石，撒手时便该多么潇洒干脆，如翻飞的流苏与裙摆，如这两人目光中的风情万种。

顺便一提，四月节期间的塞维利亚是不放假的。这些载歌载舞的人群，理论上白天都应该在上班，夜里赶来此处，狂欢至深夜。所以黄昏后的节日帐篷更为热闹，音乐更为奔放，舞蹈更为热情。至于他们第二天是怎样有那样好的精力再去工作，我们就不得而知了。

毕竟生命短暂、春光易逝，不如活得像个真正的塞维利亚人，偏要从这残忍中寻求到最热情。

---

1 本文中艾略特的诗歌《四月》采用的是汤永宽的译文。

鱼尾裙姑娘，塞维利亚，西班牙

Three

弗拉门戈 03

吉他声响起，一胖一瘦、一老一年轻的两个男子轮番唱起了歌。他们的眉头皱起，击掌打着节拍，声音如泣如诉，时而悲伤，时而愤怒。然后穿着红色裹身大摆长裙的中年女子登场，高跟鞋在地板上踏出应和的节奏，手中的响板敲响，与吉他声、歌声交错。在手、腕、臂、腰、臀的舞动之间，女子的表情坚定而严肃，略微发福的身材与脸颊显然饱受风霜。

台下的观众一片寂静，黑暗中唯有小小的舞台笼罩在灯光下。我们就坐在第二排的位子，女子转身时，长裙仿佛朝着我头顶袭来。

塞维利亚其时正逢四月节，满街都是穿着艳丽鱼尾裙、头顶硕大花朵的女子，她们在春季温暖的阳光下绽放热情的笑容，给予旅行者一个想象中的安达卢西亚幻影。唯有夜幕降临，小酒馆里开始上演弗拉门戈（Flamenco），这片土地的悲痛与苦难才在太阳熄灭后展现。

安达卢西亚位于西班牙南部，最南端与北非只隔着一道狭窄的直布罗陀海峡。8世纪初，摩尔人自南向北跨过海峡，入侵伊比利亚半岛，很快占领了大片土地。此后，北方的天主教势力与南方的伊斯兰军队对抗不断，不同种族的人们打马走过荒原，不同信仰的士兵进出一座座城堡，生与死、笑与泪、爱与恨、光复与被光复的循环上演了数次，文化与民族冲突又交融。直到700多年后，在哥伦布发现新大陆的1492年，西班牙才收复摩尔人在伊比利亚半岛的最后一个王国的首都格拉纳达。

如今的半岛上随处可见摩尔人留下的遗迹，塞维利亚老城中心那座草木繁茂、流水淙淙的王宫（Alcázares Reales de Sevilla）便修建于摩尔人占领西班牙时期。这是一座美轮美奂、充满了伊斯兰风情的宫殿，屋子与回廊都呈现精巧的对称结构，华丽繁复的几何图案瓷砖与阿拉伯文的装饰贴满了墙面，缀金的拱顶如同太阳般辉煌夺目。整个王宫充满了数学之美，也充满了历史烟云消散后独特的宁静感。

王宫里还有一座巨大的花园，春夏之交绿树繁茂、鲜花盛放，炎热的空气与咸涩的风扑面而来。环绕着花园的回廊高大古朴，我们曾站在二楼俯视着花园内外，想象这座城市曾经多么繁盛——西班牙殖民美洲时期，大批的黄金和白银运送至塞维利亚，那时候这座城市到处闪耀着狂喜的金光。

与此同时，许多没有回到北非的摩尔人流离失所。在几个世纪的时光中，安达卢西亚早已成为他们的故乡。而在战乱中失去了家人的穷苦天主教徒，不知到底该憎恨这些无家可归、不肯改变信仰的异教徒，还是只能责怪命运的无情？

这片土地上还有犹太人和吉卜赛人。没人能说得清吉卜赛人究竟从何而来，当他们出现在城市与文字中时，已经是一个流浪的民族了。男人通常以贩马、剪羊毛、当兽医等方式谋生，当然还有做走私或其他不正常行业的，女人们要饭、算命、兜售奇奇怪怪的药品等。

正是在这样的时代，弗拉门戈逐渐形成了。它与吉卜赛人的流浪紧密相关，但它的起源和形式又是独特的、安达卢西亚的。弗拉门戈是安达卢西亚许多不同文化形式的融合，是历史的反复无常造就的艺术与生活。这些离乡背井、穷困潦倒的人组成了安达卢西亚最底层的社会，随着他们发出的呐喊，弗拉门戈作为一种艺术、一种生活而诞生。

这是穷人与受迫害民族的音乐和舞蹈，由歌唱、吉他、舞蹈、叙述、击掌、响指组成。从一开始它就不曾有过丝毫的高贵、端庄、克制，沙哑的歌声吟唱着悲伤与愤懑，清脆的吉他声弹奏着岁月和沧桑，热烈的舞蹈表现着苦难与挣扎。生命中总是欢乐少而悲苦多，弗拉门戈是哭泣、是控诉、是沉沦至最低处唯一的希望，未曾经历悲痛的人是不足以表演弗拉门戈的。

根据作家梅里美的小说《卡门》改编的歌剧也许是世界上最著名的弗拉门戈，但美艳的卡门并不是弗拉门戈的全部。一般而言，好的歌手、乐手和舞者总是历经沧桑的，年月在他们的面容与心灵留下了不可磨灭的印迹。法国女作家杜拉斯（Duras）的一句话恰好适合弗拉门戈——“比起你年轻的美貌，我更爱你那饱受岁月摧残的容颜”。

那天夜晚我们坐在塞维利亚小街巷的酒馆里看演出，昏暗的灯光中3位舞者轮流上场，每一个都是中年女性。第一位个子中等，身材微胖，表情中有肃穆的悲伤。

弗拉门戈舞者，塞维利亚，西班牙

在一场舞蹈之后，她再度登台，在一位吉他手的伴奏中高声歌唱。她的歌声如同在赌誓、在咒骂，于苦痛的沼泽深处不肯妥协半分。

第二位身材高大、健硕，敏锐的眼神中带着凶狠，梅里美在《卡门》里写道“波西米亚人的眼睛是狼的眼睛”“家猫在捕捉麻雀时的眼光”，大抵就是这样。她显得威猛又强硬，像卡门的宣言：“跟着你走向死亡，我愿意，但不愿意跟你，一起生活……你有权杀掉你的罗米，但卡门永远是自由的！”

第三位舞者矮小纤瘦，一袭黑色裙子，配一块猩红色流苏披肩，如同失去了一切般绝望。随着激烈的舞步，她原本盘起的头发在高昂的歌声与吉他声中散开，头顶的花朵也掉落舞台，但她毫不在意，只继续决绝地舞蹈，像是生命的最后一次盛放。

听不懂歌词，也不能明白这一幕幕爱恨情仇是怎样的剧情，但舞步、响指、击掌已足够震撼观者的心灵。那些中老年男歌手和吉他手身材肥胖或瘦削，称不上英俊，那些中年女舞者皮肤皱褶、鱼尾纹明显，也称不上美丽。但他们显得如此好看，那是一种真实的、不矫饰的、沉重的美。

这是日复一日的磨难、危险与谎言中保留下的那颗最珍贵的真心，从底层生活中迸发出的赤裸裸的原始魅力，以及风霜刀剑严相逼中的情感光辉。也许白天属于繁荣、快乐和富足，弗拉门戈总在夜晚上演，小酒馆里的人围成一圈击掌歌唱，乐手如行云流水或疾风骤雨般扫出一段旋律，圈中的舞者即兴起舞。

当 3 位舞者完成了个人表演后，舞台上便呈现出如此近似狂欢的景象。疯狂的喜悦随着 3 位舞者飞舞旋转的裙摆扫过整个舞台，观众也不再寂静无声，随着音乐一同用力地击掌。歌手的声音一阵高过一阵。如果生命总是欢乐少而悲苦多，那么此刻就尽情手舞足蹈，享受欢乐吧。

我们紧绷的面孔与神经也随之松弛，手掌拍得通红却感觉不到疼痛，趁桌上的桑格利亚汽酒还冰着，赶紧一饮而尽。酒精让我们的灵魂飘荡起来，更简单直接地去爱、去恨、去哭、去喊。

最深刻的悲伤、最强烈的狂喜，没有暧昧不清的中间值。此刻小酒馆外已经是无声的黑夜，但室内正在用一场短暂的狂欢来庆祝命运中无可避免、无处不在的漫长悲痛。

Four

04 斋月第一天

发现伊斯坦布尔我唯一觉得好吃的餐厅关门的时候，我感到万念俱灰——斋月（Ramadan）来临了。

根据维基百科的解释："伊斯兰历第九个月，该月名字意为'禁月'，是伊斯兰教穆斯林的斋戒月，亦是12个月中最神圣者。这个月是真主安拉将古兰经下降给穆罕默德圣人的月份。古兰经里亦明言规定符合条件之穆斯林必须于此月守斋戒，每天从日出到日落期间停止饮食、性交等活动，日落后直至晨礼前都可正常作息吃喝，晨礼拜一起便又进入斋戒状态。"

斋月被认为是对意志的考验、体验穷人饥渴交迫的艰辛生活。简而言之，在整整29天或30天时间里，只要天还亮着，就不能吃不能喝。

当然旅行者不必守斋。尤其在西化史比中国改革开放时间还长、物价比一半欧洲城市都贵的伊斯坦布尔，大批的土耳其烤肉餐厅依然开门营业，去巴扎买东西的时候还是有店主奉上一杯热腾腾的苹果茶，蓝色清真寺前卖烤玉米和烤栗子的小贩照旧吆喝。但是我唯一觉得好吃的餐厅关门了，我感到万念俱灰。

傍晚时分，我们沮丧地徘徊在老城区的街道上，靠吃从尚未关门的店铺里买的又大又甜的无花果来弥补低落的心情。蓝色清真寺前的露天小剧场中不知道谁正在演讲，里三层外三层围满了密密麻麻的人群，从清真寺前一直蔓延到对面的圣索菲亚大教堂。但土耳其语我是一句听不懂，我只管吃我的无花果。

突然间，一声巨大炮响响彻天际，人群一阵骚动。我心里一惊：恐怖袭击吗！

正欲飞奔逃走，发现周边的人群都喜笑颜开。恐怖袭击似乎不应该这么高兴吧？

紧接着又一声巨大炮响，我满是疑惑，向小剧场望去，演讲已经结束了，人们冲向舞台争相与演讲者握手合影；蓝色清真寺的宣礼塔响起了日落时的吟唱，但四目所及，没有人跪下来朝着麦加的方向做礼拜；再看清真寺与大教堂中间的广场，摆满了白色的餐桌餐椅，人们乐滋滋地捧着类似飞机餐的那种纸饭盒过来，招呼着朋友家人一起坐下。

原来，那声炮响不过是告诉人们：日落了，可以吃吃喝喝了。

就这样，一场盛大的吃喝在伊斯坦布尔老城中心拉开了帷幕。蓝色清真寺点起了灯，人流汇成漫长的队伍，指向发放免费食物的餐车。广场上摆满了成百上千张桌椅，还有无数的人席地而坐，草坪上、树荫下都在进行热闹的聚会。

戴头巾的妇女带着两个活蹦乱跳的孩子，推着装有 3 份盒饭的婴儿车；黑纱蒙面的女子坐在丈夫旁边，将头埋到餐桌底下去吃东西，以免别人看见她的面庞；染了金发、短袖短裙的年轻女士和几个朋友坐在一桌，指间香烟缭绕，边吃边聊；胡子拉碴的男青年一个人窝在暗处的草地上，将冷冰冰的面饼浸入深褐色的冷汤中。

餐车的工作人员正忙得紧，以近乎疯狂的速度向排队的人群发放食物，收垃圾的工人也以疯狂的速度收拾了满桌的饭盒。人流络绎不绝，仿佛全伊斯坦布尔的人都涌过来了，享受日落后的一餐饭，并且一边吃、一边自拍、一边上 Facebook。

可是，我怀疑这其中有多少人是真的一整个白天没吃东西的，毕竟他们看上去精神奕奕，而且下午的街边咖啡馆还热闹得很。据说大量的土耳其人不会严格守斋，毕竟这是个政教分离、世俗化多年的国家，地处亚欧交界处的伊斯坦布尔的文化更是多元丰富。但这并不妨碍他们夜里聚集到蓝色清真寺前，满心欢喜地吃一餐免费的“开斋饭”、听几场演讲、看几场表演、逛几圈夜市。

伊斯坦布尔的老城区俨然变成一个大夜店。小剧场里的演讲者早换成了一身传统服饰的中老年乐队，鼓手以极其夸张的姿势敲击两面大鼓，不断重复的旋律与歌声受到了观众们的热情唱和：女人们一边喂孩子吃冰激凌一边摇头晃脑地跟着打节拍，男人们举着手机不停拍照，老人拎着几个购物袋乐呵呵地看。

购物袋——作为一名敏锐的女子，我立刻被不远处那一片彩灯闪耀吸引了注意力。我记得平常白天那地方是一处小集市，下午就会结束营业。但此刻灯光明亮、人流汹涌，显然有什么异常。赶紧顺着人流，穿过一片狼藉的餐桌、蹦蹦跳跳的孩子与猫狗、摇头晃脑歌唱的人，来到集市入口，抬头一望，高大门楣上的名字换了新的——老食品和艺术巴扎（Old Tastes and Arts Bazar）。

商铺显然不是白天兜售旅游纪念品的那一批了。琳琅满目的都是土耳其特色的手工艺品与甜品。花纹细碎繁复的瓷碗、釉色优美的瓷器摆件、花纹优雅的手工瓷砖、现场吹制的玻璃摆件和首饰、绘有复杂伊斯兰图案的精致木盒、纯皮制作的奥斯曼风格鞋子……还有敲敲打打而成的土耳其羊奶冰激凌、过于甜蜜的果仁点心和软糖、用发酵大麦酿成的布沙酒，在夜幕彩灯照耀下，显得格外诱人。

首饰铺子前，一名男子正拿起一条项链给戴着头巾的妻子试戴；玻璃铺子前，围观的男士礼貌地给个子矮小的女士让出位置，请她们站到前面去看吹玻璃的奇妙过程；木盒铺子前，人潮涌动，讲英语的游客对着精致的盒子发出连声赞叹，不会讲英语的店主虽听不懂，却笑开了花；瓷器铺子前，人们不问价就直接挑选，可惜每件都好看，比较半天还拿不定主意；皮鞋铺子前，裹着长袍的穆斯林妇女人潮涌动，旁边的大妈也看上了我试穿的那双尖头翘起的小红鞋……

游客来到伊斯坦布尔常常拥到著名的大巴扎去，然而斋月期间大巴扎里许多商户都歇业了。反而此时才出现的这个小小夜市，看起来竟是比大巴扎好得多的市场。在这里，卖东西的人就是制作东西的人，标价不会像大巴扎里虚高（得喝过一轮茶、扯上半小时才讲得下一个最终也不知道合算与否的价格）。

事实上，这夜市上的大部分货品的价格远比大巴扎里要低，一些店主甚至放弃了旅游旺季时跟游客周旋的那一套，直接标的就是实价，你若觉得贵不买便是，讲价几乎无可能——费工夫制作这些东西的心血，就是他们标出的价格。

土耳其商人热情好客的传统却始终不变，还是爱跟客人聊天。卖瓷砖瓷摆件的老板告诉我们，多年前他去参加上海世博会土耳其馆的展览，夜里迷失在巨大的魔都，走了 3 个小时都找不到回酒店的路，但他还是热爱那个夜色中安静又繁华、人们不太会讲英语但非常有礼貌的上海。

他也不像大巴扎的商人那样喜欢用玄妙的介绍吸引客人，直说那些挂着的瓷砖是他学生的作品，托钵僧旋转舞的瓷器摆件是自己亲手做的，原本只成套卖，不过单卖一个给来自上海的我们也行，可单价多少他也不知道，得查查清单。

另一个摊位里卖鞋的青年说他住在靠近叙利亚的那个城市，非常美丽，建议我们去玩，“别害怕，我们那里不打仗”。这些美丽的手工皮鞋只趁斋月的夜市来伊斯坦布尔卖一个月，然后他就回家乡继续开他的店。如果款式颜色想要自己指定，等一个星期他会做出一双新的来。水牛皮做底、羊皮做面的鞋子在伊斯坦布尔的大巴扎里叫价三四百里拉，在番红花城的鞋匠店里也要 200 多里拉，但在这个夜市 200 多里拉可以买两双，再赠送两只皮鞋小挂饰。

当然讲价是在土耳其买东西不变的特色，但别指望能像在游客区或者大巴扎里那样砍到半价甚至更低。买的件数稍多的话，可能会有 5%~10% 的折扣，再想低便真的不卖了。大概少有游客会选在斋月来伊斯兰国家吧，这样聚集了全国各地手艺人的夜市更多是开给本地人的，价格实在、东西更好。

小小的露天空间里人头攒动，人们举着 3 里拉一杯的布沙酒——那里面撒了干鹰嘴豆粉和肉桂粉，去食品铺子买几块甜腻得惊人的点心，走过一个个灯光明亮的摊位。跟大巴扎同样价格的瓷碗颜色和花纹都好看了几倍，比大巴扎便宜的小首饰也颇受当地人欢迎。这些店主不会像大巴扎的商人们那样邀请你坐下来谈一谈、喝杯苹果茶，他们忙着一边做东西一边卖东西，细密画家躲在摊位后画画、镶嵌工匠在将金丝与贝母敲进木盒子、戴头巾的大妈在编织彩色的桌布……仿佛将斋月过成一个艺术节。

我们便也乐滋滋地入乡随俗过起了土耳其特色的斋月——无论白天吃没吃东西，晚上也喝杯布沙酒、吃一份甜点，看完小剧场的现场音乐演出，再逛逛夜市，买几件心仪的小东西。深夜回旅馆路过伊斯坦布尔我唯一喜欢的餐厅，发现它还关着门的时候，虽然我依然有点万念俱灰，但想想手里还拎着一小盒来自夜市的坚果制成的点心，便作罢。

洗漱完毕时，斋月第二天已经来临，夜里的鼓声已经响起第二遍，不能吃喝的日出时分显得十分迫近，清晨的唤礼再过一会便要响起。我们正要睡觉，这天晚上会有一位刚结识的土耳其商人带我们去吃传统的奥斯曼烤肉。

自拍，伊斯坦布尔，土耳其

Five

旋转舞 05

灯光暗了下来，围绕着圆形表演场地的看台上的观众也随之静默。场地里的一个角落摆着一块地毯，披着黑色斗篷的乐手缓慢地鱼贯而出，一个接一个来到地毯前轻轻地鞠躬，然后走向属于乐队的角落，在各自的位置站立好。

接着登场的是一排舞者，他们戴着驼色高帽、穿着黑色斗篷，衣领和袍底露出内里的白色衣衫，宽袍大袖里的双手交错在胸前，沿着场地的一道圆弧站好。此刻，灯光照亮了角落的那块地毯，一位老者出现，他的头上除了帽子，还缠着一圈头巾，显示出与众不同的身份。

他朝着对面的地毯鞠了个躬，再走过去在地毯上站定。灯光霎时间灭了，只剩下一盏灯照亮老者站在地毯上轻轻鞠躬的身影，长长的影子投在木地板上，仿佛一块肃穆的碑。

老者在地毯上跪坐好，舞者也随之跪坐。乐队中的一人开始唱诵，鼓声响起，奈伊笛等传统的土耳其乐器奏响空灵、忧伤的音乐。老者和舞者深深地鞠躬行礼后，便站起身来。一个舞者来到老者身前，两人朝着对方鞠躬问好，接着下一个舞者再过来与前一个舞者互相鞠躬问好，如此一一循环地走动，构成一个圆圈。待问候完毕，老者和舞者都回到原本的位置，再次站定。

除了第一个人，其余人纷纷脱下黑色斗篷，露出里面宽大的白衣白裙白裤，腰间缠着一条黑色腰带。第一个人走到老者对面，朝他鞠躬，接着白衣舞者双手交叉抱着双肩，一个接一个从两人之间走过，在交错时鞠躬问好，交错后便以左脚为支点，缓慢、优雅地旋转了起来。

随着舞者不停地旋转，裙摆飞舞而起，每个人都变成一个恍惚的白色圆形。他们的旋转并不快，但均匀、持续，没有丝毫迟滞，也没有片刻停留，脚步一点点踏出，围着场地形成一个缓缓旋转的整体。在这神秘的氛围中，舞者的双手逐渐伸展开来，右手朝上、左手朝下，表情也愈加忘我，灵魂仿佛随着音乐与旋转脱离了这个世界。

这就是苏菲派托钵僧的旋转舞。那时我们坐在看台上，眼前翻飞着不断旋转的舞者，耳朵里传入迷幻的旋律，观赏着这与神沟通、结合的舞蹈。

苏菲派（Sufism）是伊斯兰教中一个神秘主义的派别，他们大胆地将真主称为自己的情人，他们的信仰如同对真主痴迷的爱恋，而且苏菲派认为，世间再没有比这样的爱更美妙的了。旋转舞的创始人是一位苏菲派的大学者、著名的波斯哲人与诗人杰拉莱丁·鲁米（Celaleddin Rumi）。13 世纪初，鲁米出生在巴尔赫（今阿富汗境内），他的父亲是一位苏菲长老。蒙古大军入侵巴尔赫时，鲁米全家迁往土耳其的科尼亚（Konya），从此长居于此。

40 岁那年，一位蓬头垢面的游方苏菲闯进了鲁米正在向学生传道授业的课堂。这流浪汉一把抱住鲁米，大喊着："我来了，那么你呢？"那一刹那，鲁米感受到了某种神秘的力量，立刻陷入狂喜，围绕着房屋的柱子开始旋转起舞，据说这就是苏菲旋转舞的起源。

苏菲派认为万物都是旋转的，人从出生至去世，都是一个循环、一种旋转。于是，他们通过旋转这种舞蹈形式与宇宙和真主达成沟通和接触。所谓旋转舞，不仅是一种舞蹈，更是一种仪式（又称 Sema）。

鲁米后来被他的追随者尊称为梅乌拉那（Mevlana），意为"我们的向导"。他死后被安葬于科尼亚，城中心的梅乌拉那博物馆里有他的墓，苏菲派信徒常常来此冥想、朝拜、举办宗教仪式。

然而，20 世纪有很长一段时间，土耳其都禁止苏菲派的旋转舞仪式，直到游客日益增多后，政府发现了它巨大的旅游业潜力。如今，伊斯坦布尔的街头随处可见旋转舞表演的海报，游客如云的卡帕多西亚也不乏为了迎合旅行团喜好而安排在洞穴中上演的旋转舞。

古老的宗教仪式因为市场经济的需求而解禁，甚至变得广泛流行，不知道是该庆幸还是该叹息。那些在付费的游客前旋转的苏菲派托钵僧，是屈从于金钱的力量，还是出于对真主的爱，这样的仪式还保留有多少原初的本质，我们都不得而知。但无论如何，我们都决定要看一场旋转舞，并为此特意来到了科尼亚。

离梅乌拉那博物馆不远的梅乌拉那文化中心每晚都会上演一场旋转舞仪式，任何人都可以入场免费观看，可谓是土耳其最流畅、纯粹的旋转舞。而且可能因为在苏菲派大师鲁米生存与死亡的科尼亚，观者如我们，确能体会到这种仪式浪漫、神秘的力量。

舞者头顶的棕色高帽象征着自我的墓碑，他宽大的白色衣裙则象征着自我的裹尸布。当舞者脱去黑色的斗篷，意味着他已摆脱凡尘，放弃了现世的生命。当他开始旋转，交叉抱肩的双手逐渐伸展开来，右手掌向上对着天空，表示准备接受真主的赐福，左手掌向下对着大地，表示将真主所赐的精神能量传于观看这仪式的人。以左脚为圆心，逆时针地由右朝左围绕着心脏旋转，意味着舞者带着爱拥抱所有的人性。

一场旋转舞仪式的时间很长，分成多个部分。在舒缓、悠远的音乐与歌声中，舞者变幻着队形，不停地旋转着，仿佛世间万物生生不息、周而复始。老者与那位还披着黑色斗篷的人注视着他们，轻轻纠正已陷入狂喜中的舞者的仪态和动作。

鲁米的诗句描绘了信徒与真主的关系：“当你在寻索真主的时候，他就存在于你张望的眼睛里，存在于你寻索他的意念里。他比你自己，更接近你自己。你根本不假外求。”在旋转中，舞者离真主越来越近，重生在与真主的神秘结合中。

灯光也随之变化着颜色，将舞者的白色衣裙染成迷幻的深粉红、荧光绿、亮紫色。场地中那两位披着黑斗篷的人仿佛也开始灵魂出窍，眼睛逐渐闭上，偏着头扯着衣领，露出里面白色的衣衫，神秘主义的氛围愈加浓厚。

舞者旋转了近 2 小时后，慢慢地，灯光恢复了正常，舞者收起了双手，恢复了抱肩的姿势，旋转着回到原地。他们披上黑色斗篷，跪坐于场地边缘，结束了与真主的结合。最初的那人又开始唱诵《古兰经》中的篇章，接着便如同开始时一样，老者、舞者逐一鞠躬，互相问候之后，依次收拾好地毯，鱼贯离开。整个仪式结束，场地上什么也没剩下，观者似从一场梦境中醒来，仿佛什么都没有发生。

我们离开文化中心时，室外已经是一片寂静的黑夜。纪先生吹响刚买的奈伊笛，一个个音符消逝在夜幕中。鲁米在诗中写道：“你不来的话，这一切都了无意义。 你来了的话，这一切也会变得了无意义。”

旋转的苏菲派托钵僧，科尼亚，土耳其

Six

06 斋月片段

从土耳其到伊朗，气温从 25℃升到 45℃。徘徊在中东的土地上，我们与当地人一起体验了度过不吃不喝的日子的 3 种方法。

第二天，我们在伊斯坦布尔聚餐

临近傍晚，我们在一个清真寺附近换乘，手机“叮咚”一声，年轻的灯具商人说他们已经在餐厅等我们了。

两个小时之后，这个清真寺前发生了一次小爆炸。

这是进入斋月之后，土耳其发生的第一起恐怖袭击，但我们当时毫不知情，只是匆匆赶去聚餐。

6 月的土耳其本应是旅游旺季，却因为国际局势的关系变得游人稀少。伊斯坦布尔的大巴扎里一半多的店铺都关着门，剩下的则生意萧条。我们在光彩斑斓的店铺里买灯的时候，认识了与我们同龄的灯具商人。他请我们去巴扎旁边古老的水烟馆抽了一壶水烟，并约好了一起吃饭。

我们是抵达餐厅的最后两个聚餐人员，灯具商人带着他的另一个客人，一位来自欧洲的老年女士。还有两位也是巴扎的生意人——商人的姐夫正在吸烟，伸出手与纪先生握了握；旁边的姐姐穿着清凉的背心和紧身裤，浓密的长发扎在脑后，露出脖子上的大串项链，大笑着举起有文身的右手臂对我们表示欢迎。

餐厅坐落在宏伟的蓝色清真寺旁边的巷子里，极富民族色彩的装潢，比如彩色的靠枕、彩色的玻璃灯、彩色的羊毛地毯，十分刻意地迎合着游客对异域风情的幻想。

只是，不知是因为局势还是斋月，店内的客人很少，漂亮的二楼只有我们坐在榻上。

各式餐前小菜已经摆了上来，清凉的沙拉、薄脆的烤饼和热乎乎的红茶陈列在彩色桌布上，玻璃灯照亮了来自东西方的主人和客人。但是还没有人动刀叉。

商人的姐姐和姐夫向窗外望了望，又看了看表，比了个“再等一等”的手势。商人对我们说：“抱歉，请等一下，只剩几分钟了。你们知道，现在是斋月，日落的宣礼声响起之前，我们都不能吃喝。”

他顿了顿，给我们倒上茶：“我个人是不守斋的，一切照常，但是我的姐姐和姐夫都非常严格地度过斋月，他们已经一整天没有喝一滴水、吃一口食物了。所以，这顿晚餐我想等一等他们。”

我们和欧洲的女士都表示了理解，虽然他们的打扮大胆开放，不太像刻板印象中的穆斯林，但个人选择的信仰与规矩还是值得尊重。商人的姐夫掸了掸烟灰，用简单的英语向大家表示了感谢：“每一年我们都严守斋月的规矩，这是对意志的磨炼。”

他们坐在五彩缤纷的餐厅里耐心等候着，轻松地和我们一起讨论了几句今晚要吃的奥斯曼烤肉。5 分钟后，窗外的暮色中传来了蓝色清真寺的宣礼声，日落了。

商人的姐姐、姐夫比了个请用餐的姿势，他们又顺利地度过了斋月的一天。年轻的商人愉快地喊着“开始吧各位，我真的已经等饿了”，吃下了这顿饭的第一口沙拉。

第二十二天，韩国人在伊斯法罕挨饿

斋月期间，当地人大多闭门不出，此时来伊斯兰国家的旅行者就更少了。我们走在去三十三孔桥的路上，一路上都没遇见什么人。酒店的老板告诉我们这一天是伊朗的节日——具体什么节不记得了，毕竟伊朗一年中有近半年的日子都是节日，所有的景点都不开门，所有的店铺都休假。

整座城市的道路、树木都在 40℃以上的高温中蒸发掉最后一滴水分。躲在房间里吹空调自然是更好的选择，但我在冷气与饥饿中产生了错误的幻觉，硬要纪先生带我去看没有门的景点、著名的三十三孔桥。

我们喝足了水才出门。一旦踏出酒店，在斋月的街道上吃喝，就有可能被宗教警察指责——如果他们在斋月与节日期间依然工作的话。

市中心一片空旷，除了一个小小的、卖饼的店，没有任何一家店铺开门。走在树荫下也丝毫不能缓解高温的压迫，半小时路程里，我们在沿途的公交车站的遮阳棚下歇了两次。别问我们为什么不打车，这个斋月与假日叠加的白天，街道上几乎没有车辆在行驶，我们遇见的路人也不超过 10 个。

我们也在饼店前停留了几秒，权衡了一下饥饿与烤饼的滋味。但这种饼如同咀嚼旧报纸一样的口感牢牢地印在脑海里，让我们很快就放弃了以此充饥的荒唐念头。

10 分钟后，对面走来了几个女生，看长相是韩国人，像在读大学生，满是汗水的脸上全是厌倦，几双无神的眼睛里透露着一点点绝望。

正想着居然有人跟我们一样傻，在炎热的下午乱逛，那几个女生也看见了我们，眼神中闪过一丝光彩，疲惫的步伐突然加快朝着我们走来。

"你们知道哪里有吃的吗？"没有例行的"Hello"，也没有"Excuse me"，领头的那个女生用带着韩语口音的英语急速、直接地抛出了这个问题，其他人站在她后面，满脸疲倦、满眼期待。

我们指了指身后："往那边走 10 分钟，有个小店卖饼。"几个女生连忙点头，来不及扔下一句"谢谢"就匆忙地去了，脚步声又有了些微的活力。

但愿她们不介意那如同咀嚼旧报纸般的口感，但愿她们记得要把饼带回酒店再吃，但愿宗教警察也在过节放假。我们两个饥饿的中国人，此刻不知道是不是该为自己有原则的饮食审美感到骄傲。

最后一个周五，当地人在设拉子游行

日出时的设拉子（Shiraz）一片寂静，我们为粉红清真寺没有开门感到灰心丧气。回酒店的路上突然多了好多路障，汽车不允许通行，警察和警车占据了街口。看起来像发生了或者将要发生什么奇怪的事情。

匆匆跑回酒店，前台的女士微笑着告诉我们："每个斋月的最后一个周末都是伊朗的国家节日，上午所有的景点都会关门歇业，等到下午就会开放的。"

"这是什么节日？"我们对伊朗有如此繁多的节日感到震惊，斋月整整 30 天都已经算是在过节了，没想到中间还穿插着别的好几个节日。

女士只是微笑："上午的主街道有游行，最好不要到街上去。"说这句话的时候，她不止对着我们，还意味深长地望向了同在前台的几个欧洲旅行者。

这更勾起了我们的好奇心，等游行热闹的声音从主街传到旁边巷子里的酒店，纪先生立刻扛着相机出去了。

原本清静的设拉子清晨已经变得不一样了。街道两边布满了金属围栏，无数身着黑袍的女性和手持国旗的男性在围栏组成的临时通道中向前涌动。我并不知道围栏通向哪里，但是很快就打消了担心，因为一旦进入人群，你只能随波逐流，向着一个方向前进。

高大的伊朗男性挡在我的正前方，我只能盲目地跟着走，直到人群突然向两边散开。街道正中一堆看起来像是国旗的东西正冒着熊熊大火，隐约可见的是红白相间的条纹和蓝色底色的白色星星。

路旁灯柱上的广告已经被布满撕裂条纹的星条旗和六芒星所覆盖，血红的底色上绘制着弯刀。绿白红的伊朗国旗被绘制上喷溅的鲜血，原本金顶的耶路撒冷阿萨克清真寺变成黯淡无光的黑色。一个巨大的标牌上有这样一幅漫画：一个正统犹太教徒打扮的人正在一口大锅里烹煮几个伊斯兰打扮的人，旁边两个工程师模样的人正在讨论是不是要加盐。

周围的人群已经沸腾起来。很快，我亚裔外貌的优势就显现出来，不断有伊朗人要求我给他们拍照，甚至连平常对拍照多有顾忌的黑袍妇女，此时都迫不及待地在镜头前露上一脸。与此同时，大部分人努力地表现出看起来发自内心的情绪，他们愤怒而做作地撕碎手中画着星条旗图案和“Down with USA”的传单，扔在地上，继而努力地露出一个喜悦而别扭的笑容。一个戴着眼镜，看起来很斯文的伊朗人向我郑重其事地介绍：今天是“世界古都斯日”。

古都斯，阿拉伯语 Quds，即是耶路撒冷。这是曾经的伊朗精神领袖霍梅尼在某次讲话时宣布和产生的：“每年斋月的最后一个星期五为世界古都斯日，抗议以色列对巴勒斯坦和古都斯的侵占和蹂躏。”

听起来并没有什么节日的感觉。如果仔细观察，人群中最为真诚的似乎是那些少年们。一个看起来刚学会走路不久的男孩正自顾自地挥舞着美国国旗，突然间他父亲把国旗扔到了火里。男孩哭闹起来，直到父亲的一个妻子把伊朗国旗塞到他手里才停止。一个八九岁的小女孩的父亲向我的镜头挥手，并在拍照时让他女儿把画着犹太星的海报举到胸前。

对于孩子来讲，即便不知道美国和以色列在哪儿，也很能享受游行的热闹。但当路旁出现一个挑扁担卖卡通气球的小贩时，他们便飞快地扔下手中的旗子和海报，向着小贩跑了过去。

“请和我过来一下，先生。”一个穿着普通的男子从口袋里掏出一个鼓鼓囊囊的皮夹，展开的透明卡夹里塞着一个印着伊朗国徽和他照片的证件。除了波斯文外，证件上还罕见地印有英文：Secret Police（秘密警察）。

人群中又走过来两个人分别站到我的左面和后方，他们刚才还在和其他人一样摇动国旗。其中一个人扶住我的肩膀，带着我往一个小巷子里走去。巷子转了几转，在一个死胡同里停下来，两台白色的车周围站着七八个人。

“不用担心”，领头的那个人用英文说。接着，他和周围的人用波斯语窃窃私语了起来。七八个人中的 4 个面朝 4 个方向站着，把剩下的人围在中间。

长达 10 分钟的沉默之后，领头的终于又开口了：“我们要检查你的相机。”

尽管我的相机有双卡槽设计，但我并不想上演换卡的把戏，因为刚刚正是在他们眼皮子底下拍摄了举着反犹太海报的小女孩，而这张照片在另外一张卡上显然没有。但他们并不会操作这台相机，我借机打开了 10 张连续跳转模式，寄期望可以大幅减少被删除照片的比例。

秘密警察没那么好骗。相机下方的进度条上的数字“10”太过显眼，很快就被识破了，气氛变得不友好起来。短暂的演示已经教会了他们如何使用这台相机，我只好眼睁睁地看着他们一张张删除“精心挑选”的照片。

被删除的照片大多是一些明显能看出人群中某位男性脸部特征的照片，以及一些背景中有白色车辆的照片。如果没猜错的话，那些人和他们一样，都是秘密警察。更让人惊讶的一点是，基本上所有不是和家庭成员一起参加游行的男性照片都被删除了。

在还给我相机之前，领头的那位问了我两个问题：“你觉得美国和犹太人如何？你喜不喜欢伊朗？”

我如实地回答了第二个问题：“我喜欢波斯”。我用的是 Persia 这个词，而不是 Iran。“只是这个季节太热了。”

走回人群不到 10 分钟后，我又被另一拨秘密警察带走了。在同样的照片检查流程之后，我决定回酒店。我已经不再关心到底有多少人在表达真实的情绪，又或是哪些人是秘密警察。我只记得少年们冲向卡通气球时的样子。

几天之后，我们在德黑兰迎来了开斋节。没有庆祝活动，只是景点、商店和餐厅都开门营业了，我们终于在巴扎见到了比这个反犹太节日更多的人流。

粉刷，伊斯坦布尔，土耳其

Seven

婚礼 07

“因为有了彼此，我们才真的得到自由，并感受到生活的真实。”

圣托里尼（Santorini）的日落在傍晚 7 点到 8 点降临，我们穿着礼服站在纯白色的海边平台上。风非常大，吹乱了发型师精心编好的头发，摄影师也总是为我乱飘的刘海感到抓狂。乐队暂停了演奏，一片金光绚烂的海边悬崖上，我们的声音异常清晰，誓言随风洒落一地，落在火山岩上与爱琴海中。

环游亚欧的自驾旅程进行到第 248 天，一脸疲惫的我们拖着因长期饮食睡眠紊乱而浮肿的身体，参加了自己的日落小婚礼。婚礼策划是一位干练的希腊女士，仪式结束后，她带着令人振奋的笑容拿出一瓶香槟送给我们。纪先生打开瓶子的声音如同一发礼炮，白色的泡沫喷涌出来，穿着传统服饰的乐队再次开始演奏希腊婚礼的传统曲目，音乐欢快清扬，摄影师和摄像师指挥着因为饥饿正在大杯喝酒、大口吃蛋糕的我们放下杯子，在日落的光彩中摆出各种造型。

很快，天色渐渐暗了，租用这个婚礼小平台一个小时的时限到了。来自市政厅的白礼服主婚大叔最先向我们道别，随后乐队也停止演奏，与我们挥手再见，之后婚礼策划开着车将父母与伴郎、伴娘带回酒店，摄影师和摄像师也跟着离开了。

最后，这个纯白的、撒落了一地花瓣、装饰着鲜花与薄纱、摆着心形的婚礼蛋糕和金色香槟、俯瞰着蔚蓝爱琴海、正对着最美妙的日落的平台上，只剩下我们两人。

世界变得寂静，只有风声呼啸。我在白色沙发上坐下休息被高跟鞋折磨的双脚，纪先生向我伸出手来。甚至忘记了戴戒指来交换，我们就这样在旅途中结婚了。

那一刻，我比之前更清楚：旅行不只是诗与远方。旅行还是疲惫、焦虑、烦躁、怒气冲冲又困难重重的集合体。有时候，我们唯一的回报是眼前的美景。有时候，或者说很多时候，我们一无所获。

尤其是这样持续一年的长途自驾旅行。在穿越大陆与海洋、25个国家和地区的路途上，我们内心所有的焦躁都在蠢蠢欲动。我们没办法提供像那些盛传一时的环球旅行者那样兴高采烈、手舞足蹈的照片，我们比上班时更少发朋友圈，原本以为会有无数感想的微信公众号一月才更新一次。因为许多时候，在干燥的荒原、湿淋淋的深山中，我只喜欢安静，我也只喜欢身边的人是寂静的。

某些时刻，当我在深夜里醒来，发现自己置身于狭窄的车内空间，因为后排堆放的行李而无法躺倒座椅，车窗外一片茫茫雾气，我无法感到愉悦与舒适。这场漫长的旅行由无数个类似的时刻“单元”组成，我们奔波在漫长的道路上，承受道路带来的一切压力。

我们承认最美的风景在路上，窗外疾驰而过的景色常曼妙无比，我们也曾在暗夜的雪山停下，望着雪湖中那轮月亮与天上的月亮沉默对视。但有更多的时刻，我们在车里握着方向盘，与颠簸的道路、阵阵袭来的困倦做斗争，我们望着延伸的道路、两旁的森林与草原、悬崖下的大海、无边无际的滂沱大雨，计算着签证的天数、每天的路程、实时的油耗、紧巴巴的预算。大多数时候，我们每天只吃一顿、顶多两顿饭，我翻遍书与网站试图寻找一家便宜的、带停车场的旅馆，他则仔细聆听车架发出的每一声异响。

我们在出发前几乎从未争吵过，而后来我们在路上对彼此大喊大叫。我有时候都忘记了自己发怒的原因，只是在那里满怀怒气，却无所适从。可能每件小事都能引发矛盾，从检查轮胎的频率到加油站的价格，从每天的饮食到抵达目的地的钟点；还有那些似乎与我们没有关系的大事，宗教、政治、死亡，全世界人类对待这些话题的态度都能引发激烈的讨论，有些讨论则走向了不屈不挠的争吵。到最后，我们疲惫不堪，常常将车停在加油站里沉睡，在睁开眼睛发现天色已经昏暗时，又感到焦灼不安。

并没有多少诗与远方，把旅行变成生活之后，生活中那些苟且在旅行中依然顽固。金钱、时间我们都缺，我们白天游玩夜里工作，深夜里写许多文字与代码，给国内的同事发一封一封的邮件。甚至我们遇到更多的麻烦与困扰，强买强卖、讹诈欺骗时有发生，偶尔夜里会突然跳出几个人来试图拦截，还有那次在法国被砸了车损失惨重，就连我的婚纱都被偷走。

当这些不愉快的事情发生，旅途中所有烦扰的记忆都一并涌现，占满了我整个脑

58

涂鸦，都柏林，爱尔兰

海。我有时候气得发抖，有时候破口大骂，更多时候根本无处发泄。

在这样一场旅行中，我们举行了人生第一次，但愿也是最后一次婚礼。可能是为了逃避国内的繁文缛节，或许是因为年少时曾有的梦，至少当时的我只够力气承受一场简单的仪式，父母与伴郎、伴娘是我们能够接受的人数极限。

我们在旅途中准备婚礼，这期间争执的次数与话题我已经不记得了，但我记得那些疲劳无力的时刻——我们试图为彼此着想却又无法理解彼此。纪先生并不喜欢复杂的仪式，而我喜欢让一切都显得美丽而浪漫。为了婚礼中要有哪些环节、去掉哪些环节，我们吵了一次又一次。凌晨 3 点，我们站在伦敦格林尼治（Greenwich）附近的居民区小花园，克制地、小声地争吵，然后在愤怒与眼泪中拥抱。

是的，我不认为一个人能完全理解另一个人，因为人是如此独特的个体，世界上不会存在另一个你，那么就不能指望有人因为爱情能完全成为你的思想透视者。在试图彼此理解的过程中我们历经磨难，对我而言更重要的是了解到其不可能，并及时放弃胡乱猜测。

但即便放下对立的情绪，为一场婚礼所付出的精力也远超我们的想象。婚礼前的状况层出不穷，多得令我们心惊。婚纱在婚礼前 20 天的丢失、联系了一个月的婚礼策划过高的报价、来不及预订的场地、找不到满意的摄影师、突然没有空前来的伴娘、婚礼前 4 天才被拒签的伴郎……一切都让我们心力交瘁。

最终，我们在婚礼前一周换了一家效率高得不像希腊人的婚礼策划，他们每天跟我们发好几封邮件确认了所有细节，并在我们希望的日期预订到了我们最喜欢的那个悬崖平台，而且是最热门的日落时分；在婚礼前 5 天联系到了一家看起来不错的摄影工作室，虽然最终的照片并不让我们十分满意；在婚礼前 3 天找到了另一件合适的婚纱，婚纱店的女士特别加急帮忙改好了裙长；我把正在巴尔干半岛独自旅行的朋友叫过来当了伴娘，父母在圣托里尼岛上的中餐厅忽悠了老板娘正在放暑假、跟纪先生发型一样的儿子来当了伴郎……

一切都像一场战斗。婚礼当天上午，纪先生才来得及去洗车；化妆师来的时候，我刚来得及第一次看伴娘的小礼服；父母、摄影师、婚礼策划在民宿的屋子内外穿梭，每个人都忙忙碌碌。等我换好礼服、手持捧花准备走下楼时，纪先生已经穿戴好我在意大利给他挑选的西服、领结和皮鞋在楼下等待。他打开了装饰着鲜花的车门，那一刻我突然就笑了。

这就像是负面情绪积累的野蛮生长的养分，或是打怪升级的战斗过程，唯有身怀利刃，跨越这些艰辛，唯有接受与这些艰辛相伴，才是我的爱情。

我们在爱琴海的夕阳中执手相看，说出关于自由与真实的誓言。那时候我是有点想哭的，然而在这过于漫长的旅程中，我学会了所有克制眼泪的方法。我们在证书上郑重其事地签了字，但没有交换戒指——那种东西在随时都需要扛行李、换轮胎的路上显得那么无用又麻烦。

伴娘随手给我们拍的照片美好得不真实，金色大海、白色悬崖、玫瑰色的晚霞。可是爱情其实是比长途旅行更艰难的过程。照片中没有那些疲惫、焦虑、烦躁、怒气冲冲又困难重重的时刻，然而那才是爱情。

我原本以为婚礼结束我对这场旅行的所有期待就完成了。然而婚礼真的结束的时候，我才意识到，这不过是一件旅途中有意思的事情而已。夜里，我们从民宿搬到婚礼小平台正下方的酒店房间住宿，躺在火山岩中挖出来的洞穴中，望着涂成纯白的墙面与窗外星空下广阔的露台，并没有比前一晚睡得更安稳。第二天要送父母回到雅典去乘飞机，伴娘也换下了礼服打算继续一个人的旅行，伴郎在计划去中亚的行程。我们也将继续开车朝中东而去，婚礼后的生活一点不比婚礼前轻松。

即便如此，我们也还想要继续这趟旅程，哪怕如此疲惫、焦虑、烦躁、怒气冲冲又困难重重，我们依然想要继续。这就是我们的选择，我们不打算逃避。

如今，我们绕了亚欧大陆一圈，离环游世界还差千万公里。如今，我们只不过刚举办完一场婚礼，刚完成一场自驾旅行，尚有无数时日才能走到一切的终点。在这条道路上，很多时候我一无所获，而某些时刻我收获至宝。

前路漫漫，道阻且长。

鲜鱼，哥本哈根，丹麦

饮食 Food & Drink

One

01 贝加尔湖白鲑

从贝加尔湖南岸的斯柳江卡（Slyudyanka）出发，道路穿过秋季金色的树林，顺着“西伯利亚的蓝眼睛”旁的山脉延伸。车窗外的蓝灰色天空低沉而辽阔，我们在日暮时分抵达港口。湖面暗沉沉的看不清波澜，大风中等了一会儿后，船便载着游人穿过初临的墨色夜幕，登上了贝加尔湖中最大的岛屿。

干燥的奥尔洪岛（Olkhon Island）被世界上最深的湖水环绕着，岛屿的名称来源于布里亚特语，原意可能为“林木茂盛的”，也可能是“干旱”。无论是哪一种说法，都准确地描述了奥尔洪岛的特征——森林覆盖着岛屿的许多地方，但一条河流都没有，地面满是砂石，如同月球表面，空气干燥，难以想象周边是世界上最丰沛美丽的湖水之一。

第二天下午，我们在岛上最大的定居点胡日尔（Khuzhir）闲逛，平房木屋布满村落，远远望见高大的秋千架，年轻的母亲带着年幼的女儿在黄沙地上荡秋千，她们都有褐色的眼睛与扁平的面庞。

和贝加尔湖畔的许多地方一样，奥尔洪岛是布里亚特人（Buryats）世代繁衍的聚居地。大多数岛上居民并不是普遍印象中金发白肤高个的俄罗斯人，而有着晒得发红的黄棕色皮肤、深色浓密的头发、高耸的颧骨、略低的鼻梁与抿紧的饱满嘴唇——更类似蒙古人的长相，甚至有时候会被误认为是中国人。

布里亚特人源于蒙古人与多个西伯利亚部族的混合，他们最初游牧于外贝加尔地区，在成吉思汗无尽的征程中，曾成为蒙古帝国的一部分。《蒙古秘史》中最早提到了布里亚特人：成吉思汗的长子术赤向北征服了一个林木中的百姓部落，名为“不里

荡秋千的母女，奥尔洪岛，俄罗斯

牙惕”。随后布里亚特人长时间都是蒙古文化圈的一部分。17 世纪时，部分布里亚特人被俄罗斯人征服，还有一部分则向南迁徙至蒙古国、中国境内。尽管如此，许多布里亚特人依然长时间保留着自己的语言、信仰，以及与蒙古人类似的生活方式——畜牧、狩猎、捕鱼。

当然，现在的奥尔洪岛上没有人再过曾经的游牧生活，但湖水中的鱼依然是岛上的主要食品之一。很早我们便听说贝加尔白鲑是湖中的特产，由于水温低、鱼类生长缓慢，因此这种鱼肉质非常鲜美，不知苏武在湖畔牧羊的 19 年间是否也曾尝试。民宿的房价包早晚餐，配菜里可以选一小块烤鱼。虽然天气寒冷，吃到时鱼只余些温热，也无甚调味，但紧实鲜美的鱼肉依然给我们留下了贝加尔湖白鲑的第一个良好印象。

沿着民宿里的小路走 5 分钟，就能跨过栅栏抵达贝加尔湖畔。灰白色的沙曼岩石直插入深深的湖水，阳光下的水色是带着寒意的湛蓝，海鸥凄厉地飞过。干旱与砂石统治的奥尔洪岛上延续千年的信仰是古老的萨满教，在这个自史前时期便一直存在的宗教体系中，氏族祖先、湖水与山岩、风雷雨电……自然万物的一切皆是需虔诚敬畏的对象。

贝加尔湖环抱中的奥尔洪岛在萨满信仰中是神圣的，传说中沙曼岩石的洞穴里寄居着神灵。我们顶着风在山坡上等日落，待阳光将沙曼岩石染成金色，湖水也涂抹上了一层橙红、粉紫的光彩。一团中国游客与我们搭讪，他们的导游是个 20 岁出头、黑发卷曲的年轻人，讲带点京腔的流利中文：“我是布里亚特人。”

后来我们总是想起这句话，想起这个出生在现代城市、走出了祖辈居住的领地的青年，和离他不远处遵循古老的信仰缠满了彩带的树木。

第三天，我们让自己的车在民宿院内“休养生息”，坐上本地司机开的越野小面包，狭小的空间内载着 10 个人，沿着满是碎石与细沙的土路，颠簸着沿西岸向北去往北端的哈伯伊角（Cape Khoboy）。

9 月中旬的林子还没有全黄，浓厚的墨绿与稀疏的金黄夹杂在深灰的泥沙路两侧。沿途的树木也常有缠满了祭拜神明的彩带的，湖边尤甚。途中路过一处叫作佩先卡（Peschanka）的地方，“二战”之后的苏联时期，这里曾是政治犯与战争犯的监狱。这些犯人整日在一个鱼罐头厂劳作，贝加尔湖白鲑的腥味与鲜味想来也曾飘遍湖岸。斯大林去世之后，犯人被释放，工厂也于 20 世纪 50 年代关闭。

当我们抵达时，鱼罐头厂及其周边的一切早已废弃多年，荒废的木材堆了满地，曾经住过人的房屋大门紧闭、一片萧索。大风从湖吹向陆地，湖岸由此堆出了随风向流动的连绵沙丘。长长的废弃码头通往湖中，尚未腐朽的木头与沉默的石块，在白色的浪花中仿佛永久地沉睡。

正午过后，车才勉力穿过没有道路的森林与沙地，抵达岛屿最北端的哈伯伊角。强烈的阳光下岩石依然是灰白色的，有沙土和不甚粗壮的树木，山崖下面是粗粝的石滩。“哈伯伊”在布里亚特语中是獠牙的意思，整个海角也确如尖锐的獠牙插入湖中，气势惊人。海角顶端的视野非常辽阔，周遭湛蓝的湖水、起伏的山崖、金绿夹杂的树林与干旱的沙土地尽收眼底。

周遭的树木上也系着彩带，在俯瞰着湖水的高处，有一根不太高大、但被层层叠叠的彩带缠绕得非常粗壮的萨满柱，旁边的地上还用石头摆出了图案——在萨满教的信仰中，这个神圣岛屿最北端的海角也是神圣之地，常有人来此祭拜。

但风如此之大，几乎要把人吹下去，就连我们的布里亚特司机都没上到这个神圣的海角跟大风对抗，只是安静地在远处做午餐。要爬过一座山坡才能看见瑟瑟冷风中的野餐桌，主食是贝加尔湖白鲑熬的汤，配黄油面包。我们捧着热乎乎的碗，小心翼翼地喝一口汤，鲜美的滋味刹那间溢满唇齿，鱼肉在汤中也不散碎，入口比民宿的烤鱼更加嫩滑，寒风中一股热流涌遍了全身。

同一辆车里的 11 个人围着野餐桌分享了这顿饭，好像几百年前同一个部落的布里亚特人在同个帐篷下吃同一锅肉、饮同一壶酒。饭后有烧好的热茶与草莓味的小点心，一群人吃完站着喝茶，用铝制的杯子暖手，在风中颤抖着互相微笑。

下午我们又在湖边遇见那个年轻的布里亚特导游，他向我们打招呼，像老北京人那般问好：“吃了没？”我们笑着点头，连声赞叹鱼汤美味，跟着他的团客立刻赞同附和——看来，游览岛屿时吃一顿美味的鱼汤早已成为标配。

傍晚我们启程离开。在砂石路上行车加等待渡轮花了比意料中更长的时间，等回到陆地，再开车到湖畔的小城镇利斯特维扬卡（Listvyanka），已经是半夜。青旅的主人被门铃声吵醒，颇有些不满，却依然友好地接待了我们。

沉睡一夜醒来，我们在青旅吃过简单的自制早餐，便去城镇中沿着湖岸散步。利斯特维扬卡的温度比奥尔洪岛稍高，太阳偶然透过沉沉阴云照耀湖面，竟有了几分天朗气清、惠风和畅的舒适感。秋季的游客并不多，城镇显得懒洋洋的，沿着湖往北走有一处稍微热闹的地方，看标牌应是一处市集。

信步走进去，市集不大，摊位沿着三四条通道摆开，身形臃肿的俄罗斯大妈守着各自的摊位和隔壁摊主闲聊，羊毛编织成的袜子、皮毛一体的短靴与大堆大堆的干鱼夹杂着摆放。根据刚刚在附近的贝加尔湖博物馆学到的知识来看，大多数干鱼都是贝加尔湖白鲑制成的，个头约小手臂长，纤细的短木棒撑开鱼身，显得张牙舞爪。我们站在摊位前好奇这干鱼买回去该如何吃，摆摊的大妈看见了，便伸手招呼我们过去。

走近了才发现，每个摊主的身旁都有一个蓝色的大盒子，盖着银色锡箔纸包裹的盖子。正想着这又是一个不解之谜，大妈刷地掀开了盖子，露出了里面成堆的鱼。我们凑近一看，这里面全都是蒸熟了的贝加尔湖白鲑，拿出来就可直接食用，而这些蓝色大盒子就是它们的简易保温箱。

一条鱼卖 150 卢布（约合人民币 15 元），大妈在计算器上熟练地按出价格。我们考虑到鱼体积不小，便只买了一条打算尝尝鲜。拎着鱼走到湖边坐下，两个人轮流地咬下一口，热乎乎的鱼肉入口，鲜美嫩滑丝毫不输于奥尔洪岛上的鱼汤，而且其原汁原味通过蒸熟的烹饪方法保留得更好。我们两个人对望一眼，除了连声赞叹好吃，竟然想不出更多的溢美之词，如此便更加顾不得抒发感想，狼吞虎咽很快就解决完这条鱼，连炫耀的照片都忘记了拍。

隔天我们在伊尔库茨克（Irkutsk）的正式餐厅里再次吃到了贝加尔湖白鲑，烹饪方式却精细了许多。白色的原味生鱼片放在面包之上，旁边摆着粉红的盐腌渍鱼片，颜色搭配煞是好看，两种鱼片相继吃下去，都算是细腻鲜美。一碗热鱼汤则和一小杯伏特加组合在一起售卖，倒真符合“战斗民族”的风格。喝一口鱼和土豆搭配烧成的汤，再抿一点入口就如火烧般的伏特加，两种液体在胃腹中形成奇异的组合，鱼与酒混合的淡淡甜味在口腔中弥漫开来。

离开贝加尔湖畔后，餐桌上的贝加尔湖白鲑逐渐少见了起来。我们开始想念这种食物，记忆中湖畔寒风中的鱼汤与市场里大妈蒸熟的鱼占了上风，纪先生甚至动不动就想开车回去买上 10 条蒸鱼。随着时间的精炼，这些粗糙简单的烹饪方式比正式餐厅里精美的烹饪摆盘更直入人心——或许类似布里亚特人般于寒风中分享同一锅食物的情谊，与掀开盖子时原本闲极无聊的大妈突然露出的自信满满的表情，才是享用贝加尔湖白鲑真正的动人之处。

Two

菜市场 02

在国内旅行的时候，我很喜欢逛超市，尤其是小县城、乡镇的超市。这些地方通常能找到我 15 岁、10 岁，甚至 5 岁玩过的小玩意儿、吃过的小零食，我可以由此判断这个地方目前停留在什么年代，与上海的繁荣之间隔了多少个成都。

这个习惯发展到了国外就变成了逛菜市场。毕竟在全球化的浪潮里，欧洲城市的超市大多售卖着差不多的东西，而充斥着当地人、以本土产品为傲的菜市场更能提供完整的本地生活图景。

赫尔辛基的老农贸市场大厅

不说的话，很难看出这是一个农贸市场。正值午后，一尘不染的通道上人烟稀少，洁白的顶棚、胡桃木色的小亭子、明亮的灯光——在北欧，连菜市场都有种极简的设计风格。

只有靠近每一个小亭子，才能看出橱子里、柜台上满满地摆着的全是各种食品。从 1889 年起，赫尔辛基人就在这座海边的老农贸市场大厅（Vanha Kauppahall）售卖海鲜、奶酪、面包、熏鱼……我猜，在这买齐吃喝的熟食，去旁边的海滨野餐肯定是个不错的主意。

调料放在透明、带玫瑰金盖子的细长罐子里，糖、盐、胡椒等构成了好看的粉色、绿色、黑色，如同家居装饰品。香肠、鲜肉放在玻璃柜的黄盘子里，近处的就在盘子上插着价格标签，远处的就把品名和价格都写在玻璃上，顾客看过去毫不费劲就能一一对应上。

熏鱼横七竖八地躺在排放整齐的鱼罐头后面，新鲜的三文鱼和腌制的三文鱼形成了不同层次的粉色。柠檬黄、草莓粉的水果酒看上去甜蜜可口，更打眼的是丰盛的水果蔬菜摊，绿生菜、白花菜、红黄彩椒，五彩缤纷仿佛要溢出来。

每个摊子后面都站着一两个芬兰人，身材高大，浅金色的头发与浅蓝色的眼睛，在这些活色生香的食物映衬下，更显得皮肤苍白。他们也不叫卖，仿佛对自家的产品有足够的信心，安静而耐心等待客人下定购买的决心。

而我怀着要喝一杯好喝的咖啡的心愿来到这个市场。前一天我们刚从俄罗斯圣彼得堡跨过边境至此，我渴望着一杯好咖啡。

并不是说俄罗斯没有咖啡，只是无论加油站的自助咖啡机，还是咖啡馆的手冲，那过于苦涩的液体里都有种浓厚的渣子味。*Lonely Planet*《俄罗斯》在推荐喀山某餐厅时说“这里有欧洲部分最好的拿铁”，兴奋得我们提前一天去订了位置，第二天晚餐时毫不犹豫点了拿铁来喝——可惜，依然不好喝。

走进赫尔辛基的农贸市场的第一眼我就看见了一个排队的小咖啡店。*Lonely Planet* 里也说“芬兰人是世界上最爱喝咖啡的一群人”。

递咖啡给我的大妈笑容热情，一口标准的英语让在俄语的迷宫中挣扎了许久的我们顿感亲切与轻松。拿铁的味道也让我感到心满意足——在踏进北欧之后，我终于真的精神振奋了起来。

斯德哥尔摩的东岛农贸市场

旅行的时间长了，总能攒出一些经验之谈。比如，打车时跟司机聊天总是很有趣，那些方言讲出的段子哪怕听个一知半解，也够我笑半天；住民宿时跟老板瞎掰也很有意思，他们原地不动接触过的旅行者，可能比我们一路上加起来还多；而吃饭时，去菜市场一般错不了。

赶在中午抵达古老的东岛农贸市场（Östermalms Saluhall），堪称我们在斯德哥尔摩做得最正确的决定之一。大厅里正热闹，人头攒动，香气四溢。若说此刻我们有什么后悔之处，那就是肚子太小、钱太少，只好剥着碗里的虾，盯着锅里的鱼，还瞟一眼隔壁摊的蟹腿。

这处斯德哥尔摩的地标是一个真正意义上的传统菜市场，建于 1885 年，红色砖混结构，高大的顶棚由钢筋铸铁支撑，阳光从高处的窗户洒进来，有那么一点点像中世纪的教堂。市场的面积比赫尔辛基的大得多，小摊的数量也多出好几倍。不过依然是核桃木色的古典风格，在透明的玻璃橱柜里展示着形形色色的瑞典美食，价格也都直接写在玻璃板上。

欧洲的菜市场有一种这样的气氛：进口食品自然是贵的，但也并无特别值得吹嘘之处；本地产品虽便宜，却更让商家自豪——自家产的就更是骄傲了。

我们看见不少小摊上插着瑞典国旗，陈列着一流的当地食材：刚闻见鱼的腥味和海水的咸味，转头便看见张牙舞爪的虾蟹，一堆堆垒成了红色小山；正惊叹大块的不同风味奶酪，就发现隔壁摊子的成串的香肠，连起来足以绕市场好几个圈；挂在高处的野鸡、驯鹿、熊肉让我们心有戚戚，下一秒就沉浸在中国人喜爱的排骨、猪蹄，只恨自己没带个厨房上路……所谓琳琅满目，不过如此。

除了生鲜，新鲜出炉的熟食是这个市场更大的魅力。在鱼腥、咖啡香与奶酪臭味夹杂混合的大厅里，有许多家现点现做的小餐厅，摆着鲜亮清新的素食沙拉，弥漫出鱼虾蟹肉熟了的阵阵香气，价格还比外头的馆子便宜。

当地人有时会来这儿买菜吃饭，但毕竟这里价格贵过超市，还是好奇的游客更多一些。热门的小摊前排出了几十个号，打包带走的也络绎不绝，厨师忙得兴高采烈。人们就坐在围绕着小摊的小桌子或高柜台旁，根据摊子上方小黑板上写的菜单点好食物，看烤箱里的食材逐渐变色，听鱼和肉发出滋滋的声响，然后将它们化作舌尖的乐趣、腹中的饱足。

但我们毕竟抠门，只舍得点一份鲜虾沙拉，倒也符合北欧人吃东西要吃新鲜原味的逻辑。不过是一碗北海磷虾加几片烤面包配芝士，但虾是真的鲜美极了，带一点天然的甜味，该怎么说呢——就是想象中北海的气息。

配的沙拉酱瞬间被我抛弃了，我只是不断地剥虾、吃虾，享受那种来自冰冷海水的鲜甜之美。而在这之前，我是“绝对不吃没味道的食物”的重口味，比如上海的白斩鸡、青岛的白水煮海鲜，我都是拒绝的。

能扭转一种顽固口味的市场，即便游客众多、价格昂贵，但真的也算是一座“美食的宫殿”吧。

鹿特丹市场

最先吸引我视线的并不是食物，而是这栋奇特的拱形建筑。某种程度上，它就像是你家门口摆着的换鞋小板凳的超级加大号，只不过洞的两头都被蒙上了一层玻璃幕墙。

荷兰人特别擅长修奇怪的楼，这个拱廊更是其中的佼佼者。拱形处是鹿特丹市民居住的公寓，下面的玻璃洞则是荷兰第一家室内市场。整栋建筑由知名的 MVRDV 建筑设计事务所操刀设计，除了近 100 个生鲜食品摊位和商铺，聚集了全世界各地来的产品，比如腌制的北海小鱼、成排的中东干果、荷兰的奶酪，还有 10 来家商店和超市，包括一个能买到老干妈、方便面、虾条的规模不小的华人超市。

鹿特丹市场（Markthal）是世界上首例住宅与市集结合的建筑，刚问世不久，多家媒体就将其评选为“全世界最美的市场”，或者是最有创意、最时尚——它的内拱面印着名为“丰收之角”的大型壁画，堪称荷兰最大的艺术品。

公寓既有窗户对着室外的河流与城景，也有窗户对着室内的市场，于是站在挑高 40 米的市场内往拱顶望去，在色彩斑斓的鱼虾、花卉、水果画之间，还有一扇扇眼睛般的小窗。

市场最外层是层层叠叠的鲜花铺子，只见各色各样的花朵亭亭玉立，买好菜的当地人抱着一捧花，走出去的脚步都变得轻快。缤纷的郁金香最多，纯白、金黄、桃粉、殷红无一不有，还有大量的种球供购买者亲自培植。

我突然就想起小时候看过的书，法国作家大仲马在一部写荷兰郁金香痴迷者的小说《黑郁金香》里写道：“轻视花，就是轻视上帝。花越美丽，谁轻视它，也就是越管犯上帝。郁金香是所有花中最美丽的花。”

橄榄也卖得气势惊人，延伸三五米的摊子上摆着几个大方盆，里面盛着品种、颜色、制法、口味各不相同的橄榄。黑色制服的严肃大叔抱臂在后面站着，等客人们指指点点地挑好。我们尝了四五种口味，难以描述，我觉得都好吃，纪先生觉得都奇怪。

还是卖菜的小哥态度亲切，白衬衣、蓝围裙整洁清爽，发型一丝不苟，笑嘻嘻地看着客人。毕竟市场就在鹿特丹最著名的景点方块屋和最大的露天市集旁边，来市场的外地旅行者一点都不少，聚集在蔬菜水果摊子前询问和拍照。

不得不说，我们本就不丰富的植物学知识在此用到了尽头，好些认不出来的果蔬。比如那个金灿灿的圆棒子上长着刺，也不知道是哪里进口来的“狼牙棒”；那个绿色、粗糙皮肤、带凸出小黑点的水果，有那么一点像台湾的释迦，但又不知道确切地叫什么。我们迷惑了一年多，后来才有网友帮我们指出，黄色的叫作火参果，绿色的是刺果番荔枝。

当然我们来这儿的重点是吃饭。市场内有 10 来家小餐馆和熟食小摊，因为鹿特丹滨海，我们便挑了一家名字里带“鱼（Fish）”的小摊。几个厨师就在那儿现做现卖，菜单跟北欧的市场一样，就画在招牌下面。清一色荷兰语，一个字都看不懂。

经常有人问我们不懂当地语言，该如何点菜？我们的秘诀是看周边的人点的最多的菜是什么，就指给餐馆要一样的。这次也不例外，这家的炸鱼几乎人手一份，人们就站在附近的垃圾桶旁边吃，香喷喷的味道传了老远，不知馋坏多少路人。

但最值得一试的是生鲱鱼，荷兰人称之为“哈灵鱼（haring）”。鲱鱼是北海最常见的鱼类之一，从中世纪起，荷兰的渔民就以捕捞鲱鱼为生。每年5月底6月初的鲱鱼最为肥美、做出来的哈灵鱼口感最好。

虽然被称为“生鲱鱼”，但鱼肉并不真是生的，而是通过传统的腌渍处理使鱼肉成熟，但依然保持鲜美，据说这种制作方法可以追溯到14世纪。哈灵鱼不能残留一丝内脏、鳞片与鱼刺，肉质泛白，浑身撒满生洋葱碎。腌制好应立刻食用，否则空气会导致鱼肉变味。因此在海港城市鹿特丹的市场上买到的哈灵鱼，就比长期运输后再出现在超市卖场上的，品质与口感好很多。

哈灵鱼的吃法也有讲究。根据荷兰的传统，我们45度角仰望天空，将嘴巴张大，一手拎着鱼尾高高举起，将整条鱼送进嘴里。刚入口稍带点海水的腥味，但多咀嚼几口，待生洋葱的味道也扩散开来，我便突出地感受到鱼肉的紧实、新鲜、肥美。

市场上不少人都摆着45度角望天吃鱼的动作，也分不清是猎奇的外来者还是守旧的当地人，但我们突然就有了生活在荷兰的真实感，谁也不在乎你来自哪儿、动作是怪异还是标准，只要吃得开心就好。

巴塞罗那的波盖利亚市场

穿过镶嵌着彩玻璃的铸铁大门，我们走进了曾经赢得过“世界最佳市场”奖项的波盖利亚市场（Mercat de La Boqueria）。它就坐落在巴塞罗那繁华的兰布拉大道旁，基本上可以想象为北京的王府井、上海的南京路边开了一个菜市场。

我带着纪先生直奔几年前旅行至此时买过数次无花果的小摊，可惜不出所料的是，摊子已经更新换代了，一如时代在飞速地发展。如今在这里讲英语的人比几年前更多，照相机的快门声此起彼伏，作为巴塞罗那最著名的旅行景点之一，波盖利亚市场越发繁荣兴旺。

早在1217年就有关于这个市场的记载，彼时这里是一堆卖肉的小摊贩，随后相继变成过卖草料和卖羊肉的露天市集，直到1840年波盖利亚室内市场放下了第一块奠基石。

几年前我还是个学生时，我在巴塞罗那旅行的每一天都来一次这个菜市场，买一包2.5欧元的无花果可以吃两天，就省掉晚饭的钱和时间了。如今我兴冲冲踏进这个市场，除了观光客倍增，无花果也卖到6.5欧元了。

伊比利亚火腿，巴塞罗那，西班牙

Pernil Serrano
Gran Reserva
Serrano cured ham
48,00
mas
Pernil
Serrano
29,35

然而，这一点都不影响我非常喜欢它。2 欧元 2 杯的鲜榨果汁是当初冬天游玩时没有的福利，瞬间就让我原谅了无花果的涨价；卖鸡蛋的小摊比记忆中规模扩大了，毛茸茸的干草堆和憨态可掬的母鸡摆件都多了一些，但小摊还是一派鸡窝的温馨样貌；临近夏天，五彩缤纷的冰糕显得异常诱惑，而且现在的我比当初有钱多了，可以吃得起一只双球冰激凌了。

这就是故地重游的好处，这就是我总爱一次次去同一个地方的原因。哪怕观光客越来越多，但一个真正的好地方不会因为人多就变得不好了——某种程度上，人多其实正说明了它有多么美妙。

何况，哪怕观光客占领了菜市场，它依然是接触当地生活的便利捷径。巴塞罗那、乃至整个西班牙的生活日常都呈现在此：巨大的伊比利亚火腿、成串的当地香肠、味道难闻的奇怪奶酪、口味繁多的果酱，还有一兜兜螺、一筐筐虾、蟹腿、蛏子、生蚝等，都是来自这个南欧半岛国家与海滨城市的特产。

即便观光客如我们，对着蔬菜水果、三明治和热狗、软糖和果酱拍个不停，也并不减少这些商品的妙处，何况做生意的总归还是当地人多，大概外来者轻易也无法进驻传统如此深厚、历史如此悠久的菜市场，我甚至认出了好几个当年见过的摊贩，只是大叔的胡子更浓密了、大妈的眼角纹更多了几条。游人越多，这些摊贩越是吆喝得起劲，变着花样地展示他们作为西班牙人的热情与幽默，用飞快的语速与麻利的动作把一袋袋当地美食塞到顾客怀里。

在我看来，一个旅行者应当尽量多与当地人接触，尽量贴近当地的生活与视角，但一个旅行者不应在内心假想或行为上假装自己就是当地人了。即便我们时常与当地人生活在一起，试图了解与体悟他们眼中的家乡，但外来者的身份并没有那么容易在短短的几天、几十天里做出改变。

我想与其成为一个不纯粹的当地人，不如接受自己外来者的身份，以观察者与体验者的态度来面对旅途中出现的人和事。而波盖利亚市场恰好给我们提供了这样一个机会，它足够本地化，却又是一个著名的景点，既提供了与当地人、当地生活相连接的机会，又让我能时刻保持住旅行者的好奇心与探索欲望。

毕竟，巴塞罗那乃至西班牙的奇妙之处都装在了这个菜市场：堆成一座座小山的无花果、杏仁、腰果、椰枣、开心果、牛轧糖等，令我立刻联想到它曾被摩尔人统治的历史；一串串悬挂在铺面高处的各色辣椒，与一瓶瓶令人喷火的辣椒油，暗示出这里曾与东方交流频繁；而别处都找不见的羊头、羊腰子、猪肚，又可见其不同族群混居、文化多元的一面。

一个当地人可能对这些食材与料理司空见惯，觉得并无特别之处，但这些场面对我们而言确实是好看又新奇的，甚至因其规模之大和对味蕾的刺激，而显得有些震撼。我想这就是作为一个外来者的好处——随时都在发现新东西，随时都有准备去发现的心情。

和其他欧洲的市场一样，这里也有现做现卖的小吃：厨师在柜台后煎炸炒煮，负责接待的小哥则一边给观光客倒上桑格利亚汽酒，一边向他们介绍本店的特色菜，任他们拍下值得留念的照片。

我们当然也坐下来吃了饭，可惜这个摊的小哥英语很蹩脚，给不了我们什么建议。随便点了两份 tapas（西班牙小吃），虾仁在油里冒泡，另一份是炒什么海鲜我也不太记得了。不过比起巴塞罗那遍地的好餐厅，算不上很好吃，价格也更贵一点。

这大概就是外来者要付出的代价吧。我也不太推荐在波盖利亚市场吃饭，那么多慕名而来的观光客，我若是当地人也想提价多赚一笔。走进市场、探索市场，买点品质上佳的水果和干果，喝着果汁跟当地人聊聊天就足够。

不过，我依然坚持逛菜市场是好处远多于坏处的绝妙体验，尤其后来当我们赶着上路没吃晚饭，在车里捧着无花果充饥时。

盖利克酒馆，埃文河畔斯特拉特福，英国

Three 03 英式早餐

英国作家毛姆曾说过："要在英国吃得好，就应该一天吃三顿早餐。"

对这句话我深表同意。若论料理之臭名昭著，英国料理从不缺席。我们在伦敦的书店里看书，发现连英国人自己都在漫画书里吐槽——上班族偷懒时总是找一些美食菜谱来看，雄心万丈要大展身手，等到了下班，依然不过是在回家的路上买一份外带的炸鱼薯条。即便如今伦敦有无数异国餐厅，世界美味荟萃一城，米其林一到三星都不缺，但毕竟大多不是英国原创，缺乏一点传统的特色。

在真正的英国原生料理中，早餐大概可算是最可口的了，毕竟全球闻名的炸鱼薯条太油腻，周日烤牛肉又过于单调，至于知名的约克郡布丁，只不过是一坨烤熟的糊面饼。但几乎没人能在一天内吃得下 3 顿英式早餐，除非你有着黑洞般的胃口，并且热衷于积累大量的胆固醇与脂肪。

说到底，英式早餐最闻名的并不是美味，而是量大。一顿全套英式早餐通常包括：烤番茄（番茄对半切开，底部划十字纹）、烤蘑菇若干、焗豆子、鸡蛋两个（炒蛋、水波蛋、煎蛋 3 种做法任选一种）、香肠两根、煎培根两片、吐司两片（配黄油和果酱）。以上热食可以抹番茄酱吃，上餐前的等待时间一般人都会先来点牛奶麦片或酸奶，饮料则是早餐红茶或咖啡，同时提供橙汁。

写完以上文字之后我都感觉饱了。

开车刚到英国时是 11 月中旬，伦敦已经天寒地冻。我们在老同学 Erin 家住着，开着暖气抱着被子，安心地享受她的照顾。

我和 Erin 认识是自驾亚欧的旅程开始之前 6 年的事了，那会儿我们一起在伦敦读书。大概在当时已经工作了几年的 Erin 看来，我这等本科毕业接着念研究生的学生年纪小、阅历也少，跟个小孩似的。而我除了上课，其余时间都是一个人在各处旅行，跟大部分同学都不太熟悉。毕业后，她留在伦敦创立了自己的工作室，我回到中国过着上班与失业交替的生活。尽管都是成都人，我跟 Erin 一直不过是点头之交，甚至连对方的中文名字都时常记不得。

从上海出发前，几个同学转发了我要开车去英国的消息，已经三四年都没联系的 Erin 便找到了我，微信那头的语气十分激动："来伦敦住我家，有停车位，我做饭给你吃。"免费住宿、免费中餐、免费停车，面对这些免费，我毫不犹豫就答应了。

等住进 Erin 家，她便热情地照料着我们的饮食起居，每日做饭给我们吃，有一天做了道简单的英式早餐，正好给第一次来英国的纪先生品尝。香肠被她切成长条状，油浸浸的培根被取消掉，中国人吃不惯的烤番茄和焗豆子被换成了更健康的切片苹果和橘子。英式早餐原本的高油高热量在她的改造之下，竟然变成了一道还算平衡健康的料理。

确实，前文提到的英式早餐配置只是最基本的，随着吃早餐的地点不同，内容也经常有些变化。除了 Erin 的清淡版改良早餐，我们一路上在英国住青旅、民宿，也尝遍了全英各地不同地域特色的早餐。

最常见的变化是吐司，白面包在英格兰的早餐中出场的最为频繁，待我们到了北爱尔兰，民宿则大多喜欢用苏打面包，这种面包颜色深、沉甸甸的，更朴素、饱腹，口感却远不如白面包松软香甜。

还有一家民宿给我们吃的是整块的油炸面包，我们也不确定是这家主人的创新，还是这个地区的流行。本来英式早餐里有许多煎炸类食物，原本指着面包抹点甜果酱解腻，却让油炸面包搞得唇齿间满是油浸浸的味道，胃里也翻腾起几许恶心。倒是在苏格兰北部住过一两家稍贵的民宿和酒店，早餐的面包提供全麦、燕麦等多种选择，入口有嚼劲又不噎人，而且燕麦在如今的时代里听起来更像是健康的代名词。

最微妙的变化是肉。英式早餐里培根和香肠都是猪肉制品，虽然乍看各地的培根、香肠长得都差不多，但英国以乡村生活闻名，不同地域的村子养着不同品种的猪，肉的质感与口感自然也有不小的差异。和欧洲其他国家一样，英国人也以本地食材自豪，若是自家制作的就更加骄傲。

于是我们总是在青旅和民宿的简介里看见"提供全套英式早餐""采用本地猪肉"，"培根和香肠由主人亲自制作"……诸如此类的句子大抵是英国民宿普遍共识的吸引客人的亮点，显然大部分客人对此都很买账，在评价里也会对女主人制作和煎炸的肉食给予盛赞："最美味的香肠""培根的口感太棒了""本地食材很让我满意""为了早餐也值得一试"……

我们从英格兰吃到苏格兰，再吃到爱尔兰，确实也吃出了一些差异。初到坎特伯雷（Canterbury），青旅的培根偏薄，香肠肥瘦适中，煎的程度也适中。在古城约克（York）的民宿，女主人带着热情的笑容和克制的自豪感端上来自制的培根、香肠，果然有种不一样的香味，培根几乎是一整片瘦肉，片也切得相当厚，吃起来很有嚼劲。等到了湖区（Lake District），青旅提供的香肠变得更为厚重，肉块感更加明显，大概是猪肉的含量大幅上升了，跟当地特产的坎伯兰香肠类似。

最不同的大概是苏格兰的英式早餐了，里面会多一块黑布丁。这可不是一般印象中那种Q弹软滑的果冻状食物。所谓黑布丁就是一种用动物血、肉、脂肪、燕麦和面包加工成的香肠，一般以猪血和牛血为主，所以也称"血肠"。

黑布丁切片后再加入早餐盘是苏格兰的特色。我们在苏格兰最北部的威克住过一间15世纪古堡改造的酒店，早餐花样算是整个行程中最丰富的。第一天早晨我们一股脑要了所有选项来尝试，其中就包括一块摆盘精致得体的黑布丁。

其他食物都被料理得很好，让吃了一路英式早餐早已被腻得不行的我们带着相当的满足感全吃下了。酒店自然也是骄傲地采用了苏格兰本地食材，炒蛋鲜嫩、培根香脆，香肠肉香十足、美味多汁，唯有那块黑布丁的滋味难以言说。光闻一闻便知道这东西非一般人所能接受，好在作为半个广东人的纪先生和作为四川人的我，平日里也算吃惯了内脏，但腥臊之余，入口确实肉感十足。

据说娶过4个老婆的亨利八世超爱吃黑布丁，人至中年时他已经"魁梧"得连自己的盔甲都塞不进去了。他的几套锃亮的盔甲就摆在伦敦塔里，一眼就能看出比其他国王的要大出几个号，可见他当初是被血肉脂肪加谷物喂得如何肥胖了。

19世纪初，英国乡村的贵族在出外狩猎前喜欢享用一顿丰盛早餐，以维持一整天的体力。随着中产阶级的崛起，到19世纪中期时，许多人也模仿富人的生活方式，享用全套英式早餐。随后加入的是工人阶级，20世纪50年代时全英国民都爱上了这种早餐。

现在，几乎所有的民宿、大部分青旅和酒店都提供英式早餐，这大概便是在英国住民宿的好处——早上吃过这顿后基本上午餐就不可能吃得下了，而晚餐对于小胃口的女生来说也可以省了，不失为既品尝了当地"美食"，又节省了旅费的一种方法。

同时，各种路边咖啡馆和高级饭店也大都提供全天英式早餐，价格5~25镑不等，甚至更贵，主要区别就在于食材。培根肥瘦相间的比例、香肠外皮松脆与内陷鲜嫩的

克利福德塔，约克，英国

程度、水波蛋微溶的溏心、黑布丁的骚味是否浓烈、果酱的新鲜口感……都是考量一顿英式早餐的关键指标。

我们住了一路的民宿、青旅，各种花样的面包、培根、香肠都入过口中腹中。尽管大部分时候我们坚持要吃本地食物不是为了美味，只是想体验当地人多年来享用这道餐食的感受，并试图去理解食物背后的历史、文化，找寻一道特色菜之所以在当地风行不衰的原因，但吃到后来也免不了一想就腻。

如今回忆起来，印象最深刻的居然还是 Erin 自制的那一盘不正宗的英式早餐，虽然不符合标准，却满是同窗情谊。

Four

04 巧达浓汤

在旅途中，无限制地想念并最终屈从于中餐馆和快餐店的时刻，也许是我们最感到挫败的时刻。在吃饭这件事上，纪先生有这样一种心态：许多人都喜欢的食物，一定有一个好吃的版本；如果我们吃到的不好吃，那么一定是我们吃的版本不对。

我们从不拒绝当地的食物，无论事前听说了多少奇葩的传言。从生鲱鱼到鞑靼牛肉，从马麦酱到辣椒胡萝卜汁，只要它带着当地的特色、有一些味道之外的渊源和文化，菜单上最奇怪的那道菜通常是我们的首选。在饮食上我们从不刻意追求安全，而是愿意一再地冒险。所以，那些走进中餐馆和快餐厅的时刻，就意味着一场冒险的失败。

这样的失败在英国和伊朗发生的次数最多，在爱尔兰却只发生过一次，与之相伴的则是一次巨大的成功。无论成功或失败，都是因为一碗巧达浓汤。

12 月的爱尔兰风雨交加，即便晴朗时，风也未曾停歇过。我们开着车在疾风骤雨中沿着漫长的海岸线行驶，穿越峡谷、悬崖、海滩，从海滨的一个个村镇路过。在这个靠海吃海的翡翠小岛上，无论我们停留在哪个村镇，总有餐厅提供巧达浓汤，温暖我们在风雨中冰冷僵硬的身体。

如果写这段文字之前我没有去查 Google 地图的话，我根本想不起那个小镇的名字：米尔敦·马尔贝（Milltown Malbay）。这是爱尔兰长达 2000 多公里的野性大西洋之路上一个微小的、靠旅游业支撑的镇子，一条步行 20 分钟便可走完的主街，两旁是低矮、冷清的房屋，据维基百科统计这里有 13 家小酒馆、5 家理发店、2 家餐厅和 1 家青旅。我们就住在这唯一的一家青旅里。

小镇离欧洲最高的悬崖莫赫悬崖（Cliffs of Moher）约有 40 分钟车程，然而冬季是旅游业的淡季，我们抵达时天色刚黑，13 家小酒馆目测只有 3 家还开门营业。将行李安放好之后，我们便去找饭吃。整条街安静空旷，细小的雨丝随着风吹向我们，走了几步发现前方的街道已经一片黑暗后，我们便受不了寒冷，躲进了 2 家餐厅中还亮着灯的那一家。

餐厅里的空间出乎意料的大，想来旺季时也曾挤满客人。但此时一个客人都没有，服务生看见我们也禁不住有些意外。菜单上依然是一些爱尔兰常见的菜式，贻贝、三文鱼、炖牛肉等。天冷就想喝一碗热汤，我们便点了一份海鲜巧达浓汤。

Chowder（巧达浓汤）这个词的来源尚有争议，也许是来自法语，但葡萄牙、巴西等地也有叫作类似名字、用类似烹饪方式做成的料理，英国的书籍也常见关于“chowder”的记载。无论如何，这应该是一道诞生于渔船上的汤，用贻贝、鱼肉等炖煮，加鲜奶油增稠做成。18 世纪，法国和英国的移民将这道汤带到了新大陆，成为美国长盛不衰的一道料理。

处在大西洋中的爱尔兰岛有丰富的海鲜，自然也是巧达浓汤流行的地方。自打踏上这个岛，我们每隔几天总要喝一碗汤，这也是饮食的冒险中最轻易就能成功的一道料理——只要海鲜足够新鲜，汤的味道总不会差。

当我们坐在小镇里那唯一营业的餐厅时，我们也抱着这样既不期待也不忐忑的心情。汤端上来的时候盛在一个方形的瓷碗里，碗壁已经有使用多次的陈旧痕迹，乳黄色的汤上面撒着一些绿色香料，看上去跟之前吃过的并无太大区别。

我舀一勺送进嘴里，浓稠的汤与舌头接触的那一霎那，我便知道那种将就吃一吃的心情是错的——这是我目前吃过的最好吃的巧达浓汤。我将勺子递给纪先生，让他也试试。他将勺子放进嘴里时露出的表情让我明白，身为一个来自青岛和潮汕、对海鲜有着极高要求的人，这道汤让他满意得不得了。

我没法去具体形容它有多么妙，只能说十分新鲜的贻贝、三文鱼与奶油汤融合得是如此之好，让我们瞬间忘却了环境的冷清。这一路穿越风雨与山崖的旅程，仿佛都是为了来到这个不起眼的小镇、在这个我已经忘记名字的餐厅喝下这一碗汤。那个时刻，我以为巧达浓汤是整个旅程的饮食冒险中最大的胜利。

这碗汤让我们念叨了几天，在终于抵达野性大西洋之路的终点时，我们决定再来一碗巧达浓汤解解馋。小镇金赛尔（Kinsale）拥有平静的海湾，以美味的海鲜闻名，沿着港口的街道上有许多家餐厅。我们走到其中一家门口，看见上面贴着米其林推荐的标识，便决定进去一试。

大概是因为所在地热门一些、餐厅环境高级一些，而且有米其林的名声作保，巧达浓汤的售价比其他小镇的餐厅都高一点，却也算不上昂贵。纯白色的圆形瓷碗里盛装着乳白色的浓汤，上面撒着些许白芝麻，乍看外观跟其他店的巧达浓汤差异不大，再看却发现汤的边缘处露出棕色。

这是我们第一次看见棕色的海鲜巧达浓汤，颇有些奇怪，理论上海鲜和奶油都不能烹饪出这样的颜色。我拿勺子稍微搅了搅，棕色便与乳白色融合在一起，整道汤变成浅棕色，一点酱香味飘出来。小心翼翼地舀一勺放进嘴里——天哪，真是咸得不得了。

我难看的表情让纪先生一愣，他赶紧也尝了一口，额头上立刻也皱起了三道纹。“这该不会是放了酱油了吧？”我小声嘀咕道，纪先生当即表示赞同。可是，爱尔兰的餐厅怎么会用酱油呢？难道是为了照顾两个东亚人的口味，或者是当地的特殊做法？

齁咸的巧达浓汤成了一个谜，震惊的我们甚至没有勇气去问侍者。汤里的贻贝和三文鱼也不如米尔敦·马尔贝的新鲜弹牙，过多的类似酱油的咸味更是让海鲜的鲜味全无。我们本着不浪费的精神，配合两大杯柠檬水，皱着眉吃掉了一半浓汤，便再也无法继续了。

直到走出餐厅，那股咸味依然在口中徘徊，回到青旅我们又猛喝了一瓶白水才好一点。这是我们在爱尔兰的饮食冒险中最难吃的一餐，原本以为永远不会出错的巧达浓汤狠狠地用现实打醒了我们——既然是冒险，就总会有失败。

不过，有失败的冒险才有趣吧。我们这样安慰自己。

圣殿酒吧街，都柏林，爱尔兰

HARP

Five

05 布鲁塞尔的巧克力

小时候，巧克力对我来说更像一种奢侈品。这种褐色甜食比别的糖果卖得都贵，成都那时候流行一个叫作“金莎”的牌子，产品是类似费列罗的坚果夹心巧克力球，又比别的巧克力更贵一些。母亲本就不喜我多吃糖，怕坏了牙齿，巧克力就更是少买了。但我对此反而向往起来。其实以小孩子的标准，巧克力甜中带着苦涩的口感并不算太迷人，只因为稀奇便总想吃一吃。

长大了一点，我开始知道国外要过圣诞节，冬季飘雪的夜晚会有红衣服白胡子的老头背着大包裹从烟囱里降下，将礼物放在小孩子准备的红色圣诞袜里。我把这个故事讲给父亲听，圣诞节早晨醒来的时候，床头便摆着一只干净的袜子，里面装着一条巧克力。

后来离家远了，巧克力也吃得多了，儿时的记忆便淡忘了。自驾亚欧这一路我们的车里也经常备着巧克力，连续开车、没空吃饭的日子里可以用来补充体力。

直到抵达比利时的首都布鲁塞尔（Brussels），嗅着遍布全城的若有似无的巧克力甜蜜气息，路过小学课本里读过其故事的撒尿小童雕像，童年时的记忆便一下子涌上心头，那时候对巧克力充满幻想的向往与喜爱也通通回来了。

后来我跟别人说，比利时有世界上最好吃的巧克力，没有之一——这里的巧克力夹杂着童年时的种种记忆，而没有什么比童年更美妙的了。

法国作家雨果的《悲惨世界》是我读的第一部外国小说，即便那时候年纪尚幼，未能完全理解，却依然读得满心伤悲。小说是在布鲁塞尔首次出版的，而雨果盛赞的“世界上最美的大广场”就位于布鲁塞尔老城的中心。大广场始建于 12 世纪，面积并不算很大，最壮观的莫过于市政厅的塔楼，建于 1402 年，高高插入云霄，是广场上最高的建筑。19 世纪，雨果从法国流亡至布鲁塞尔时就住在大广场旁，他在笔记里写道："市政厅这块珍宝，是诗人炫目的奇想落在建筑师头上成了灵感，广场则是个奇观。"

广场四周环绕着中世纪的行会建筑，曾经都是纺织、酿酒、食品、冶铁等行业协会所在，还有形形色色的商铺，包括各种牌子的巧克力店。广场附近的小巷子里则坐落着巧克力博物馆，设立者是知名的巧克力品牌歌帝梵（Godiva）的创建人的太太。

博物馆展示了巧克力的起源、来到欧洲的过程、制作巧克力的方法等。最早种植可可树和喝可可饮料的是南美洲的玛雅人和阿兹特克人。16 世纪初，西班牙探险家哥伦布在如今的墨西哥发现当地的阿兹特克国王饮用一种可可豆加水和香料制成的饮料。1528 年，另一位探险家科尔特斯将其带回了西班牙。西班牙人将可可豆磨成粉，加入水和糖，加热后制成的饮料就被称为"巧克力"。很快，巧克力就传遍了整个欧洲。

博物馆的每一个展区都有给参观者免费试吃的巧克力。来自非洲、太平洋岛屿、南美洲的可可豆各具风味，小时候少有机会尝试的巧克力，在这儿能一次吃到超级满足。此外，博物馆里还提供了 5 种不同成分的巧克力试吃：白巧克力、牛奶巧克力、54% 黑巧克力、70% 黑巧克力、80% 黑巧克力。从甜蜜逐渐到苦涩，仔细品味苦涩中又有回甜，大概正是从孩子长大到成人、再回忆起远去的童年时的滋味。

这里还有许多巧克力模具，从小兔子到大熊，以及布鲁塞尔的标志——撒尿小童形象的巧克力。参观的最后环节有一位巧克力师傅现场展示巧克力的制作过程，做好之后就发给大家吃掉。当巧克力脱模时，一些孩子在旁边欢呼雀跃，和我内心中那个小小的自己一起。

离开博物馆后，我们在老城的街巷里随意穿梭。街头到处是丁丁的漫画涂鸦，这个带着小狗白雪全世界冒险、经历过 1935 年的中国抗日战争、甚至登上过月球的年轻记者，曾经是我年少时的职业理想。

比利时是一个名副其实的漫画大国，人均漫画家数目世界最多。在距离大广场 10 分钟步行距离的比利时漫画艺术中心里，展出了世界漫画的发展史，从古埃及的壁画到希伯来的修道院壁画，再到报纸上的讽刺漫画与日本的连载漫画，应有尽有；漫画艺术的全部领域均有涉及，包括科幻、犯罪、政治、儿童等，670 余位漫画家的作品在此呈现。除了充满勇气的少年记者丁丁，艺术中心里还有大群的、同样诞生于比利时的蓝精灵们。我俩站在这群白帽子小家伙前面，试图去一一回忆，哪一个是聪聪、乐乐或者健健。

然而记忆还是模糊了，倒是街边的店有丁丁和蓝精灵形象的巧克力，让我想起一边和小伙伴分享着巧克力、一边看动画片的那些日子。

在老城开店的一众比利时巧克力品牌中，我个人最喜欢的是皮埃尔·马克里尼（Pierre Marcolini）。品牌创始人马克里尼是一位获奖无数的世界顶级巧克力大师，位于布鲁塞尔萨布隆（Sablon）广场的旗舰店采用最简洁的黑白配色，低调中透露着奢华，店员帅气又美丽，包装设计也满是高级感。

当然重点是巧克力，采用巴西、古巴、厄瓜多尔、马达加斯加等地最上乘的可可豆，手工制作。制法通常是极简的，以突显顶级可可豆的不同风味。这样制作出的黑巧克力，每一种都特色浓郁，非常好吃。可以按颗买，一盒就尝遍所有口味。

老字号的诺豪斯（Neuhaus）则是现存历史最悠久的巧克力制造商、真正的比利时巧克力第一代表。我们去店里吃巧克力时是初春 3 月，正值复活节前夕，店面被布置得温馨又轻松，巧克力做成了兔子的形状，充满童话氛围。

夹心巧克力即是 Neuhaus 的发明，内陷柔滑，外壳入口即化，小时候爱吃甜食、怕苦，最喜欢这样的巧克力口感。不过对于成人来说可能有点太甜，店员建议我们配了一杯红茶，在乍暖还寒时候既温暖又解腻。

最为国人熟知的 Godiva 已经改为工业化生产巧克力，少了一点高级定制的灵气，不过品质依然很高。这个巧克力品牌于 1926 年在比利时布鲁塞尔创办，以骑在马背上尊贵的 Godiva 夫人的名字命名，店面早已开遍全球。

小时候爱读杂书，在知道这个巧克力品牌之前，便看过这位夫人的故事。这是一位 11 世纪的伯爵夫人，她向丈夫恳请为人民减税。伯爵却勃然大怒，与她打赌，要她赤裸身躯骑马走过城中大街，假如没人偷看她的话，便会宣布减税。第二天早上，夫人骑上马走向城中，巧妙地用长发遮蔽私处，而所有百姓都躲避在屋内，令她不至蒙羞。伯爵顿觉羞愧，于是信守诺言，宣布全城减税。

虽然国内到处也能买到工业化生产的 Godiva，但布鲁塞尔店里现场制作的巧克力草莓依然值得一试。红艳艳的大草莓细细裹上一层白巧克力，再裹上一层牛奶巧克力碎，鲜艳漂亮。草莓的微酸配上巧克力的苦甜，滋味无穷，若升华一下，那便正如旅途总是酸甜苦辣杂陈，人类成长的过程也一样。

此外，Corne Port Royal、Mary 等也都是很有名的巧克力店，每家都各有特色，而且分店都开在布鲁塞尔的地标大广场周边，找起来非常方便。复活节前夕的店面全都布置得活泼有趣，几乎都是以彩蛋和复活节兔为主题。巧克力蛋糕上绘着一只小兔子，配上大约是棉花做的毛茸茸的尾巴，十分有趣。

我们从每家店各买下几粒巧克力，站在人群稀疏的大广场上，迎着春日带着些许寒意的风，在日暮的阳光下，细细品尝着其中甜蜜又苦涩的滋味。布鲁塞尔在我们逛这些巧克力店的 3 天前刚经历了一场恐怖袭击，城里的紧张情绪还未完全散去。但店员和客人置身于巧克力的包围中，依然露出节日的微笑。

生活还得继续，城市会恢复生气，我们的旅途也远无止境。而关于童年的记忆，也将一直在这座城市的巧克力氛围中保有鲜活的声色。

Six

06 一杯存在主义的咖啡

旅途进行到 2016 年的春季，已经是我人生中第三次来巴黎了。当然，我还可以去卢浮宫连续看几天，并且再次对着美索不达米亚的展品睡着，或者去蓬皮杜艺术中心外面晒着太阳，看情侣们表演法式长吻。但这些都不太重要，这次我打定主意要去几家有名的咖啡馆，和平、双叟、花神、丁香园……以前我路过左岸数次都怯怯地不敢进去的咖啡馆，得趁着这个反复无常的春季给予的一点儿勇气，踏进门去。

和平咖啡馆始终因在歌剧院旁边辉煌的位置而显得高门大户，俨然一座朝圣殿堂，让我不敢亲近。所以还是趁泡了一下午莎士比亚书店后的好心情，沿着阳光灿烂、游人如织的街道走到圣日耳曼大道。花神咖啡馆（Cafe de Flore）和双叟咖啡馆（Les Deux Magots）比邻而居，都是好大门面，门口摆放着面朝路人的小桌和座椅两三层，坐满了戴墨镜喝咖啡举相机的各国游客，显然一副著名旅游景点的样子。

这两家都是老店了，名气来源于昔日流连忘返、高谈阔论的文人大家们。存在主义哲学的鼻祖萨特据说常在这两家店中写作，与西蒙・波伏娃倾谈讨论，毕加索曾在花神咖啡馆中作画，为巴黎写了《流动的盛宴》的海明威据说也时常来坐一坐。如今两家店还各自设立有文学奖项，鼓励青年作者的创作。

据说巴黎有 1.2 万家以上的咖啡馆，小的只两三张桌子，大的得有两三层楼。我第一次对巴黎咖啡馆心生向往倒不是因为有多少名人钟爱那几家店，而是读书时教授讲起巴黎咖啡馆作为知识分子、文人的公共空间，有多少的思想激荡、灵感流动。知识分子就公共问题、哲学命题争论、思索，诗人、作家在此朗读最新创作的篇章。而当时哪怕市井小民、贩夫走卒也爱坐进街边咖啡馆，热烈地讨论公共事务。

如今当我终于走进花神咖啡馆里萨特与波伏娃曾会面的二楼，目之所及并无静思之文人，也无谈论之知识分子，爱在咖啡馆读报论争的老派巴黎人一个也没有。游客们占据了咖啡馆的每张桌子，自拍与互拍取代了彼此的书稿朗读、激烈交锋。其实我也不过是个游客罢了。

但既然好不容易来这儿一次，便也得喝杯咖啡才好。打开菜单一看，价格着实令人咋舌。六七欧元一杯咖啡、10~15 欧元一份甜点的价格，比普通的市井咖啡馆贵出一倍。当年海明威在巴黎的生活颇为清贫，与妻子租住的房间寒冷而狭小，在温暖的咖啡馆泡着写作才可谓惬意。但如果当年也是如此价格，恐怕他是喝不起也写不起了。

待咖啡与甜点端上来一看，除了杯具漂亮些，口味却与街头巷尾遍布的廉价小咖啡馆并无太大区别，尤其是纪先生点的那杯茶，被评价为还不如川宁的茶包好喝。昂贵的拿破仑口味尚可，更昂贵的歌剧院蛋糕却着实令人失望，甜得腻人。哪怕巴黎甜品普遍偏甜，这块蛋糕也真登峰造极了。

唯一可取的该属侍者的衣着与态度。花神咖啡馆统一只雇用男性侍者，身着笔挺的礼服，白衬衫的衣领与前襟浆得硬挺，态度有礼、姿势优雅，穿梭在室内室外的咖啡桌之间，确是老派作风。周遭的游客也仿佛把咖啡钱当作了门票钱，四处拍照、兴奋打望，热闹得很。

巴黎咖啡馆最特别之处在我看来倒不是文人墨客留下的名店数家——那个有菲兹杰拉德、泽尔达、斯泰因的年代早已在伍迪・艾伦的电影《午夜巴黎》中被怀念意淫了好长时间，我以为最特色的是室外的座位并非安排成同桌的客人们互相对着，反而是所有客人都面朝路人。看过往行人和被过往行人看，或许后者更像在巴黎泡咖啡馆的必体验。

如今泡咖啡馆、坐室外座位的巴黎风格还在，且兴盛发展得很是繁荣。花神的室外区域比内里可拥挤得多，坐在这儿的客人对着来晚了没位置、只能拍个照就走的其他游客，大概也是很有优越感的。然而文人与知识分子的公共空间早已不再，想要获奖的新一代青年作者们可能也早已去了星巴克之类有 Wi-Fi 的地方写作。如今的本地学者与文人们去哪里讨论、思考、朗读作品，我是不可知了。

走出花神咖啡馆的时候，简直是从一众兴致勃勃来朝圣的游人中奋力挤出。旁边的双叟咖啡馆自然也不甘落后，门口的室外区域比花神更大，坐着各国游人，晒着太阳，听着街头乐队的欢快乐曲，对着路人沾沾自喜地品味着想象中的文化遗韵。这才不过春季，便是这般人多，而海明威还说巴黎的春季是“唯一真正叫人悲伤的时刻”。

至于海明威在《流动的盛宴》第一篇就写到的“圣米歇尔广场的一家好咖啡馆”，也就是同样著名的丁香园咖啡馆（La Closerie des Lilas），我是不打算去的了。我怕看见、也怕自己参与把那些曾经是文人与知识分子的公共空间的好咖啡馆们都变成没有文人学者的、“人群拥挤”的“业余爱好者咖啡馆”。

双叟咖啡馆，巴黎，法国

MAGOTS
MAGOTS

Seven

07 十八区的黑猫酒馆

纪先生有个在巴黎居住多年的朋友，在上午我们出门的时候嘱咐说，千万别夜里去十八区。然而等我们在杜伊勒里花园晒好了太阳、看够了喷泉、逗完了鸽子，再从协和广场的摩天轮沿着香榭丽舍大街吃饱了马卡龙，最后到凯旋门底下拍好一堆照片，打算坐地铁去蒙马特高地的时候，已经临近傍晚了。所以当我们钻出十八区的某个地铁站，一眼就望见了夕阳西下中的红磨坊夜总会的巨大风车。

所谓的十八区，是传说中巴黎治安最差的几个区之一，大概是因为这里北非移民众多，夜店与色情场所聚集，历来是大量贫困潦倒不得不成为流浪汉的艺术家和假装成不得志艺术家的流浪汉的聚集地。

但是我喜欢十八区。好多年前我更年轻无知而无畏时，对这区的治安不甚了解，只贪这里离蒙马特高地、圣心大教堂近，又靠近火车站，果断订了一间便宜的青旅来住。4 人混住间里就我一个女生，但同屋的年轻男孩教养好又帅气，对床的美国小青年临走还留了巧克力在我床上。走两步就能登上圣心大教堂，从清晨无人的巴黎到夜里的灯火辉煌都看个够，旁边小广场上买个冰激凌一边抱着吃一边透过画廊的落地大玻璃窗看里面摆着的达利和毕加索，一切都让我对这个区颇有好感。

这次我们在傍晚来到十八区，我觉得刚好、再好不过。这种酒吧群集、夜总会声色犬马的地方，白天有什么好看，就得夜里才真有趣。不过这次我比当初是警醒了许多，有先生相陪，两个人都低调谨慎。周边华灯初上，夜总会的门口刚开始热闹起来。路过演出票价昂贵的红磨坊，我们考虑了一下钱包，决定还是不去看舞女们的白皙大腿与高耸胸脯了，便沿着蜿蜒小路和高高楼梯一步步向上爬，朝高地最高处走

黑猫，莫斯科，俄罗斯

去。楼梯两边有络绎不绝的精彩涂鸦，某种程度上而言，流浪汉艺术家，或者说艺术家流浪汉，其创作比许多殿堂级画家更亲切有趣。

圣心大教堂在山顶俯瞰着夜晚的巴黎，周边看夜景的人总是不少，还有所谓的街头画家兜售着 3 分钟绘制一幅肖像画。我多年前趁清晨爬到圣心大教堂门口时也遇见过——肯早起出来赚钱的画家一定不是真画家。但我还是让他画了，反正他说画得不像不要钱，而且我时间多得是。画出来是真的不像，于是我拒收作品也没付款，“画家”劝了两句也就算了。这生意模式至今没变，但那么多看夜景的人竟没有一个上钩的，可见这么多年该项业务虽未死但也并不太好做。其实我总觉得这些画家们忘了一个道理才使得生意堪忧：女生们是不太需要被画得像真人的，只需画得美便好了。

等吹够了蒙马特高地的夜风、望够了远处的铁塔、看够了小酒馆门口寻欢作乐的年轻人，我们决定去黑猫酒馆（Le Chat Noir）吃饭。根据花神咖啡馆的经验，这是个错误的决定。但作为一枚没救的文艺女青年，我是没办法拒绝魏尔伦、德彪西的诱惑的。

如果你确实地走在巴黎街头，就会发现这座城市最普遍可见的标志并不是埃菲尔铁塔，而是一只坐在屋顶的黑猫。塞纳河边的小摊上售卖的明信片、招贴画、老海报上全都少不了这只黑猫的身影。而这只睥睨众人的黑猫形象就是 19 世纪巴黎最火的黑猫夜总会的招牌。

黑猫夜总会于 1881 年由鲁道夫·萨利斯（Rodolphe Salis）创建，立刻就成为巴黎最著名的卡巴莱夜总会。所谓卡巴莱，是一种简洁直接的表演方式，用简单的布景及服装，纯以歌曲把故事向观众呈现，最直观的场景可以去看看《红磨坊》电影中的康康舞剧照，华丽性感。萨利斯原本是个不太成功的小画家，娶了有钱的寡妇后开了这家夜总会，却取得了非凡的成功。

萨利斯的艺术追求让黑猫没有沦落为一般的声色场，而更接近一个文化交流场所。巴黎各个领域最杰出的人士都来到了这里，它也是第一所允许弹奏钢琴的酒馆，因此吸引了众多的音乐人。光顾黑猫最著名的客人包括象征派诗人魏尔伦、音乐家德彪西、点彩画派的画家保罗·希涅克和现代戏剧创始人之一的奥古斯特·斯特林堡，等等。值得一说的是，德彪西著名的《月光》灵感正来自魏尔伦的《月光曲》。

总之，这一切都让我无法拒绝黑猫酒馆——夜总会早在 20 世纪初倒闭，如今的黑猫是家小酒馆，每晚都有现场音乐演出，为客人佐酒下饭。我们推门进去的时候，正有个小乐队在入口处弹唱，每桌有几个客人跟着一起和，气氛刚热烈起来。等我们坐下点好菜，隔壁桌的年轻女士已经自告奋勇拿过了主唱的话筒，引吭高歌一曲，倒也确实美妙。

菜单上的价格依然令人咋舌，咖啡和甜品的价格几乎跟花神咖啡馆一模一样，都是名人流连过的光环效应。魏尔伦当年的生活并不宽裕，后期更是几近潦倒，虽然此刻他写的诗是最好的，但我并不认为若当年黑猫价格高至如此，他能够负担得起。无论如何，我们还是点了菜，期待名人的光环能给菜增添美味。

显然，我们错了。鱼煎得煳了，有股挥之不去的苦味，牛肉炖得柴了，咀嚼起来颇为费劲。配菜我都不记得是什么滋味了，只有“难吃”二字。名人的口味果真奇怪得很，我只得一声叹息。

唯一可喜的是黑猫的遗风一丝尚存。夜里10点多小乐队告别，换了个弹钢琴的黑人，一曲曲关于巴黎的歌流淌出来，全酒馆的人都嗨了起来。至少，这还是个巴黎人会光顾的地方，还没有多少如我这般的游客来占领此地——当然也可能只是时间太晚，其他游客都怕了十八区的坏名声而已。

黑人的钢琴曲不停，整个酒馆的人开始合唱、跟着节奏拍手，先有几位明显喝得太多了些的中年男女站起身来跳舞，最后便是几乎整个酒馆的人都离开餐桌，跑去围着钢琴歌唱、舞蹈、欢呼。气氛一波波推向高潮，弹奏者几乎把我白天在塞纳河锁桥听过的卖艺者演奏的歌曲都弹了一遍，全酒馆的人，无论男女老少，也都跟着唱了一遍，舞也跳了几轮。人们举着酒杯红着脸眼睛闪闪发光，那一刻有种错觉，仿佛回到100多年前的那个无与伦比的夜总会。

然而，始终弹唱的不过是些流行乐曲，再无当年的艺术创作。合唱者、舞蹈者也都是些聚会玩乐的普通人，没人在此趁气氛趁灵感谱写一曲新歌、吟诵一首新诗、产生某种绘画的冲动。如今的客人无论是冲着名气而来还是朋友就近聚会，黑猫都不过是间再普通不过的有现场音乐的热闹小酒馆而已，萨利斯打造的那个华美又不低俗的文化交流场所是不可再现了。

“他们虽也曼声低唱，歌颂那胜利的爱和美满的生，终不敢自信他们的好梦。”当年在黑猫醉生梦死的人们、在此迸发出艺术灵感的人们，有酒有音乐有诗便足矣，此刻只关心琴棋书画诗酒花，哪去想醒了之后的那些龃龉。如今的黑猫，声色犬马仍在，文化艺术却无处可寻，只得怀念当初的辉煌。如果昂贵的价格、煎成苦味的鱼、难以下咽的牛肉就是门票的话，票价是怎么也不值了。

及至近午夜我们才离开，又唱又跳的人群已经唱完了所有耳熟能详的巴黎小情歌，开始合唱赞美主的圣曲了。我俩趁机赶紧走出酒馆，夜色中灯光闪亮，招牌里那只干瘦的黑猫早就跟着萨利斯、魏尔伦、德彪西的时代逝去了，现在我们因为怀念、羡慕、朝圣的心态走进的，大概只不过是它装腔作势的幽灵。

十八区这会儿正热闹，站街的女士们在暗处踩着高跟鞋吸烟，性用品店的橱窗夸张怪异，通往地铁的楼梯传来浓烈的尿骚味，红磨坊的风车还在缓慢旋转，想想同名电影里童话般的爱情故事，应该也是只属于那个黄金年代的虚构了。

转身走进地铁站时又转念一想，虽然黑猫令人失望，虽然曾经文士风流之所在如今好像只剩风流不见文士，但我可能还是会再来十八区的，因为这里有高高的楼梯和总是在更新的有趣涂鸦，有许多不会真的骗人的街头画家和摆着达利、毕加索作品的小画廊，因为此刻月光明亮。

Eight

08 真正的马卡龙

1

店面狭小拥挤，糖果、巧克力、蛋糕、葡萄酒堆成了一座座小山。店员熟练地应付着一边挑选一边拍照的几位顾客，微笑着递给我一个白色蓝字的纸盒。虽然看不懂法语，但还是能大致猜出盒子上的几个意思：真正的马卡龙，古法配方，圣埃米利永，始于1620年。

这是我们在法国最后一次吃马卡龙——真正的、原始的马卡龙。

2

两块色彩鲜艳的蛋白杏仁小饼干之间夹着不同口味的馅儿，甜蜜、清脆又柔软，这就是法国著名的甜点马卡龙（Macaron）。台湾作家谢忠道先生谈论马卡龙的文章《性感小圆饼》里面提到，有法国人形容马卡龙做得极好时，口感宛如少女的酥胸。虽然这个说法我们没真听法国人提过，不过“少女的酥胸”还是在国内流行开了。倒是马卡龙缤纷的颜色与口味，确实有点像少女变化多端、细腻敏感的心思。

法国以做马卡龙著名的店不少，网上一搜就有一大堆巴黎最佳马卡龙的排行榜，其中最受欢迎的莫过于甜品和店面都做得华丽非常的拉杜丽（Ladurée）了。这个品牌创立于1862年，最初的店面设计师吸取了教堂和歌剧院的艺术灵感，天花板上浮雕着大量快乐的小天使，大门、柱子、走廊都采用粉绿描金的配色，显得精致、优雅，又带着点奢华。

粉绿描金的配色据说正是玛丽·安托瓦内特王后的最爱。这位美丽的王后是法国国王路易十六的妻子，热爱艺术、音乐、时装、舞蹈，过着极其奢华、挥霍无度的宫廷生活，将洛可可风格推行至极致，但也被当时愤怒的法国人民称为“赤字王后”。最终，法国大革命期间她被处斩。根据玛丽王后生平改编的电影《绝代艳后》整体都充满了华丽的粉绿描金色调，跟马卡龙如今的形象倒是十分相配。

拉杜丽在巴黎有数间分店，每一间都延续了最初洛可可风格的装潢。我们光顾的那家位于香榭丽舍大街上，粉绿描金的店面十分显眼，店内的下午茶氛围也一如当年法兰西帝国的古典与精致。假装巴黎贵妇流连一下午，配着芬芳四溢的红茶，吃下几枚清甜的马卡龙，还真的是不错的享受。

马卡龙的口味有十来种，颜色也因此各异。蛋白杏仁饼干酥脆又轻柔，唇齿轻轻一碰便化开，馅料柔润爽滑，又不会太过甜腻。粉红的玫瑰花香馥郁，淡黄的柠檬酸甜清新，浅棕色的海盐焦糖甜咸可口，至于黑色的，虽然是我们一向讨厌的甘草味，做成马卡龙吃下去竟然也变得美妙起来。

3

从拉杜丽出来，沿着香榭丽舍大街往凯旋门的方向走，不多远就能抵达另一家最佳马卡龙榜单上的常客——皮埃尔·艾尔梅（Pierre Hermé）。如果说老派的拉杜丽是马卡龙古典主义的代表的话，那么被称为“甜点界的毕加索”的皮埃尔·艾尔梅则是马卡龙界的创新派奇才。

皮埃尔·艾尔梅曾经是拉杜丽的首席糕点师，他创立自己的甜品店时，因为和拉杜丽的合同尚未到期，第一家门店是开设在东京的。直到4年后的2002年，皮埃尔·艾尔梅才在巴黎开店。

相比采用巧克力、花草、坚果等口味系列的拉杜丽，皮埃尔·艾尔梅的马卡龙口味更加贴近世界各地都流行的融合菜系，或者说更加奇异。每种口味都有自己的名字，比如混合了玫瑰、荔枝和覆盆子的“伊斯法罕”口味，大抵是甜点师印象中香气袭人的东方印象；混合了新鲜薄荷和红莓的“米丽娜（Miléna）”口味，不知是哪位清新羞涩的迷人女郎。

因其混搭，马卡龙的色彩也越发缤纷，经常有一枚马卡龙的两片饼干颜色不同的搭配，再加上中间的馅儿，形成3层色彩，还有的饼干上有斑点，或者可以形容为少女脸颊的可爱小雀斑，光看样子很难猜出其口味。

皮埃尔·艾尔梅店面的装潢也更加现代、时髦，凯旋门附近的分店其实只是个柜台，只能外带。不过打包带去凯旋门下面，一边欣赏香榭丽舍大街的车水马龙，一边快速吃下几枚马卡龙，大概更符合现代人的生活节奏吧。

4

离开巴黎，我们在往南去西班牙的路上，途经了一个叫作圣埃米利永（Saint-Emilion）的小镇。圣埃米利永位于波尔多葡萄酒产区，镇子依然保留着中世纪的模样，沿着石板铺成的街道，走进残留的城墙内如迷宫般的镇中心，可以一一探访山岩上开凿出的教堂、石砌的修道院、残存的石拱门、高耸的尖顶塔楼。站在高处，眺望到的不仅有温暖的春季夕阳，四周刚刚变成青绿色的葡萄园也大片大片地跃进我们的视野。

这是一个自中世纪便以葡萄酒出名的小镇，狭窄的石板小路串联起大大小小的葡萄酒商店，几欧元的酒可以随便品尝，如果想买些更高级的，服务生就会带你进入商店下方阴凉的酒窖。除了葡萄酒，这个古老安静的小镇还以其“真正的马卡龙”为傲。

1620年，圣埃米利永修道院的修女嬷嬷就开始制作一种蛋白杏仁圆形小饼干。法国大革命之后，也就是玛丽王后殒命之后，一位不知名的女士获得了这个来自修道院的甜点配方，并将配方传给了一位寡妇——歌蒂舒夫人（Mrs Goudichaud）。这时候，小圆饼干已经成为配圣埃米利永葡萄酒的甜点了。

这位寡妇有一个女儿，被称作格朗代夫人（Madame Grandet），她从母亲那里继承了这个甜点配方，并在死后将配方传给了自己的儿子。从此之后，寡妇的外孙成为古代圣埃米利永修女的马卡龙配方的唯一继承人。

圣埃米利永的葡萄酒商人去参加1867年的巴黎世博会时，随着酒带去了大量马卡龙，这种小圆饼干从此一举成名。随着配方的代代相传，如今圣埃米利永的老店依然使用近400年前的配方，制作着最朴素的马卡龙，招牌上骄傲地写着：古代修女、歌蒂舒寡妇、格朗代继承者的配方 。

小小的蓝白色盒子里，装着12枚薄薄的小圆饼干，这就是“少女的酥胸”最初的模样。毫不起眼，毫不华丽，只是最简单的蛋白杏仁饼干，没有变化多端的色彩，也没有缤纷浓郁的馅料。但烤得干脆轻薄，入口有淡淡的甜味，极其酥脆，入口即化。

这来自修女与寡妇的马卡龙，与巴黎奢靡之中崛起的那妖艳又奢丽的甜品完全不一样，满满都是村野间的清淡气息。我们想了半天，也无法决定到底更喜欢哪种。城市与乡村，到底任一都不可割舍。

锁桥上的情侣，巴黎，法国

Nine

09 葡式蛋挞

4月春暖花开、海水明亮，我们吹着风开车来到里斯本的贝伦区（Belém）。这片葡萄牙旅游最热门的区域之一有一望无际的海岸线、强烈的阳光与悠久的历史。这里曾是雄霸海洋的葡萄牙人所开启的大航海时代的起点，也是我们所热爱的甜点葡式蛋挞的诞生地。

贝伦区最显眼的建筑莫过于雄伟华丽、高墙与塔楼闪闪发光的热罗尼莫斯修道院（Jerónimos Monastery）。这座天主教修道院始建于1501年，直到100年后才完工，融合了曼努埃尔式与文艺复兴建筑风格。

在那个年代，修士与修女们通常使用鸡蛋的蛋白来给衣物上浆，由此剩下了大量的蛋黄。于是这些蛋黄就被他们用于制作各种蛋糕和面点，有些配方还流传出来，风靡全国。葡式蛋挞（Pastéis de nata）便是其中之一。

据说发明了葡式蛋挞的热罗尼莫斯修道院的修士们最初来自法国，这让我们想起初始版本的马卡龙，也是法国修女们的创造。

那时候的葡萄牙天主教盛行，热罗尼莫斯修道院的修士们不愁生计，用蛋白浆洗衣服、用蛋黄做甜点之余，就是为国王和出港的航海家、水手祈祷、提供精神力量，生活得很是惬意。因此，这座修道院还安放了许多重要人物的墓，包括开辟了印度新航线、死于印度的瓦斯科·达伽马。

然而好日子持续到1820年便到头了。这一年葡萄牙爆发了一场"资产阶级革命"，自身堪忧的王室再也顾不上修道院了，失去了经济来源的修士们被迫自己寻找出路。他们开始在附近的炼糖厂售卖自己烘焙的葡式蛋挞，以此赚钱供修道院继续运行。

1834年，热罗尼莫斯修道院被彻底关闭。修士们便将葡式蛋挞的配方卖给了这家炼糖厂。炼糖厂的老板获得配方之后，于1837年开了一家售卖葡式蛋挞的甜点店Fábrica de Pastéis de Belém，这家店如今仍在原址，是贝伦区人潮最为拥挤的景点与餐厅。

要找到这家老店非常容易，走出热罗尼莫斯修道院，跟着人流的方向往东前行，就能看见店门口那漫长的队伍，与柜台前那乌泱泱的人群。

事实上，排队的都是外带的，店内有大片的区域可以坐下来点餐、慢慢享用。就餐区分成好几间屋子，可以想见这间店在过去近200年不断扩大的过程。墙面上贴着葡萄牙引以为傲的瓷砖，每间房的花色不同，但都是青花色的图案，颇有因为大航海时代而兴旺的东西方海路贸易留下的古意。

等待侍者上餐期间，我们溜达到店内靠后的房间，隔着透明的玻璃门看见了葡式蛋挞烘焙的过程。无数的烤箱在安静地作业，巨大的桌上摆着成百上千只刚出炉的葡式蛋挞。金灿灿的松脆外皮、微微烤焦的绵软挞芯，光是看着，都觉得食指大动。

整间店都弥漫着蛋黄、奶油的香甜气息，在此刻显得越发诱人。等葡式蛋挞端上桌，我们也顾不得烫，拿起来咬一口，果真是外脆里嫩，既酥松又香滑。手指浸着热乎乎的黄油，此时便也顾不上热量、身材这些恼人的问题了。

这不是我第一次来贝伦区，也不是我第一次吃葡式蛋挞。几年前我独自在欧洲旅行，飞机刚落地里斯本不久便丢了钱包。身无分文的我坐在青旅里垂头丧气，一个怀着孕、也在独自旅行的日本女孩过来安慰了我。第二天，我们约了一起吃晚饭，等傍晚见面的时候，她递给我一个小袋子，里面装着一只甜软细腻的葡式蛋挞。她想与我分享自己喜爱的美食，也想用甜食安慰我沮丧的心情。隔天我也去了贝伦区，也买了葡式蛋挞打包外带，可惜赶回青旅时，日本女孩已经去机场了，之后我们再也没有见过面。

但与葡式蛋挞有关的情谊故事远不止我这样的旅行者的经历，更闻名的是那段跨越国界与时代，在商业全球化的洪流下被淹没的澳门爱情往事——安德鲁与玛嘉烈。

安德鲁（Andrew Stow）是一个英国人，1979年因为工作的原因，他来到了当时还是葡萄牙殖民地的澳门。安德鲁很快就爱上了这座小岛，并且决定在此长居。他还在这认识了未来的妻子玛嘉烈，一个祖籍珠海的澳门女性。

这段跨越国界的恋情很快就有了结果。两人于1988年结婚，在蜜月旅行中，他们来到贝伦区，尝试了这家老店的葡式蛋挞。就在蛋挞滑入唇齿的那一瞬间，安德鲁决定要将这种甜点带到澳门。

1989年，夫妻两人在澳门路环开了第一家安德鲁蛋挞店。安德鲁采用英式蛋挞——港式茶餐厅里常见的那种——对葡式蛋挞进行了一些改进，使其奶香味更浓。很快，这小小的、金黄的、浓香四溢的甜点就征服了澳门与香港。

此时各种商业合作找上了门，更有拓展野心的玛嘉烈与安德鲁产生了巨大的矛盾。这对原本合作亲密无间的夫妻以离婚收尾。

之后，澳门出现了“玛嘉烈蛋挞店”，而且扩张的速度比安德鲁要快得多。两家店形成了明显的竞争，至于口味是否相同、孰优孰劣，在食客中也争论不休。安德鲁蛋挞店的官网上写着配方是由安德鲁独立研制，间接否认了玛嘉烈可能的贡献。

澳门回归那年，玛嘉烈将蛋挞配方卖给了肯德基，从此葡式蛋挞风靡全球。这一举动被认为是最伤害安德鲁的，甚至被推测为玛嘉烈对安德鲁的报复。

2006年，安德鲁过世，他的店由妹妹接手，每天在偏远的路环老店排队的人依然很多。安德鲁与玛嘉烈的女儿时常在父母双方的店帮忙，往事毕竟已成烟云。

追溯过往，从16世纪修道院建立，到19世纪葡式蛋挞被一场革命逼出修道院，再到20世纪流传至东亚，一个小小的甜点，竟承载了如此多宗教、政治、商业与爱情的负担。最终受益的大概还是我们这些无关的人吧，可以安心享受时代发展、全球化带来的好处：如今想念起葡式蛋挞的味道时，想念起那个挺着大肚子、在拥挤的车厢里护着一个蛋挞回到青旅的日本女孩时，我们除了翻一翻照片，至少还能叫个肯德基的外卖。

有轨电车，里斯本，葡萄牙

Ten

10 西班牙海鲜饭

我们怀着要找到正宗西班牙海鲜饭的愿望来到巴伦西亚（Valencia）。

作为两个吃熟米饭长大的人，我俩其实并没有很爱吃这种夹生的米饭。但旅行可能就是不断突破自我的过程——当我们站在西班牙南部灿烂的阳光下，眺望蔚蓝的地中海时，我们便决定，拜访一下这道风靡全球的美食的发源地。

地中海畔的巴伦西亚是一座炎热的城市，更南部的塞维利亚还有点倒春寒意的时候，巴伦西亚已经有了算得上炎热的空气。春日艳阳下，新城区过分先锋的建筑群、老城区古旧的蜜色建筑、海滩边晒成古铜色的人群，形成了有趣的对比。

在老城区绘满了有趣涂鸦的街巷里绕了一天，我们找到了一处口碑不错的餐厅，预订好了晚餐的位置。餐厅不远处有个占了一整面高墙的涂鸦，一个红衣、金发、巨乳的女歌手，站在一口平底锅中间，高声歌唱。

尽管中文翻译为"西班牙海鲜饭"，但"Paella"这个词其实是"平底锅"的意思。正确做法的西班牙海鲜饭即是采用一种双耳、平底、浅口的平底铁锅，锅底烧火、锅内炖煮菜饭而成，端上桌的时候也是盛在这样的平底锅中。

餐厅晚餐期间的生意不错，看得出不少是慕名而来的旅行者。餐单上的Paella列了好多种，售价都是25欧元（约合人民币200元）一份，可供两人分享。为首的便是"Valencian Paella（巴伦西亚饭）"，看名字便知这是最正宗的版本。

尽管中文翻译为"西班牙海鲜饭"，俨然有西班牙国菜的意思，但在大多数西班牙人的概念里，"Paella"是巴伦西亚的特色食物。

最初西班牙是没有稻米的。直到如今，米饭也并不是欧洲的主流主食，除了西班

午餐时间，巴伦西亚，西班牙

牙的巴伦西亚及周边地区。公元 8 世纪，来自北非、信奉伊斯兰教的摩尔人征服了伊比利亚半岛，并在这片土地上生活了数百年，留下了许多摩尔式建筑的遗迹。

相比欧洲人，当时的穆斯林与东方的交流更为频繁。10 世纪，西班牙的摩尔人开始种植来自东方的稻子，尤其是在气候、土壤都十分适宜的巴伦西亚。从那之后，加菜炖煮的米饭成为该地区的一种主流食品。而这种做法逐渐发展成为现在的 Paella，因此“Valencian Paella”被西班牙人认为是最正宗的“Paella”。

米饭里用的橄榄油则是西班牙自己的特产。在古罗马时代，西班牙地区已经遍植橄榄树，生产的优质橄榄油享誉欧洲，每年都有大量装油的瓦罐被运往罗马帝国的首都。19 世纪，随着西班牙铁路网的修建，橄榄油产业迅速扩张。如今，西班牙是全世界橄榄油产量最高的国家。

平底锅很快端上了桌，黄澄澄、油亮亮的米饭浅浅地铺在大锅中，米饭边缘摆着提味的柠檬片，米饭中夹着一起炖煮的食材，包括豆角、迷迭香等，还有几块鸡肉和兔肉。总之，没有海鲜。

尽管中文翻译为“西班牙海鲜饭”，但“Paella”并没有海鲜的意思。平底锅中的炖煮米饭可采用的材料很多，海鲜只是其中一种可能。实际上，餐单上排在“Paella”那一栏的选项就包括了“Seafood Paella（海鲜饭）”。

在最初的“Paella”里，和米饭一起炖煮的主要食材包括鳗鱼、豆角和水鼩。水鼩是仓鼠科的动物，也被称为“水田鼠”，多栖息于河湖岸、沼泽、灌丛、耕地，长得也就是个老鼠样。就这方面而言，18 世纪吃“水鼩饭”的巴伦西亚人，跟胆子大、爱吃烤田鼠的广西人民颇为类似。

吃水鼩、鳗鱼的原因之一是当时社会不发达，贫穷的农民只能抓到啥吃啥。而到了 19 世纪，西班牙的社会经济得到了很大发展，寒酸的水鼩自然就被抛弃了，“Paella”的食材也发生了变化，取代水鼩、鳗鱼的是兔肉、鸡肉或鸭肉，甚至有时候是蜗牛，总归依然不是海鲜。特别是在贫穷的农村地区，很多农民煮饭的时候是除了蜗牛什么都不放的。

这种兔肉、鸡肉做的“Paella”风靡了整个西班牙，1840 年，报纸第一次用“Paella”来称呼用这种平底锅炖煮出来的饭，如今我们所知的西班牙代表性料理“Paella”才算正式诞生了。因此，一锅传统、正宗的“Paella”就应该是我们面前这盘由兔肉、鸡肉、豆角、迷迭香和时令蔬菜等炖煮出来的样子。

不止稻米来自东方，米饭的黄橙色也来自东方的食材藏红花，这种名贵的食材原产于古希腊、小亚细亚和古波斯地区，同样由摩尔人带到西班牙；如果仔细品尝，还能感觉出米饭中些微的辣味，其中所用的辣椒粉来自大航海时代哥伦布从美洲带回的辣椒——足以看出这是一锅东西文化融合而成的料理。不过尽管吸收了肉类的汤汁与鲜香的橄榄油，米饭依然是夹生的，丝毫不符合东方人的口味。据说夹生饭也是“Paella”的特色所在，如果在西班牙把米饭煮熟了，反而是要遭到嘲笑的。

至于真的使用了贻贝、虾等海鲜的“海鲜饭”则是更后期才出现的，毕竟巴伦西亚地处地中海岸，丰富的海产品加入“Paella”也很自然。20 世纪，“Seafood Paella”流行至全球，很多外国人都先入为主地认为“Paella”是应该有海鲜的，包括将其翻译为“西班牙海鲜饭”的我们。

当然，巴伦西亚人不止保留了传统的“Paella”做法，“海鲜饭”也在擅长料理的他们手中变化出诸多花样，比如橙黄诱人的“大虾饭”，以及漆黑如碳的“墨鱼饭”。

我们在巴伦西亚第二天便去尝试了真正的海鲜饭。依然是繁华老城区附近口碑很不错的老店，除了将鸡肉和兔肉换成了虾、贝壳和墨鱼，饭依然是夹生的，就连口味也跟前一天一样咸得要命，连我这样能一口气吃下半瓶老干妈的四川人，都觉得实在受不了。

如果说旅行就是不断突破自我的过程的话，那么我们不得不承认，有些自我是无论如何也难以突破的，比如那颗顽固不已的中国胃。

Eleven

Kebab 11

1

伊斯坦布尔小店里卖手机卡的小哥抓过一小片废纸，在上面写着：Kokoreç，Testi，Adana，Şiş…他顿了顿，又加了一个词：Döner。

小哥把纸递给我们，依次念出上面的词，用不熟练的英文说道："Kebab 是世界上最美味的食物，这些是我认为最值得尝试的几个种类，最好吃的是 kokoreç，你们一定要尝一尝。"

看着他一脸真挚而热情的笑容，我们赶紧点点头。后来，我们受尽了 kebab 的摧残。

2

很难对 kebab 给出一个明确的定义，这种食物起源并广泛流行于中东和南亚各国，包含很多种类型的肉类料理，其中大多数采用烧烤作为烹饪手段，但也有一些例外。因此将其翻译为"烤肉"或者"土耳其烤肉"，都是不准确的，我只能在这里使用英文词。

我记得年少读书时，国内便开始有小店售卖"土耳其旋转烤肉"，这形成了我对 kebab 的初印象。旋转烤肉其实就是 döner，这是全球范围内最常见、也最流行的 kebab 种类，许多人提到 kebab 时第一反应便是这个肉片堆成的旋转小山。

Döner 的起源很早，许多资料认为 19 世纪土耳其布尔萨（Bursa）一位叫作 Hacı

İskender 的厨师发明了它。但在伊斯坦布尔的伊斯兰科技史博物馆里，我们看见了一台蒸汽动力的旋转烤肉机，解说表明，这是根据 16 世纪一位奥斯曼学者在书中的描述而建造的。虽然跟如今的烤肉机动力不同，但外观样式几乎没有变化。

我查了一些资料，依然无法确认哪种说法更加可靠，但毫无疑问，döner 是奥斯曼时期土耳其人的发明。纪先生将博物馆里的旋转烤肉机称为“奥斯曼帝国的黑科技”，而“黑科技”做出来的——在我们看来——真的是一道“黑暗料理”。

伊斯坦布尔随处可见旋转烤肉店，尤其是游人聚集的热闹地方，夜里的塔克西姆广场边缘一整排烤肉店都人满为患。厨师把一片片瘦肉堆积着插在一条直立的串肉钎上，形成一个倒锥形圆柱体，然后放在炉子边炙烤。巨大的肉柱在明亮的暖光灯下缓缓旋转，要吃的时候，就用一把又长又尖的刀把肉割下来，和生菜丝一起夹在皮塔饼或面包中，再倒上一些酸酸的酱汁。

对于我们这两个追求本地体验的饮食冒险者，在土耳其吃土耳其旋转烤肉当然是不可错过的体验。然而，羊肉是柴的，鸡肉就更可怕了，而且店主可能为了节约成本，并没有完全使用肉片，其中有大量的绞肉，干巴巴的毫无汁水，简直不值得多费笔墨形容。

即便 döner 历史悠久，我们也没办法认为这是一种美食。我大概猜到了手机卡小哥最后那一下踌躇的原因——在欧洲，尤其是土耳其移民众多的德国，döner 可谓是最流行的 kebab 种类，改良款的做法里不仅肉片鲜嫩，还加入了许多蔬菜和不同的酱汁，但在土耳其，没有被德国化的 döner 根本不算是好吃的 kebab。

3

事实证明，我们也不喜欢 adana，这是一种将肉酱码成长条形再烤熟的做法，烤肉酱比 döner 更干，在口中咀嚼时我有了一种如同嚼沙的错觉。至于şiş，其实就是烤肉串，我们尝试了从路边摊到大餐厅的各个版本，包括昂贵的传统餐厅里明火碳烤的奥斯曼烤肉，虽然烤炉和肉串都大得气势惊人，但并不比便宜的新疆羊肉串更好吃。

至此，我们已经快要对 kebab 感到绝望了。

那天中午，我们放弃了旅行指南和餐饮网站的推荐，走进了旅馆附近的那家小店。这家小餐馆日常只有两个人，一位厨子在里面忙活，一位大爷在外面接受客人点单，点好之后大爷也会跑进厨房一起做菜。简陋的菜单上选项并不多，依然以 kebab 为主，吃了好几天烤肉、缺乏蔬果的我们点了其中看起来最健康的那道菜：茄子

kebab。

切成块状的茄子和羊肉间隔排列，烧烤时肉的汁水浸入了茄子中，让鲜嫩柔软的茄子里多了一股饱满的肉味。虽然失去了部分汁水的羊肉味道略显逊色，但比起 döner 的做法，就显得可口多了。

我们大感意外，也许是茄子与肉的搭配恰到好处，也许是大爷烹饪水平更高，又或者是小店平民化的做法更符合我们的口味，这道菜的口感确实超过伊斯坦布尔大部分中高级餐厅里的 kebab 水平。我们恢复了一点对 kebab 的信心。

之后几天里，我们更加难以忍受其他餐厅又干又柴的烤肉。只要饭点时在伊斯坦布尔老城，我们都会选择去这家小店吃茄子 kebab，直到斋月来临，我最喜欢这家餐厅关门休息了。

再后来，我们不甘心地尝试了土耳其别的餐厅的茄子 kebab，但它们都非常难吃，无辜的茄子被烤得焦黑、肉更是毫无汁水——如果说许多人喜欢的食物一定有一个好吃的版本，但这个版本实在是太少见、太难得了。

4

沿着伊斯坦布尔的独立大街往高处走，左手路边一条小道，拐进去就是鱼市。这里面挤满了小食摊，大颗的车厘子在水果摊上堆成了深红色的山丘，鱼子酱、果酱、软糖、鲜鱼、蔬菜也摆得满当当的，令人食指大动的色香味俱全中当然少不了许多现做现吃的熟食小店里飘出的肉香。

我们是为了 kokoreç而来的。在古老的苏丹艾哈迈德区，或许是游客太多，我们没有看见手机卡小哥最给予盛赞的这种 kebab，只得循着旅行指南的指引，找到海对岸这个市场里来。

果然许多店的招牌上都写着我们唯一认识的这个土耳其语单词，还有一些招牌上同时印着店主的头像和年份，以显示其资历之老与名气之大。一位大爷就站在他的头像下面烧烤，浓烈的香味飘到了狭窄的街道上，吸引我们走进店去。

若翻译的话，kokoreç大致可以译作“烤羊肠”，做法是先将羊肠子仔细洗干净，用盐、醋或柠檬汁进行腌制，再在里面塞满内脏杂碎，包括羊胸腺、羊心、羊肺、羊肝等，用一点柠檬、橄榄油、牛至、盐、胡椒调味。然后将灌好的羊肠子厚厚地缠绕在铁扦上，横置于炭火上方，烤熟之后切成小碎块，夹在饼里或面包里吃。

因为加了香料，内脏的腥臊味并不明显，内脏的鲜美却被更好地带了出来，香喷喷的十分诱人。我们满意地大口咀嚼起来，甚至放弃了那厚重的面包，直接吃里面咸鲜适宜、酸辣适度的羊杂碎。

可能因为主料是内脏，这款 kebab 并没有如同 döner 或 adana 那样广泛地流行开来。离开伊斯坦布尔之后，从阿马斯拉到塞尔丘克，从科尼亚到卡帕多西亚，我们再没见到这样的 kebab。直到离开土耳其的前一晚，我们在凡城（Van）的夜市里，吃到了类似的羊内脏 kebab。

那时候已经进入斋月了，除了酒店提供的著名的凡城早餐，白天几乎找不到开门的餐馆。好在早餐足够丰盛，炒鸡蛋、奶酪、蜂蜜都算新鲜美味，我们足以就此支撑到天黑。宣礼塔在日落时分唱响后，纪先生在酒店附近的小街道溜达时，发现了这个夜市。

每个小摊都在卖烧烤，而且烤的是同一种东西，虽然灯光晦暗看不分明，但内脏的香味还是扑面而来。纪先生买了一个尝试之后，跑回酒店叫我："快来，去吃烤羊肝！"

其实他并不确定这真的是羊肝，因为切碎、烤熟、调味、再裹进了饼里的内脏早已看不出原型。但确实香得很，香味随着烧烤腾起的烟雾笼罩了整条街道。即便我极其讨厌卷饼那如同嚼纸的口感，也忍不住将一整个 kebab 全吃掉了。

凡城的游客并不多见，整个夜市就我们两个外地人，算是十分显眼。我俩入乡随俗地坐在街边的小凳子上，就着一小盒咸酸奶津津有味地吃着"烤羊肝"，顾不上周边众人好奇的围观目光。

5

住了半个月后，在伊斯坦布尔的 kebab 冒险之旅终于只剩一个目标了：Testi。

与普遍印象中的 kebab 不同，这道菜更经常被翻译为"陶罐炖肉"。在土耳其语中，testi 就是"罐子"的意思，这种 kebab 起源于制陶业非常发达的安纳托利亚中部，在卡帕多西亚地区最为常见。公路边常常有当地人摆摊售卖红陶器，从巴掌大的小瓶子到一人高的大罐子都有，其中就有许多 testi 专用的陶罐。

这样一只特殊的陶罐子，是制作一道 testi kebab 的第一需求：罐颈短细，罐腹宽大，有一圈刻痕，罐子底部收窄。厨师会把切块的羊肉、洋葱、土豆、茄子等放进这个罐子里，再用锡纸将灌口封住，然后直接将罐子置于明火中烧烤。密封在罐子中的羊肉的汁水在逐渐升高的温度中，缓慢地释放出来，与蔬菜交融在一起。

享用这道菜时的场面也非同一般，堪称一道显眼的风景。稍有点派头的餐厅都会将炉火和罐子一起放在小推车上，由昂首挺胸、穿戴齐整的侍者推到客人的桌子前，

哈拉纳格，伊朗

向满场好奇的客人展现红陶罐置于火焰中的场景。然后侍者将陶罐取出，拿出一把小锤子，沿着罐腹上的那圈刻痕轻轻敲击，罐子就裂开成了上下两半。侍者再将里面炖得融融的菜肉与汤汁倒在餐盘里，就可以享用了。

一个陶罐只能使用一次，只要餐厅门口堆放着敲成了两半的陶罐，就说明这家店提供这种特别的 testi kebab。因为相对复杂的烹饪过程，制作一罐 testi kebab 大约需要 2 小时，这也难怪它比其他 kebab 的价格更高一些了。

我们喜欢这道菜甚于其他所有类型的 kebab，大概是因为它类似红焖羊肉或土豆炖肉的口感更符合中国人的饮食习惯。我也非常喜欢整个火烤、敲击、倒出的过程，热情的、为土耳其美食感到骄傲的侍者有时也会让我亲自参与最终敲破罐子的那一锤，它让享用这道 kebab 拥有了一种别具特色的仪式感——一道真正的美食，是由等待、期盼与惊喜瞬间组成的。

可惜的是，当我们离开土耳其来到伊朗，我们再也吃不到 kokoreç和 testi 了，这里只有更加干巴巴、肉又碎又柴的其他 kebab 种类，它们甚至不值得一写，只“难吃”两个字便足矣。

Twelve

12 陶罐里的葡萄酒

很多情况下，我会凭借气味来记住某个地方。比如雨水与绵羊的气息混杂在一起，会让我想起英国的湖区；香水与尿骚味的混合，站在巴黎地铁站候车就是这样的气味；浓烈的香料气息扑鼻而来，则是伊斯坦布尔的巴扎。

旅程有时候是一种寻找熟悉气味与遇见陌生气味的过程。当然，越大的地方越难用一种气味去定义，但葡萄酒飘香的气味，总让我恍惚地以为自己还在格鲁吉亚。

不是法国，也不是意大利，我们曾路经多个葡萄酒产区，也在晚餐时喝过一些当地的美酒，但令我记忆最清晰的是，却是打开格鲁吉亚民宿房间的冰箱时，与冷空气一起飘出来的那若有似无的淡淡酒香。

这个位于亚欧交界边缘的高加索小国，拥有长达 8000 年的酿造葡萄酒的历史，是世界上第一个酿造葡萄酒的地区。

第一次遇见格鲁吉亚葡萄酒是在一处古老的遗址。12 世纪下半叶，格鲁吉亚国王乔治三世和他的继承人塔玛拉女王下令在库拉河上游的一座山崖上开凿洞穴，在崖壁上建立城堡和规模庞大的修道院。这些洞穴在崖壁上横向延伸约 500 米，纵向分为 19 层，拥有教堂、起居室、厨房、地道等，曾经有几万僧侣居住于此。

16 世纪，波斯人占领了这片地区，洞穴修道院遭到大肆劫掠和破坏，从此衰落。当我们临时起意来到瓦尔齐亚遗址（Varzia）时，所能见到的只有山崖上不计其数的洞穴与残存的精美壁画，以及地面上挖出的大量放置 Qvevri 陶罐的坑洞，和一些陶罐的碎片——这是僧侣们酿造葡萄酒的器具。

与其他产区采用橡木桶酿酒不同，从新石器时代起，格鲁吉亚人便一直使用名为

Qvevri 的卵形陶罐酿酒。人们在地面上挖洞，将陶罐颈部以下的部分都埋藏起来，再将葡萄压出来的果汁连同葡萄梗和葡萄皮一起放进罐内，以黏土封死罐口，进行葡萄酒的发酵和储存。

最初的 Qvevri 陶罐是平底的，公元前 3000 年起，陶罐逐渐变成尖底。中世纪时，从普通村镇的居民到修道院的僧侣，几乎每家每户都会自酿葡萄酒，作为日常饮品。格鲁吉亚的许多遗址里，地面上都有排列整齐的坑洞，那就是人们酿造葡萄酒的地方。

但陶罐里的葡萄酒并不仅存于历史中，无论哪个时代的格鲁吉亚人都完整地继续了这一技艺。陶罐酿酒这一传统在家庭、邻里和朋友间相互传递，所有人都会加入到共同收割和酿酒的活动中。

所以，当我们来到首都第比利斯，住进一户当地人的房屋，发现冰箱里摆着一壶葡萄酒，就一点都不奇怪了。

第比利斯是一座山丘起伏的城市，我们在订房网站上租住了城中心南部的山坡上一套便宜的房子。女主人带我们穿过狭窄的石子路走进一户小院子，介绍说："我小时候就住在这里，现在我们一家都搬走了，只有我父亲偶尔回来这里。"

院子里有一栋非常朴素的小平房，外墙看起来有些年头了，内部空间很大，设施相比外观要新得多，显然是最近特意装修过的。女主人拉开冰箱，一股淡淡的酒香味飘散出来。我们走过去一看，一个广口玻璃壶中盛装着淡黄色的透明液体。

"这是格鲁吉亚的葡萄酒，我们家自己酿的，"女主人笑着说，"希望你们喜欢！"不会说英文的丈夫也站在她身后对我们微笑。

那天夜里，我们坐在小房子的厨房里，炒了几道中西结合的菜，第一次尝试了格鲁吉亚的葡萄酒。没有高脚杯，也没有醒酒器，只是很随意地从玻璃壶中倒进玻璃杯里。我们也不懂得品酒的方式，当饮料一样随便喝。初喝只觉得清爽宜人，唇齿间有淡淡的甜味，一解夏夜的燥热，多喝几口便觉得脑袋有些晕乎乎，可见虽然清甜，酒精度却未必低。

更浓烈的则是格鲁吉亚的另一特产——ChaCha，一种酿造葡萄酒后、用陶罐里剩余的残渣进行蒸馏而成的烈酒。

见识 ChaCha 的威力是在离开第比利斯几天后，我们坐在梅斯蒂亚（Mestia）的一家小餐厅吃晚饭。这里是斯瓦涅季山区（Svaneti）的中心，被欧洲最高的山峰厄尔布鲁士峰（Mount Elbrus，海拔 5642 米）和其他几座近 5000 米的山峰环绕。白天时，我们穿过古老的箭塔、青翠的森林，沿着白水湍急的河流，来到一座夏日里不算壮观的冰川下，看灼灼蓝冰在雪山高处闪耀。

体力不济的我为这段路累得够呛，晚餐时瘫坐在餐厅的户外座位上，决定喝上一杯酒，作为辛苦了一整天的奖励。虽然之前就听说过 ChaCha，但我当时并不太了解这是一种什么样的酒，而且由于很多格鲁吉亚人也会自己酿造，我错误地以为它会跟我们在第比利斯民宿里喝到的差不多。

当我轻轻地抿了一口小酒杯里的 ChaCha，瞬间感觉有火焰在口中轰然腾起，迅速地蔓延到脑子里。我吓了一跳，以为侍者错误地将隔壁桌点的伏特加端给了我。这种纯净透明的白色液体让我全身都热了起来，因为徒步登山而酸痛的关节仿佛都瞬间松懈开了。

后来我才知道，ChaCha 的酒精度为 45 度起，一般在 60 度左右，最高可达 80 度，据说火柴一点就着，凶猛程度一点也不亚于俄罗斯的伏特加。

早些年，格鲁吉亚的葡萄酒和 ChaCha 就在苏联很流行，近几年其他地方也发现了这个古老酿酒国的商机，嗅觉敏锐的中国商人在产酒的卡赫季地区（Kakheti）购买酒庄、大批量进口葡萄酒，酒庄游览也成为格鲁吉亚的热门路线。我们虽然不是葡萄酒迷，也没特意往产区去，却在第比利斯的干桥市场发现了许多漂亮的葡萄酒陶瓶。

通常无论葡萄酒如何酿造，最终依然会用玻璃瓶灌装售卖。所以我们猜测，这些陶瓶子可能是商人为了迎合旅游业的喜好，特意制作了来装酒的，以凸显格鲁吉亚陶罐酿酒的特色。瓶子上用艳丽的色彩刻绘着葡萄藤蔓、盛开的花朵、高山上的修道院、长发的高加索女子——格鲁吉亚最美的风情都被展现于其上。就着这样的瓶子喝酒，流进口中的恐怕不止于那飘香的液体，还有许多关于格鲁吉亚的曼妙想象。

跳蚤市场上的自然都是些酒喝光了的空瓶子，而我们是不满足于只带回一只瓶子的，便在离开格鲁吉亚前，特意跑去超市里买了一瓶外观朴素的陶罐白葡萄酒。没想到从哈萨克斯坦回中国时，这瓶酒给我们惹了一些小麻烦。

只有 5 天有效期的哈萨克斯坦过境签证到期的那天晚上，我们赶到边境时，海关已经下班了。我们为自己的失误懊悔不已，但也只能硬着头皮第二天大一早去海关排队，并做好了接受惩罚的准备。然而，海关人员并没有真的打算按照规则办事，即便我们表示愿意接受惩罚，他们也只是通过各种暗示想要索取贿赂。

被扣留了一整个上午和中午后，海关人员找来了一个中国的哈萨克族大叔做翻译，要走了我们 110 元人民币和 5 美元，然后给我们的护照盖了一个正常出境的章。

如果你以为这就算了事了，那就大错特错了。人是可以过关了，车还没检查。然

乌树故里，斯瓦涅季山区，格鲁吉亚

而此时他们已经不让我碰车了，毕竟从程序上，人已经过关了，车还在关内。于是我只能眼睁睁地看着海关人员把车上所有的东西翻出来倒在地上，一样一样地检查。

车上装着来自十几个国家的纪念品，然而，查车的海关人员唯独对格鲁吉亚的陶罐葡萄酒表现出了异样的兴趣。他很快就又找了另外一个中国的哈萨克族大哥来当翻译，意思是：要么我要这瓶酒，要么就用车上的一个车载气泵来换。虽然我指出哈萨克海关规定可以带少量酒精饮料，但是显然抗议是无效的。想到车载气泵回国还能买到，格鲁吉亚的葡萄酒却不常有，我只得把气泵给了他，换回了酒。

拿到气泵后，海关人员就表示车里剩下的东西不用查了，示意我收拾东西离开。我把散落在地下的行李一一装进车里，这期间，他又看中了一条苹果安卓二合一的手机充电线，也拿走了。

我们开着车离开海关后才发现，车里的一把工具钳也不见了。瞬间我们出离愤怒了——索贿也罢、要东西也好，没想到他们居然还偷东西。我们在海关外闹了起来，最终，一个会讲英语的军官出现解决了这个问题。他带纪先生回到了海关内，那位看上了葡萄酒的海关人员这次什么也没说，只是迅速地将车载气泵和工具钳都还给了我们。

直到旅途结束，我们才在上海的家里打开这瓶好不容易带回来的酒。和第比利斯的民宿女主人一样，我们先把陶罐子放在冰箱里冰镇了一宿。开瓶时，清凌凌的酒香味慢慢地散发出来，而我们就乘着这气味，回到了在格鲁吉亚的那些日与夜。

Thirteen

13 做一顿融合故乡与世界的饭

油温差不多了。蘑菇已经洗净切块，青红泡椒也被切成了碎，泡姜切好了丝。我望了纪先生一眼，他点点头表示准备好了。

“哗啦”一声，顾不得正确的顺序，我把以上食材一股脑倒进了锅，纪先生立刻盖上了锅盖。锅里传来蘑菇、泡椒、泡姜在油的洗礼中愉快跳跃的“滋滋”声，但我们不敢打开锅盖翻炒。

然而，强烈的辣味还是从锅盖边缘迅速传了出来，唯一的排气扇吱呀吱呀地转，完全不足以将这股味道抽出室外。“天哪，这是什么！”有人开始抱怨。

我们赶紧关了火，但已经晚了，四周传来越来越大的“咳咳”和“哈啾”声，其他炉灶前的人捂着脸、涕泪涟涟，如同躲避毒气弹一般地逃走了。很快，厨房里只剩我们了。

这是我们第 N 次在青旅里做饭，但是第一次把其他住客都吓跑了。我们向所有人道了歉，并解释了中餐，尤其是川菜火爆的烹饪方式。从那之后，我们还做了无数次饭，但都更小心翼翼，要么等所有人都离开厨房后才开工，要么学习西式烹饪，放弃随身携带的四川泡椒、泡姜，改为煎、炖、煮，顶多用花椒稍微地炝一下锅。

* * *

在自驾亚欧的途中，我们常常选择住进青旅和民宿，倒不完全是因为要省钱，更重要的目的通常都是：自己做饭。

一间真正的好青旅通常都有空间敞亮、设备齐全的公共厨房，好几个灶台一字排开，世界各地而来的不同肤色、不同年龄的旅行者各占一个，忙忙碌碌，端出一盘盘带着各国特色风味的料理。

有时候我们住民宿也是为了主人家那漂亮的厨房，平时在国内要靠代购才能买到的刀具和锅子就挂在欧洲人的厨房半空，我们一边做饭，一边幻想把自己家的厨房也装修成这模样，回国的时候也真的带着一口新买的锅。

这一路，我们遍尝亚欧美食，也常常为各地风味惊叹赞赏，即便不好吃的食物——比如羊胃袋装着羊杂碎煮成的哈吉斯、加满了奶油的俄罗斯饺子、漂浮着两大坨硬质酸奶油的羊肉汤——只要有些特色和故事，我们也毫不后悔口腹上遭的罪，毕竟有时候吃饭不是为了填饱肚子、也不是为了美味，只是想体验一下其中的文化。但始终，我们的胃最爱的还是故乡的味道。

于是，在受够了油腻的炸鱼薯条、生吃的鞑靼牛肉、干巴巴的烤肉的时刻，我们就会找一家带厨房的青旅或者民宿，掏出几瓶从国内一路带来的调料，做一顿抚慰味蕾与胃的饭菜。瓶子里装的是成都人自制的辣酱、泡椒、泡姜，再加上两小盒干辣椒、花椒，以及八角、桂皮等香料，每到做饭时拿出来，便好像时空转换。

食材却不能自带，只能是靠山吃山、靠水吃水，从我们旅行的国家买当地最常见、通常也是最便宜的。炒生菜、炒蘑菇、煎鱼排、炖牛肉、烤鸡翅，都是我们经常做的菜。如果有中国超市，除了屯上一些老干妈和方便面，我们还能烹饪出猪肚汤、酸菜鱼、麻婆豆腐……旅行是最快速地提升厨艺水平的捷径。

还有很多时候，许多中餐里常见的食材欧洲并没有卖的，大部分小镇、乡村都没有中国超市，于是我们只能选一些替代品。

我们在俄罗斯的布里亚特共和国买一包大米，带着它们穿过西伯利亚的荒原，凌晨 1 点只点亮一盏灯的青旅厨房里冒出的稻米香气，是疲惫了一整天后的安慰。

匆忙赶到丹麦哥本哈根后，在冬季的夜晚街头找到唯一还没打烊的超市，买两块打折的三文鱼，在半地下的民宿厨房，用青红花椒煎熟，作为当天的第一顿和最后一顿饭。

穿过英国湖区的雨水，在小店里买一盒特价的牛肉和一小瓶日本酱油，在青旅的厨房加香料炖了一个半小时直到软糯，红烧牛肉的香味飘出来，就像回到小时候的外婆家。

在欧洲的超市里买最便宜的蘑菇、冷冻蔬菜和橄榄油，用干辣椒和泡椒、泡姜爆炒，川菜炝锅的辣椒味弥散在整个厨房里——不过自从吓跑了众人一次之后，我们再也不敢在厨房有人的时候做这道菜了。

有时候民宿的主人会跟我们一起做饭，一脸惊讶地看我们用老干妈拌意大利面，或者用姜丝炒牛肉做成盖浇面，再配一瓶最便宜的蛋酒。

若是爱旅行的民宿主人，这时候就会拿出他们的东方收藏——日本味噌、印度咖喱、印尼方便面、泰国的辣椒粉等，请我们随意使用，或者说示范给他们看如何使用。

随着旅途的行进，我们在比利时人的家里喝到了味噌汤，在丹麦人的家里用泰国的辛香料烤了鸡胸肉，当然还有在各个国家都用干辣椒炒了沙拉。亚欧各国的蔬果鱼肉们，就这样在两个不靠谱的中国厨子手里变幻出了多般花样——旅行也是最快速地提升烹饪想象力的捷径。

如果说食物是纽带的话，那么用外国的食材、中国的烹饪方式做出来的饭，恰好是纽带上的那个结，连接了故乡与世界的味道。四川的花椒带出了北海三文鱼的鲜，成都的泡椒促进了英国蘑菇的甜，还有那些八角桂皮跟亚欧任何一国的牛肉、鸡脯肉都配合得很好。

当我们最怀念故乡的时刻，我们做一顿饭；当我们想尝尝世界的滋味时，我们也做一顿饭。

父母飞来希腊参加婚礼之前问我们有什么需要，我便托他们带了一些酸辣粉。斋月的时候找不到餐馆，我们便躲在旅馆里，找老板要来热水泡粉丝吃。一共就 10 包粉丝，我们不敢放开了，便一路节约着吃，通常是两个人共享一碗解解馋，酸酸辣辣的滋味就是我的乡愁。

在意大利，我们用四川的花椒和来自爱尔兰的民宿主人做了交换，他给我们的是南美洲的辣椒和蒜。故乡的食物就这样为我们打开了通向更遥远的世界的一扇窗。

所以有时候我想，当我们离开故乡满世界旅行，我们也不经意地在世界寻找故乡——在鹿特丹的菜市场买老干妈，在伦敦的中国城买猪肚子，在雅典的超市买出前一丁方便面……再用我们拥有的所有故乡调料，烹饪异乡的菜和肉。

在世界的滋味里尝到故乡，在故乡的滋味里看见世界。旅途中某些最开心的时刻就是自己做饭，再一口吃下故乡与世界。

黄昏，科茨沃尔德，英国

致谢

感谢我们的父母，你们的理解和支持让我们能放心出发。

感谢胡蝶、卢雅正、李莹在我们旅行期间，帮忙照顾猫咪麦哲伦。

感谢每一个通过微信公众号参与明信片众筹计划的朋友。有些是认识多年的旧友，有些是从未有过交集的陌生人，感谢你们愿意相信我们的旅行与许诺。

感谢上海 MINI Park 群主老 P、群友 Jackie 帮忙寻找推广资源。

感谢 Sam 哥为我们的车提供改装、保养用品，并教授了维修技巧。

感谢 2015 年 9 月 12 日在上海给我们送行的朋友们。

感谢 2015 年 9 月 14 日从沈阳驱车 2 小时，带着太太来请我们吃饭的夏大哥。

感谢在俄罗斯叶卡捷琳堡的午夜收留我们的简和维塔利夫妇。

感谢在荷兰的亲戚，你们的热情令我们十分感动。

感谢在荷兰鹿特丹郊外的小孩堤防，帮忙把我们的车从陡坡下拖上去的两个不知道名字的当地人。

感谢在英国伦敦的老同学 Erin 和 Frank，住在你们家是一段愉快的时光。

感谢爱尔兰西部沿海的农民托尼和一家高尔夫俱乐部的工作人员，在风雨中帮忙把我们的车从沟渠里拯救出来。

感谢英国牛津大学的毕业生伊万、乔和伊莲娜让我们免费停车两个多月，帮忙照料我们的车，并在后续的旅程中给予协助。

感谢法国巴黎的罗唯成一家让我们住进家里，帮助我们探索巴黎。

感谢葡萄牙里斯本的一家青旅工作人员和杂货店老板娘，在我们被车锁在外面束手无策的时候，帮忙想办法，并提供开锁工具。

感谢在法国尼斯的砸车盗窃事件后，帮我们打报警电话的华裔小哥；感谢他的父亲帮忙把车窗封好，陪我们去警察局报案，给我们当法语翻译。

感谢在希腊雅典请我们回家吃饭、带我们探索城市的老纪夫妇。

感谢在土耳其的道路上，发现车辆刹车漏油、把我们拦下来维修的老师傅。

感谢在俄罗斯利斯特维扬卡认识的韩实关注我们的旅行，并介绍我们认识了定居格鲁吉亚第比利斯的杨文豪夫妇。感谢杨文豪夫妇带我们去找到了俄罗斯和哈萨克斯坦签证处，还请我们吃了最好吃的大盘鸡。

感谢在中国和哈萨克斯坦边境，帮我们充当哈萨克语翻译的一位哈萨克族大叔、两位大哥和一位小妹。

感谢新疆霍尔果斯人民医院的医生、石河子的李叔叔和昌吉的冷月夫妇，以不同形式给予我们回国后的帮助。

感谢素未谋面的蒙古族朋友苏德夫，从呼伦贝尔开车到满洲里帮我们办理 ATA 延期。

感谢满洲里海关的工作人员，不厌其烦地解答我们的问题，协助我们办理车辆出境手续。

感谢在旅程结束前联系我们的 Mandy Feng、许金周、开开和他们的团队帮我们从 MINI 公司争取到了免费保养和维修车辆的机会。

感谢微信公众号 2Lunatics 和知乎专栏“两个疯子一辆车的亚欧之旅”的每一个关注者，你们的关注即是最好的鼓励。

感谢给我们提供信息、与我们同行过一段路、为我们的旅程宣传、检查和维修车辆的每一个人，虽然不知道你们每个人的名字，但你们的帮助都是我们能完成这趟长途旅行的动力。

最后，感谢我们那台身经百战的小车飞毯，因为有你，我们一路前行、旅途不停。

上架建议：旅行 · 文学

ISBN 978-7-5204-0704-5

审图号：GS（2018）3397号

定价：58.00元